KiWi Paperback

KiWi 617

Über das Buch:

Mit seinen Geschichten, Fabeln und Grotesken betreibt Gilbert Hasdrubal Koch, der geheimnisvolle Autor der »Schönschreibübungen«, eine Kalligraphie der philosophischen Art. Er denkt darüber nach, was eine Katze wirklich tut, wenn sie schläft, wer der wahre Erfinder des Zigarettenstummels ist. Er sammelt Reiserufe eines norddeutschen Privatsenders und fragt sich, was es mit Stephen Hawkings, des weltberühmten Physikers, lähmender Krankheit auf sich hat. Er berichtet über einen Freund, der nur Vor- oder Nachwörter liest, und erzählt von den Besuchen György Ligetis bei Johannes Brahms, die bislang wenig gewürdigt wurden. Außerdem lesen wir den kurzen Anfang einer langen Roman-Trilogie und werden überrascht mit einer neuen Alfred-Andersch-Anekdote. Skurril und vertrackt, komisch und zuweilen auch böse - Herbert Rosendorfer versteht es einmal mehr, sein Publikum mit seinem unverwechselbaren Humor und seinem Gespür für Abseitiges und Groteskes zu faszinieren.

Rosendorfer – pardon, Gilbert Hasdrubal Koch – treibt das Räsonieren auf die Spitze. Mit Ironie und Witz rückt er menschlichen Macken und modischen Trends auf den Leib.

Heidemarie Retzlaff, Berliner Morgenpost

Der Autor:

Herbert Rosendorfer, 1934 in Bozen geboren, 1939 nach München umgezogen, studierte an der Akademie der Bildenden Künste, wechselte danach zum Jurastudium. Seit 1969 zahlreiche Romane und Erzählungen und Theaterstücke. Professor für Bayerische Literaturgeschichte an der Universität München. Nachdem er seine Tätigkeit als Richter am Oberlandesgericht Naumburg beendet hat, lebt er wieder in der Nähe von Bozen. 1999 erhielt er den Jean-Paul-Preis des Landes Bayern für sein Gesamtwerk.

Zuletzt erschienen bei K&W:

»Die große Umwendung«, 1997. »Ungeplante Abgänge«, KiWi 476. »Der China-Schmitt«, KiWi 517. »Absterbende Gemütlichkeit, KiWi 556. Mit Fabius von Gugel »Die Erscheinung im Weißen Hotel, KiWi 577. »Kadon, ehemaliger Gott«, 2001.

HERBERT
ROSENDORFER

Die Schönschreibübungen des Gilbert Hasdrubal Koch

Kiepenheuer & Witsch

1. Auflage 2001

Umschlaggestaltung: Barbara Thoben, Köln
Umschlagmotiv: Rudolf Linn
Gesetzt aus der Garamont Amsterdam (Berthold)
bei Kalle Giese, Overath
Druck und Bindung: Clausen & Bosse, Leck
ISBN 3-462-02999-1

Erica Eyer
in alter Freundschaft
ymmerdar
gewidmet

Vorwort

Ich weiß nicht, ob es heute noch so ist, aber vor einigen Jahren veranstaltete das Deutsche Archäologische Institut in Rom für Interessierte Führungen spezieller Art zu ausgewählten Altertümern. Ich schloß mich oft an, und nach einigen Malen bemerkte ich unter den naturgemäß sonst wechselnden Zuschauern und -hörern einen bestimmten Menschen, einen alten, aber nicht sehr alten Mann, der deswegen auffiel, weil er bei sonst unauffälliger, grauer Kleidung etwas für Rom und die Jahreszeit – die Führungen fanden nur im Frühjahr und Herbst statt – völlig Ungewöhnliches trug: grobwollene Fäustlinge. Er hörte immer aufmerksam zu, stellte allerdings nie eine Frage, redete auch mit niemandem. Nach der Führung verschwand er meist wie vom Erdboden verschluckt. Ja: er hatte etwas Geisterhaftes, wenngleich er, da er immer so dastand mit seinen wegen der unförmigen Fäustlinge flossenartig hängenden Händen, eher wie ein Darsteller in einer Geisterkomödie wirkte.

Ich fragte einmal die Archäologin, die die Exkursion führte, wer der Mann sei. Sie sagte, ihr sei er auch schon aufgefallen, aber sie wisse nicht, wer er sei. Sie habe gehört, wisse aber nicht mehr von wem, er sei »der Russe«. Vielleicht, meinte sie, sei er aber gar kein Russe, womöglich stamme diese Bezeichnung von den Italienern: wegen der Fäustlinge. Das leuchtete ein. Die Fäustlinge hatten etwas Russisches an sich, um nicht sogar zu sagen: etwas Sibirisches.

*

Er verschwand nicht im sozusagen aktiven Sinn, er ging nicht fort, es fiel nur eines Tages auf, daß er schon längere Zeit nicht mehr zu den Führungen gekommen war. War er gestorben?

Er war nicht gestorben. Er war – oder ist – Gilbert Hasdrubal Koch. Vielleicht!

Einige Jahre später hatte ich eine Lesung in Karlsruhe. Bei der Heimfahrt nach München mußte ich in Stuttgart umsteigen. (Kann auch sein, ich übersprang absichtlich einen Zug, um in Stuttgart etwas zu erledigen, vielleicht eine Ausstellung anzuschauen oder dergleichen.) Im Bahnhof sah ich den »Russen«. Ich gestehe: ich sah zuerst die Fäustlinge.

Er saß auf einem Hocker und bot Postkarten mit selbstgefertigten Gedichten an. Ich kaufte vier davon (der Leser findet sie im Anhang zu dem Vorwort) und fragte den Mann, betont neutral, nicht so, wie man einen Bettler fragt, eher quasi von Kollege zu Kollege, ob er früher in Rom gelebt habe. Er verneinte nicht, er tat vielmehr so, als könne er die Frage nicht verstehen. Ich hatte Zeit, der Zug ging erst in einer halben Stunde. (Ich gehe immer viel zu früh zum Bahnhof.) So ging ich in die Bahnhofsbuchhandlung, kaufte ein Buch von mir – die Buchhändlerin erkannte mich zu meiner Enttäuschung nicht – und ging zum »Russen« zurück.

Ich wolle ihm, sagte ich, ein Buch von mir schenken, nachdem ich vier Werke von ihm erstanden hatte, und ob er erlaube, daß ich eine Widmung hineinschreibe (damit wollte ich herauskriegen, wie er heißt).

Der »Russe« reagierte eher reserviert. Er murrte etwas wie: sowenig Platz in seinem Rucksack; und ob ihm das, was ich schreibe, überhaupt gefalle; überhaupt belaste Eigentum; eigentlich lese er nur ausgeliehene Bücher.

»Dann«, sagte ich, »leihe ich Ihnen das Buch, hier ist meine Karte. Sie können es mir gelegentlich zurückbringen. Eilt nicht.«

»Eile könnte ich ohnedies nicht brauchen«, sagte er.

Es war soweit, ich mußte zum Zug.

*

Die Karte, die ich ihm gegeben hatte, war die mit der Adresse meines Universitätsinstituts. (Um nicht hochstaplerisch zu sein: es ist nicht *mein* Institut, es ist das Institut, an dem ich mittels meiner Honorarprofessur wirken darf.) Nach etwa zwei Jahren gab mir die Institutssekretärin, als ich nach den Semesterferien wiederkam, ein Paket, das für mich abgegeben worden war.

Das Paket enthielt – in ziemlich abgegriffenem Zustand – jenes Buch von mir und ein Bündel Manuskripte: »Schönschreibübungen«. Sie waren durchweg in Sütterlin-Schrift abgefaßt, die kaum jemand mehr lesen kann. Ich schon. Ein Faksimile ist diesem Vorwort beigefügt. In mein Buch, in jenes abgegriffene Exemplar also, war ein Gedicht hineingeschrieben; es ist das fünfte der Gedichte im Anhang. Und zwischen den Seiten fand sich eine Visitenkarte:

GILBERT HASDRUBAL KOCH
DIPL.-EXPERTE
INSTITUT FÜR ANGEWANDTE
PROBLEMLÖSUNG
27442 GNARRENBURG
ALTE DREIST 44
Tel: 0 41 17 / 227
Fax: 0 41 17 / 22 14

Ich dachte zunächst: Gnarrenburg? Narrenburg? Narrt die Karte? Aber laut Postleitzahlenverzeichnis gibt es den Ort Gnarrenburg, auch das Haus Alte Dreist 44. Am Telephon meldete sich der Niedersächsische Landesverband der Zierschwein-Züchter. Von einem Gilbert Hasdrubal Koch wußte man nichts.

*

Ich bitte höflichst Herrn Gilbert Hasdrubal Koch, sich bei mir oder beim Verlag zu melden, um die Tantiemen abzuholen.

Falls sich jemand meldet, der sich der Autorschaft der »Schönschreibübungen« rühmt, also behauptet, der zu sein (oder vielleicht: der ist), der sich Gilbert Hasdrubal Koch nannte, ergibt sich naturgemäß die Notwendigkeit, diese Behauptung nachzuprüfen. Um dies zu können, wird die Vorlage einer Photographie erforderlich sein: ich werde den Mann, auch als älter gewordenen solchen, wiedererkennen. Außerdem habe ich eine ganz kurze, aber prägnante »Schönschreibübung« (die No. XIX, welche Nummer also in der hier herausgegebenen Sammlung fehlt) zurückgehalten. Der Prätendent auf die Tantièmen muß, ehe sie ihm ausbezahlt werden, den Inhalt dieser zurückbehaltenen, nur in Einem Exemplar existierenden, in einem Safe der Südtyroler Sparcassa, Filiale Eppan aufbewahrten Geschichte wenigstens in groben Zügen vortragen und den alles entscheidenden, markanten, dem wahren Autor ohne Zweifel im Gedächtnis hängenden Schluß-Satz zitieren können.

Herbert Rosendorfer
Girlan, 15. 11. 1998

Gestern habe ich meinen Namen verloren
auf der Brücke zwischen Terpichl und Campodrano.
Ich habe nur kurz meinen Namen abgelegt
auf dem Brückengeländer
der Brücke zwischen Terpichl
  (mit Betonung auf der ersten Sylbe)
und Campodrano,
den Namen abgelegt,
und dann in Gedanken weitergegangen
und den Namen dort vergessen.
Das fiel mir ein, als ich oben angelangt war,
hoch über der Schlucht,
aber ich war zu müde, um sofort zurückzugehen.
Später dann war der Name nicht mehr da.
Einer der bekanntlich vielen Namenlosen
wird ihn an sich genommen haben,
und der läuft jetzt so herum,
wie ich bis gestern geheißen habe.

Ich sollte mir einen neuen Namen besorgen,
ich fürchte aber,
es rentiert sich nicht mehr.

Vergeblich rückt man hin und her,
und eine weiße Zeit mag nicht vergehn;
ein Stück Papier, von weitem ungefähr,
in dem die alten Dinge drinnenstehn.

Umsonst hab ich im Buch gelesen,
ich weiß nicht, was Gott sagen will,
auch Er ist früher klüger schon gewesen,
doch leider ist Er immer noch nicht still.

Für nichts hat man zu singen angefangen
von Lieb und Treu und Stolz und Untergang,
vom kurzen Abschied oder auch vom langen,
s'hat alles nur den dumpfen, hohlen Klang.

Für nichts war es umsonst vergeblich,
umsonst vergeblich, war's für nichts,
und was man sagt, ist unerheblich,
man hört es nicht am Tage des Gerichts.

Eisenbahnfahrt im November
von Gilbert Hasdrubal Koch

Die schwarzen Früchte auf dem kahlen Baum,
sie schauen - Krähen - ohne Rührung her,
vor lauter Nebel sieht man hundert Meter kaum,
das Feld ist braun und meine Laune leer.

Ganz sicher bin ich nicht, ob ich noch lebe;
die Stadt dort, schemenhaft, ist schwarz und grau;
den Becher gibt's nicht mehr, den ich noch hebe,
und was *danach* kommt, weiß ich bald genau.

Gedicht von Gilbert Hasdrubal Koch

Letzte Rose
letzte Hose
letzter Riese
letzte Wiese
letztes Hemd
und letzter Zahn
immer fremd -
die letzte Bahn
letzter Wald
und letzte Brücke
läßt dich kalt
bin keine Lücke
letzte Rose
letzte Hose
letzter Zwerg
bin überm Berg

Ich wollte eine Postkarte schreiben,
eine Post-Karte,
eine Post Karte.
Post Karten kommen immer zu spät,
wie schon der Name sagt:
post – lat: nachher.
Sonst müßte sie Ad Tempus Karte heißen.

Ich bin eine Post Karte.
Ich komme immer zu spät.
Wahrscheinlich ist das Himmels Tor
eben geschlossen worden,
wenn ich komme.

Das Höllen Tor zum Glück auch.

G. H. K.

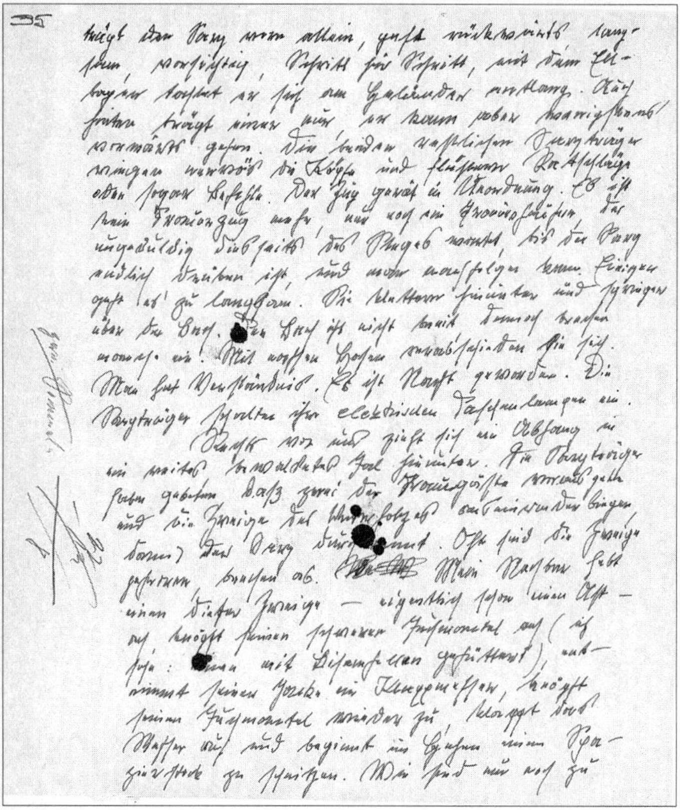

35

trägt den Sarg nun allein, geht rückwärts langsam, vorsichtig, Schritt für Schritt, mit dem Ellbogen tastet er sich am Geländer entlang. [illegible] trägt einer nur, er kann sehr [illegible] [illegible] gehen. Die beiden restlichen Sargträger wiegen nervös die Köpfe und flüstern Ratschläge oder sogar Befehle. Der Zug gerät in Unordnung. Es ist kein Trauerzug mehr, nur noch ein Trauerhäufchen, das ungeduldig [illegible] das Ufer wartet, bis der Sarg endlich drüben ist, und nun nachfolgen kann. Einigen geht es zu langsam. Sie klettern hinunter und springen über den Bach. Der Bach ist nicht breit, dennoch brechen manche ein. Mit nassen Hosen verabschieden sie sich. Man hat Verständnis. Es ist Nacht geworden. Die Sargträger schalten ihre elektrischen Taschenlampen an.

[illegible] vor und zieht sich ein Abhang in ein weites bewaldetes Tal hinunter. Die Sargträger haben gebeten, daß zwei der Trauergäste voraus gehen und die Zweige der [illegible] auseinander biegen, damit der Sarg durchkommt. Oft sind die Zweige gefroren, brechen ab. Mein Nachbar hebt einen dicken Zweig – eigentlich schon einen Ast – auf, knöpft seinen schweren Trauermantel auf (ich sehe: innen mit [illegible] gefüttert), entnimmt seiner Jacke ein Klappmesser, knöpft seinen Trauermantel wieder zu, klappt das Messer auf und beginnt einen Spazierstock zu schnitzen. Wir sind nur noch zu

Schönschreibübung I

Bei Betrachtung der auf dem Fensterbrett schlafenden Katze

Was tut eine Katze? Sie frißt, sie jagt, sie tobt herum, sie lauert. Sie denkt nicht. Natürlich geht in ihrem Gehirn etwas vor, aber wir täuschen uns, wenn wir meinen, sie denke. Sie denkt nicht, denn sie hat keine Begriffe. Denken heißt: Instinkte in Begriffe verwandeln. (Der Denkansatz bei der Entschlüsselung der artificial intelligence, der die Entschlüsselung der natürlichen Intelligenz vorausgehen muß, also die Antwort auf die Frage: haben Computer eine Intelligenz?, ist falsch, weil er an der Begriffseite beginnt. Er müßte an der Instinktseite anfangen.) Ein Bein und der Schwanz hängen übers Fensterbrett herunter. Über die Silhouette erhebt sich nur ein Ohr. Wenn sie weder frißt, jagt, tobt und so fort, schläft sie.

Wecken hieße: sie ein klein wenig töten. Nicht nur die Katze, jedes Lebewesen. Ein gewaltsames oder auch nur durch unberechenbare äußere Einflüsse herbeigeführtes Ende einmal beiseite gelassen, hat jedes Lebewesen, vermute ich, ein zugewiesenes Maß an Lebenskraft, das sich im Lauf seines Lebens verbraucht; und dann erlischt es, das Leben. Wenn das Lebewesen schläft, verbraucht es keine Lebenskraft oder vielleicht nur ganz, ganz wenig. Was es schläft, lebt es länger. Mozart hat so wenig geschlafen, heißt es. Wenn er mehr geschlafen hätte, hätte er vielleicht länger gelebt, aber mehr geschrieben hätte er auch nicht, denn im Schlaf hat er nicht geschrieben, das nicht; unter allen möglichen Umständen hat er geschrieben, aber im Schlaf nicht.

Langgestreckt, schwarz, seidig glänzendes Fell, tief atmend, draußen der leichte Nebel auf der herbstlichen Wiese. Nicht wecken: sie verlängert grad ihr Leben.

Schönschreibübung II

Es ist schon viele Jahre her. Es war die Zeit, in der gewisse Goldmünzen - Krüger-Rand aus Südafrica - hoch im Kurs standen. Die Bankfiliale lag neben dem Polizeirevier. Trotzdem telephonierte der Filialdirector. Nicht der Filialdirector hatte den Mann bedient, sondern eines von den jungen Mädchen, eine Angestellte am Schalter. Aber: bedienen konnte man das nicht so einfach nennen. Der Mann war dem Fräulein - die Bank sieht auf's Äußere bei ihren Angestellten, auch jüngere solche müssen so angezogen sein, daß sie als Fräulein wirken - sofort verdächtig vorgekommen. Der Mann war, wie man so sagt, abgerissen. Er stank auch. Er sah aus wie einer, der unter den Brücken schläft. »Einen Moment«, sagte das Fräulein und rannte hinter zum Filialdirector. »Was will der Mann?« fragte der Filialdirector. »Er will einen Krüger-Rand verkaufen«, sagte das Fräulein. Ein Krüger-Rand war damals seine tausend Mark wert, und tausend Mark waren damals mehr als heute. »Sagen Sie dem Mann«, sagte der Director, »daß Sie erst den Kurs rückfragen müßten. Schauen Sie, daß er den Krüger-Rand da läßt. Sagen Sie, er soll in einer halben Stunde wiederkommen.« Der Mann nickte sanft, als ihm die Angestellte, das Fräulein, sagte, er solle in einer halben Stunde wiederkommen. Es war ein alter Mann, aber es kann auch sein, er war gar nicht so alt, wie er aussah. Den Krüger-Rand ließ er nicht da.

Der Polizist kam herüber, nachdem der Director telephoniert hatte. Er ging gleich nach hinten zum Büro des Directors. Er kannte den Weg. Das Verhältnis war gut, gutnachbarlich zwischen Bankfiliale und Polizeirevier. Ab und zu kamen die Polizisten herüber. Die Fräulein waren -

zumindest einige von ihnen – hübsch, und es gab Kaffee. »Dafür sind wir die Bankfiliale, die sicher nie überfallen wird«, sagte der Director. Aber heute gab es keinen Kaffee. Der Polizist war dienstlich herübergebeten worden. »Der Mann kommt nicht wieder«, sagte der Polizist. Aber der Mann kam wieder. Als er nach hinten gebeten wurde und den Polizisten sah, lachte er.

»Hier«, sagte der Mann, »ist mein Paß. Ein gültiger Paß. Ich kenne das. Ich habe gleich gewußt, daß ein Polizist da sein wird, wenn ich in einer halben Stunde wiederkomme. Das ist immer so.«

»Verkaufen Sie oft Krüger-Rand?« fragte der Director.

»Das ist der vierzehnte«, sagte der Mann, »und der letzte.« Indessen prüfte der Polizist den Paß und fand ihn nicht zu beanstanden. Dann hatte sich der Polizist von seinem anfänglichen Staunen erholt und begann etwas, das man vielleicht ein Verhör nennen kann.

»Wo haben Sie diese Krüger-Rand her?«

»Eigentlich«, sagte der Mann, »geht Sie das nichts an. Sie gehörten alle mir. *Der* gehört noch mir. Ich habe sie gekauft.«

»So«, sagte der Polizist, »gekauft. Und wovon? Von welchem Geld?«

»Von meinem Geld«, sagte der Mann und lachte wieder. Statt einer Frage schaute der Polizist mit hochgezogenen Augenbrauen den Mann von oben nach unten an, ließ den Blick langsam wandern.

»Ich weiß«, sagte der Mann, »ich schaue nicht aus wie einer, der soviel Geld hat, daß er vierzehn Krüger-Rand kaufen kann. Nehmen Sie mein Aussehen als mein Stekkenpferd.«

Das Mißtrauen und der Verdacht, die sowohl den Polizisten als auch den Bankdirector professionell angeweht hatten, waren noch nicht verflogen, aber die Ausdrucksweise, die – wie die beiden sagen würden – *gepflegte* Redeart des alten Mannes (Gegensatz zum ungepflegten Äußeren) paßte nicht zu dem Verdacht, konnte nicht damit – um ein Denk- und Sprechmuster des Polizisten zu gebrauchen – *in Übereinstimmung gebracht werden.* Ein Aussteiger also. Nicht einer, der früher bessere Tage gesehen hatte, durch verschuldete oder unverschuldete Umstände heruntergekommen war, plötzlich abgestürzt oder von Stufe zu Stufe gesunken, so einer redet anders, sondern einer, der freiwillig alles drangegeben hat. Kommt vor.

»Sie sind ein Aussteiger?« fragte der Polizist.

»So kann man es nennen.«

»Und was waren Sie früher? Bevor Sie ausgestiegen sind?«

»Ich könnte Sie«, sagte der Mann, »jetzt fragen: mit welchem Recht verhören Sie mich? Und mit welchem Recht halten Sie mich hier fest? Ich antworte Ihnen gleich: mit gar keinem. Ich habe nämlich nichts getan. *Aussteigen* ist nicht verboten. Einen Krüger-Rand verkaufen, der mir gehört, ist auch nicht verboten. Aber ich antworte Ihnen trotzdem, weil ich weiß, daß Sie am längeren Hebel sitzen. Schon physisch. Ich habe mich ja schließlich freiwillig in eine Situation begeben, in der einer wie Sie mir gegenüber am längeren Hebel sitzt.«

Der Polizist verstand nicht ganz, was der alte Mann meinte; der Filialdirector auch nicht. »Ich antworte Ihnen also. Sie fragen: was ich früher gemacht habe? Sie haben doch meinen Paß in der Hand. Sie haben meinen Beruf gelesen.«

Der Polizist schlug nochmals den Paß auf, zeigte ihn dann dem Filialdirector. »Den Paß müssen Sie mir auch zurückgeben. Und ich bitte darum. Sofort.« Der Polizist zögerte, nur einen ganz kleinen Moment zögerte er; es war der Moment, in dem der alte Mann das innere Übergewicht über Polizist und Filialdirector bekam. Der Polizist reichte dem Mann seinen Paß. »Doktor jur., selbständiger Unternehmer«, murmelte der Polizist, dann sagte er laut, in bereits etwas devotem Ton: »Sind Sie ... wie soll ich sagen ... sind Sie ...«, es fiel ihm ein, wie er es sagen sollte, sein Gesicht erhellte sich, »... sind Sie auf Safari?«

Der alte Mann lachte. »Nein, ich bin nicht auf Safari. Ich bin auf der Flucht. Ich bin nicht auf der Flucht vor der Polizei oder irgend etwas in der Richtung. Ich bin nicht auf der Flucht vor Schulden und Gläubigern. Ich bin auf der Flucht vor viel Schlimmerem: ich bin auf der Flucht vor einem verfehlten Leben.«

»Aber –«, stotterte der Director, »– wieso verfehltes Leben: als Doktor jur. und Unternehmer ...?«

»Ja? Und? Sehen Sie, meine Herren, Sie werden es auch schon erlebt haben: es gibt Punkte im Leben, die sind wie Weichen bei der Eisenbahn. Man kann sie *so* stellen oder *so*. Und je nachdem, wie man sie stellt, fährt der Zug hierhin oder dorthin. Es kommt darauf an, daß man diese Weichen richtig stellt. Aber das ist sehr schwer, denn meistens erfährt man erst viel, viel später, was die richtige Richtung gewesen wäre und was die falsche war. Und jede Weiche, die man falsch stellt, führt weiter von der richtigen Strecke weg. Nur selten gelingt es, eine Weiche so zu stellen, daß der Zug ein wenig auf die richtige Richtung hin zurückfährt. Ja.« Der Mann sprach immer leiser. »Und zum Schluß fährt der Zug, in dem man sitzt: *hier,* und die richtige Richtung, das richtige Geleis ist weit, weit drüber, jenseits der Sieben Berge –«

»– und bei den Sieben Zwergen«, lächelte der Director um zu dokumentieren, daß er verstanden hatte. *Ganz* hatte er aber nicht verstanden, der Polizist schon gar nicht.

»Ich habe«, fuhr der Mann fort, »so ziemlich alle Weichen in meinem Leben falsch gestellt. Wo die eigentliche Gleisstrecke liegt, kann ich nur noch ahnen. In meinem Alter. Zu versuchen, den – abgesehen davon: immer schneller fahrenden – Zug der fernen, wahren Strecke jenseits der Sieben Berge anzunähern, ist aussichtslos. Außerdem: auch das werden Sie selber noch erleben, Sie sind ja viel jünger als ich, werden die Weichen im Lauf des Lebens zunehmend weniger: die Punkte, an denen man die Richtung seines Lebens ändern kann. Nein, es blieb mir nichts anderes übrig, als vom Zug überhaupt abzuspringen.« Eine Pause entstand. Der Director räusperte sich.

»Das klingt... wie soll ich sagen, wie... so etwas wie ein Märchen oder fast kirchlich, wenn Sie die Bemerkung erlauben, Herr Doktor. So ungefähr verstehe ich es nun auch – Sie erzählen es sehr schön, fast poetisch, möchte ich sagen –«, sagte der Polizist.

»Ja, ja«, sagte der Mann, »ich bin geübt darin. Jedesmal, wenn ich einen Krüger-Rand verkauft habe, mußte ich die Geschichte erzählen. Ein paarmal auf spanisch, auf französisch und auf italienisch.«

»Das können Sie alles?« fragte der Polizist.

Der alte Mann zuckte mit den Schultern.

»Aber –«, sagte der Director, »ich meine, wenn Sie die Frage erlauben ... es ist doch seltsam ... wie haben Sie ... das heißt: *was* haben Sie ...?«

»Ich habe«, sagte der alte Mann und setzte sich so zurecht wie einer, der genug geredet hat und aufstehen will, »meine Sekretärin mit einer Vollmacht zur Bank geschickt, habe ihr eingeschärft, vierzehn Krüger-Rand und ein paar tausend Mark in bar mitzubringen – sie hatte keine Ahnung, wofür das war –, habe meinen Paß aus der Schublade meines Schreibtisches genommen, habe Krüger-Rand und Bares eingesteckt und habe das Haus, das ist: meine Firma, verlassen. Ich habe mir nicht einmal die Mühe gemacht, die Schublade wieder zuzumachen.«

»Haben sich in's Auto gesetzt und ...«

»Nein«, unterbrach der Mann, »ich bin gegangen. Zu Fuß. Zur Tür unten hinaus, die Straße hinunter, stadtauswärts. Es war ein mäßig schöner Sommertag und warm.«

»Ach«, sagte der Director, und dann: »Und was ist aus Ihrer Firma geworden?«

»Weiß ich nicht.«

»Und Ihre Frau? Ihre Kinder?«

»Weiß ich nicht.«

»Haben die Sie nicht suchen lassen?«

»Ich nehme an: ja. Aber sie haben mich jedenfalls nicht gefunden. Ich habe übrigens Grund zur Annahme, daß meiner Frau und selbst meinen Kindern meine Existenz erst dann wirklich aufgefallen ist, als ich fort war. Ich nehme an, daß der ältere Sohn versucht hat, die Firma weiterzuführen, obwohl er nichts davon versteht. Vielleicht haben sie die ganze Klitsche auch verkauft.« Der Mann lachte. »Das wird ein juristisches Gewürge gegeben haben! Aber mit Sicherheit kann die Familie von dem Erlös gut leben, wenn sie sich nicht allzusehr über's Ohr hat hauen lassen. Na ja. Vielleicht ... vielleicht haben sie mich auch für tot erklären lassen inzwischen. Das ist immerhin jetzt acht Jahre her.«

»Und wo waren Sie überall, Herr Doktor, wenn ich fragen darf? Sie müssen interessante Dinge erlebt haben?«

»Ich war ... dort und da. Erlebt habe ich nichts. Ich habe *ge*lebt. Ich lebe noch. Aber jetzt: ich sitze seit heute früh auf dem Trockenen. Der Krüger-Rand.«

Der alte Mann legte die Münze auf den Schreibtisch des Directors. »Den heutigen Kurs werden Sie ja wohl mittlerweile eruiert haben.«

Der Director schaute zum Polizisten, der Polizist schaute den Director an. Dann sagte der Polizist zu dem alten Mann: »Das kann alles wahr sein und nicht auch. Ich weiß nicht recht. Geben Sie mir noch einmal Ihren Paß?«

Der Mann reichte dem Polizisten den Paß, der Polizist stand auf, sagte: »Bin gleich wieder da«, und ging hinüber in die Inspektion. »Darf ich Ihnen«, sagte der Filialdirector, »eine Tasse Kaffee anbieten?«

»Ich sage nicht nein«, sagte der Mann.

Sehr bald kam der Polizist zurück. Er machte eine Geste: alles in Ordnung, reichte dem alten Mann den Paß und salutierte. Das Übrige war vorbereitet. Der Krüger-Rand wechselte den Eigentümer, der alte Mann bekam sein Geld und unterschrieb.

»Ja, dann!« sagte der Filialdirector.

»Und danke für den Kaffee«, sagte der Mann.

»Da werden Sie ja bald einen besseren Kaffee haben – wenn Sie zurückkehren ... nach Hause ... nachdem das der letzte Krüger-Rand war?«

»Zurückkehren?« fragte der Mann.

»Was werden Sie sonst machen, wenn das Geld da, das Sie bekommen haben, verbraucht ist?«

»Wie gesagt: vielen Dank für den Kaffee«, sagte der Mann und ging rasch.

»Alles in Ordnung«, sagte der Polizist, setzte sich zum Director, bekam jetzt doch eine Tasse Kaffee, »kein Anlaß für ein Eingreifen. Der Paß ist gültig. Zuletzt vor drei Jahren vom deutschen Konsulat in Rabat verlängert.«

»Zu der Zeit können sie ihn noch nicht für tot erklärt gehabt haben.«

»In drei Jahren kann viel passieren. Ich habe eben die Fahndungen abgefragt: er wird nicht gesucht, ist nicht zur Festnahme ausgeschrieben, es liegt nichts vor.«

»Aber der Familie hätte man doch vielleicht Bescheid sagen sollen ...«

»Das ist nicht unsere Aufgabe. Machen Sie's doch.«

»Ich bitte Sie: das Bankgeheimnis!«

»Eben. Sehen Sie. Und Datenschutz! Und et cetera.«

Der Polizist trank seinen Kaffee aus. »Dann werde ich wieder ... und einen schönen Tag noch ...«

»Einen Moment: was macht er, wenn das Geld verbraucht ist? Nach Hause zurück will er nicht, hat er gesagt.«

Der Polizist hob die Arme, ließ sie sinken.

»Aber ...« sagte der Director.

»Das ist nicht strafbar. Bevor er's getan, schon überhaupt nicht. Und woher soll man wissen ...«

»Ja, da haben Sie recht: woher soll man wissen.«

Als der Polizist ging, trat auch der Director vor die Tür der Filiale und schaute in die Richtung, in der der alte Mann verschwunden war.

Schönschreibübung III

Wieviel Mühe verwende ich nicht darauf, die Gerüste meines Hauses aufrecht zu erhalten. *Meines* Hauses? Ich habe kein Haus. Das Possessivpronomen rechtfertigt sich allenfalls durch die Tatsache, daß ich in diesem Haus wohne, man könnte auch sagen: geduldet bin. Wem das Haus gehört, weiß ich nicht. Warum die Gerüste an dem Haus stehen, weiß ich auch nicht. Ich fühle mich aber verpflichtet, die Gerüste aufrecht zu erhalten. Manchmal komme ich mir dabei vor, als beherrsche mich ein Aberglaube: daß das Haus zusammenstürze, wenn die Gerüste nicht blieben. Auf allen vier Seiten hat das Haus Gerüste. Das war nicht immer so. Ich kann mich noch daran erinnern, daß das Haus früher überhaupt nicht eingerüstet war. Das ist viele Jahre her. Dann kamen eines Tages mehrere Männer in blauen Arbeitsanzügen und Hosenträgern und stellten an der einen Seite des Hauses ein Gerüst auf. *Ich selber,* behaupteten die Männer, habe das Gerüst bestellt. Sie kassierten auch bei mir. Einer der Männer, der, der sich nach dem Aufstellen des Gerüstes als letzter entfernte, der kleinste von ihnen, sagte mir leise (vielleicht sollten es die anderen nicht hören): möglicherweise habe ich zwar das Gerüst nicht bestellt, aber nichts unternommen, um das Gerüst abzubestellen. Er sagte es so, als solle das ein Trost sein.

Im Laufe der Zeit kamen die Gerüste für die anderen drei Seiten. Die Männer, die die Gerüste aufstellten, wechselten. Beim Aufstellen des vierten Gerüstes half wieder der Kleine vom ersten Mal. Er sagte diesmal nichts. Er wirkte viel älter, aber ich erkannte ihn doch.

Das Gerüst besteht aus eisernen Trägern, aus Brettern und Balken. Zusammengehalten wird es durch Metallschellen. Das Holz ist verwittert, das Metall verrostet. Man kann nicht mehr gefahrlos über die Bretter gehen. Ich muß bei jedem Schritt prüfen, ob das nächste Brett noch trägt. Einzelne Schellen sind schon so weit verrostet, daß die Schrauben herausgefallen sind. Ich verbinde die betreffenden Stellen mit Stricken, so gut ich kann. Wenn ein Balken so weit durchgefault ist, daß er hinunterbricht, dann suche ich an irgendeiner anderen Stelle der Gerüste einen Balken, der noch gut ist und dort entbehrlich, und setze ihn anstelle des verfaulten ein. Das ist schwierig und wird, wie man sich denken kann, immer schwieriger.

Es ist kalt. Es gibt keinen Sommer mehr. Der letzte Sommer, der auch schon kühl und verregnet war, liegt viele Jahre zurück. Jetzt zieht sich der Winter bis in den Mai hinein hin, dann kommt ein Frühling, der keine Hoffnung mehr bringt und schon im Juli in einen nebligen Herbst übergeht. Ende August beginnt der nächste Winter. Die Kälte konserviert die Bretter und Balken etwas, das heißt: in der Kälte verlangsamt sich der Fäulnisprozeß, aber die Verrostung der Metallteile wird durch sie beschleunigt. Oft ist es so kalt, daß man das Gestänge nicht anfassen kann. Die Bretter und Balken sind vereist. Zweimal bin ich schon abgestürzt. Ich wundere mich, daß ich die Stürze überlebt habe.

Ich möchte gern *in* dem Haus wohnen, aber ich muß ja die Gerüste aufrecht erhalten. Heimlich steige ich ab und zu in das Haus ein, durch ein Fenster. Ich kann nicht lang bleiben, es muß sich jemand um das Gerüst kümmern. Mit den Jahren ist mir das Innere des Hauses fremd geworden. Ich finde mich drinnen nicht mehr zurecht. Ich beneide alle, die in Häusern ohne Gerüst wohnen.

Schönschreibübung IV

(Requiem für Philipp Arp)

Ich gehe in die Aussegnungshalle. Die Aussegnungshalle soll wohl den Eindruck einer byzantinischen Kathedrale erwecken. Das Muster des Steinfußbodens bildet einen großen Stern von Blau und Gold. Es riecht nach Seife. Den Rock eines Toten anzuziehen bringt vielleicht Unglück. Die Friedhofsverwaltung achtet peinlich darauf, daß kein Geruch aufkommt, jedenfalls kein Geruch, der für Verwesungsgeruch gehalten werden könnte. Seifengeruch wird nicht für Verwesungsgeruch gehalten. Die meisten Menschen wissen nicht, wie die Verwesung riecht. Die meisten Menschen glauben, Verwesung rieche scharf fettig und säuerlich oder faulig, wie Moor oder Müll. In Wirklichkeit riecht Verwesung wie frisch gebackenes Apfelbisquit.

Ich stehe weit hinten, obwohl vorn Stühle frei sind. Ich gehöre nicht zu den Verwandten des Verstorbenen oder zu den nächsten Freunden, obwohl mir der Todte viel bedeutet hat. Ich weiß aber nicht, ob *ich* dem Todten viel bedeutet habe. Ich schreibe »Todter« mit d-t, weil es den Todten, als er noch gelebt hat, gefreut hätte.

Der Sarg wird hereingerollt. Einige Friedhofsangestellte, wahrscheinlich Beamte, schieben den Sarg. Der Sarg steht auf einem schabrackenverhangenen Gestell mit lautlos laufenden, also vermutlich gut geölten Rädern. Wenn die Räder quietschten, wäre das Geräusch. Geräusch stört. Nichts kippt so leicht ins Komische über wie eine Beerdigung. Das kommt wahrscheinlich daher, daß alle Angst haben, die Beerdigung könne ins Komische hinüberkippen.

Der Pfarrer spricht. Er liest einen Psalm. Die Friedhofsbeamten tragen Mützen, so ähnlich wie Polizisten oder Trambahnschaffner oder Stationsvorsteher. Wie ist es, wenn ein Friedhofsbeamter zu Grabe getragen wird? Wahrscheinlich wird seine Mütze auf den Sarg gelegt. Es wird auch gar keiner zu Grabe *getragen*, man wird zum Grab gerollt.

Es ist ein seltsames Gesetz, daß Beerdigungen, sofern es sich um solche von entfernteren Angehörigen oder von Leuten handelt, bei denen man nicht weiß, ob man ihnen viel bedeutet hat, im Winter oder zumindest bei regnerischer Witterung stattfinden. Gibt es auf Friedhöfen mehr Krähen als an anderen Orten in der Stadt? Oder fallen sie einem hier nur stärker auf? Ich lasse ungefähr der Hälfte der Trauergemeinde den Vortritt, dann erst reihe ich mich in den Zug ein. Der Zug schlängelt sich durch die Reihen der Gräber. Der Sarg vorn mit dem Pfarrer und den Angehörigen und den nächsten Freunden ist schon um verschiedene Biegungen verschwunden, die entferntesten Freunde hinten sind noch gar nicht zum Zuge gruppiert, drängen sich noch um den Ausgang der Aussegnungshalle.

Ob der Todte hinter einem der schwarzen Baumstämme steht und verwundert zuschaut? »Was machst du denn hier? Wirst du nicht da vorn beerdigt?« »Ich habe mich leider verspätet, jetzt würde es auffallen, wenn ich nach vorn ginge und sagte: gestatten, ich bin der Todte. Das wäre komisch. Beerdigungen neigen ohnedies leicht zur Komik.« »Wie geht es dir?« »Das ist schwer zu sagen. Ich habe mit Gott gesprochen. Ich versuche zu erfahren, ob Gott gelegentlich auch lacht.« »Und? – lacht Er?« »Ich weiß es noch nicht.«

Aber der Todte steht hinter keinem Baum, nur einer, der ähnlich aussieht, wie der Todte ausgesehen hat, geht hinter dem Sarg. Vielleicht ein Bruder. Ich habe von der Familie des Todten niemanden gekannt. Nur den Todten habe ich gekannt. Der Todte war so stark in seiner Person und in seinem Leben, daß er keine Familie brauchte. Er galt allein.

Der Zug hinten, hinter mir, ist so unüberschaubar wie der Zug vor mir. Er dürfte sich jetzt endgültig formiert haben. Es wartet wohl niemand mehr in der Aussegnungshalle, die letzten haben sich angeschlossen. Zwei Friedhofsdiener machen das Tor zu, recken sich, um den obersten Riegel zu erreichen. Vielleicht wartet ein anderer Friedhofsdiener schon - die Hand auf die Klinke gelegt, den Blick über die Schulter gewendet zu seinen Kollegen hin -, daß er die Trauergäste für die nächste Beerdigung einlassen kann. Der nächste Verstorbene hieß Sauberspritz, ich habe es im Vorbeigehen gelesen, vorhin. *Hieß* - ? Schwer zu sagen, ob ein Todter einen Namen hat. Vielleicht heißt er immer noch Sauberspritz, wenigstens eine Zeit lang. Dann verflüchtigt sich der Name langsam, Buchstabe für Buchstabe. Sauberspritz, Sauberspru, Sauberspr, Saubersp, Saubers (- das klingt vorübergehend wieder wie ein gängiger Name). Sauber (- auch). Saube (- könnte zur Not auch noch ein Name sein). Saub, Sau, Sa, S. Das Grab wird aufgelassen. Es gibt keine Nachkommen mehr, die sich an Sauberspritz erinnern. Die Knochen werden an das anatomische Institut verkauft. Am Schädel lernen Studenten der Zahnmedizin, wie man Zähne reißt. Heißt der Schädel noch Sauberspritz?

Wir steigen über einen Bahndamm. Weit vorn schwankt der Sarg auf den Schultern der Sargträger. Der Wind kringelt auf dem Boden körnigen Schnee zu Mustern. Der Himmel wird im Westen - hinter uns - rot. Die Todtenglocke läutet. Es ist die Glocke am Bahnübergang. Vorsicht, es kommt ein Zug. Ein Teil der Trauergäste bleibt zurück, wartet, bis der Zug vorbei ist. Eine schneebedeckte Wiese mit Pferden. Jedes Pferd hat ein genau abgegrenztes Geviert. Wahrscheinlich rauften sie sonst miteinander. Oder es handelt sich um Hengste und Stuten, und es ist nicht erwünscht, daß sie sich paaren. Auf den Pfosten der Drahtzäune sitzen Krähen, auf je einem Pfosten je eine Krähe. Eine Krähe fliegt auf, es tönt sehr laut in der Stille, die sonst nur von den Schritten der Trauergäste mäßig durchbrochen ist. Die Krähe fliegt ein paar Meter. Sogleich fliegt eine zweite Krähe auf, setzt sich auf den Zaunpfosten der ersten. Die erste setzt sich auf den Pfosten der zweiten. Wenig Abwechslung haben die Tiere. Weiter hinten beginnt der Wald.

Das Waldgasthaus sieht wenig vertrauenerweckend aus. Dennoch betreten einige der Trauergäste, sogar solche aus dem vorderen Teil des Zuges, das Gasthaus. (»Geht einstweilen voraus, wir wärmen uns nur ein wenig auf, dann holen wir euch schon wieder ein.«) Viele aus dem hinteren Teil des Trauerzuges folgen dem Beispiel. Es gibt ein Gedränge an der Tür. Durch das Fenster ist zu beobachten, wie die Trauergäste – nun Wirtsgäste – die Tische besetzen. Im Nu ist die Gaststube voll. Der Wirt öffnet die Schiebetür zum Nebenzimmer. Auch das ist im Nu voll. Einige Gäste finden keinen Platz mehr, stellen sich an die Theke. Weitere Gäste finden auch an der Theke keinen Platz mehr und verlassen das Waldgasthaus wieder, schließen sich nolens volens dem Zug neuerdings an, sind nun wieder Trauergäste. Da der Zug schon weitergegangen ist, müssen sie eine Strecke laufen; laufen gemäßigt, um die Würde nicht zu verletzen. Sie schließen sich hinten an, obwohl einigen ein Platz viel weiter vorn gebührte; aber sie wollen nicht auf ihrem Anspruch insistieren. Auch das könnte die Würde verletzen.

Über einen zugefrorenen Bach führt eine Brücke, die nur auf einer Seite ein Geländer hat. Eigentlich handelt es sich gar nicht um eine Brücke, sondern nur um einen Steg. Er ist zu schmal, als daß die Sargträger den Sarg normal tragen könnten. Sargträger-Sarg-Sargträger vorn, Sargträger-Sarg-Sargträger hinten. (Das Rollen haben sie schon vor dem Bahndamm aufgegeben.) Es geht nicht anders: ein Sargträger trägt den Sarg vorn allein, geht rückwärts, langsam, vorsichtig, Schritt für Schritt, mit dem Ellbogen tastet er sich am Geländer entlang. Auch hinten trägt nur einer, er kann aber wenigstens vorwärts gehen. Die beiden restlichen Sargträger wiegen nervös die Köpfe und flüstern Ratschläge oder sogar Befehle. Der Zug gerät in Unordnung. Es ist kein Trauerzug mehr, nur noch ein Trauerhaufen, der ungeduldig diesseits des Steges wartet, bis der Sarg endlich drüben ist und man nachfolgen kann. Einigen geht es zu langsam. Sie klettern hinunter und springen über den Bach. Der Bach ist nicht breit, dennoch brechen manche ein. Mit nassen Hosen verabschieden sie sich. Man hat Verständnis. Es ist Nacht geworden. Die Sargträger schalten ihre elektrischen Taschenlampen ein.

Rechts von uns zieht sich ein Abhang in ein weites, bewaldetes Tal hinunter. Die Sargträger haben gebeten, daß zwei der Trauergäste vorausgehen und die Zweige des Unterholzes auseinanderbiegen, damit der Sarg durchkommt. Oft sind die Zweige gefroren, brechen ab. Mein Nachbar hebt einen dieser Zweige – eigentlich schon einen Ast – auf, knöpft seinen schweren Tuchmantel auf (ich sehe: er ist innen mit Bisamfellen gefüttert), entnimmt seiner Jacke ein Klappmesser, knöpft seinen Tuchmantel wieder zu, klappt das Messer auf und beginnt im Gehen einen Spazierstock zu schnitzen. Wir sind nur noch zu viert, dazu die vier Sargträger und die beiden ganz vorn, die den Weg bahnen. Insgesamt also zehn; wenn man den Todten dazurechnet *elf.*

Felsen türmen sich auf. Der Morgen dämmert über den Felszähnen links von uns. Der Weg ist eisig. Die Sargträger haben sich krallenartige Geräte an Lederriemen unter die Schuhe geschnallt. Es erweist sich als nützlich, daß mein Nachbar nach und nach für alle – mit Ausnahme der Sargträger – Spazierstöcke geschnitzt hat. Ich gehe jetzt unmittelbar hinter dem Sarg, neben mir der Stockschnitzer, hinter uns noch einer. Die zwei Wegbahner gehen, obwohl längst keine Zweige mehr zur Seite zu biegen sind, immer noch voraus. Hoch oben, viele hundert Meter über uns, zieht ein Flugzeug dröhnend seine Bahn, hinterläßt einen zierlichen Kondensstreifen, der von der aufgehenden Sonne rot und golden beschienen wird. Das Dröhnen ist noch zu hören, als das Flugzeug schon hinter einem mächtigen Berg verschwunden ist. »Ist das das Matterhorn?« fragt der Stockschnitzer. »Ich kann es Ihnen leider nicht sagen«, sage ich. »Ich werde mich erkundigen«, sagt er, »ich komme dann nach.«

Eine mit struppigem Gras bewachsene Hochebene zieht sich weit hin. In nahezu regelmäßigen Abständen liegen größere und kleinere Felsbrocken da. Sie zeigen zum Teil bizarre Formen. Ein Felsbrocken sieht aus wie ein riesiger Schnuller, ein anderer wie eine Gruppe von drei Engeln. Der eine von den beiden Zweigbeiseitehaltern tritt zur Seite, läßt den Sarg vorbei, kommt zu mir: »Die Steine«, sagt er, »die Felsbrocken: wie die Steinsaat eines Riesen.« – »Ein poetisches Bild«, sage ich und nicke.

*

Der andere Zweigbeiseitehalter und ich sitzen auf dem Sarg und warten nun schon viele Tage. Es erscheint uns immer ungewisser, ob die Sargträger jemals zurückkehren. Sie haben uns ihre Visitenkarten zurückgelassen. »Das hätte uns stutzig machen sollen«, sagt er. Wir lesen die Visitenkarten: einer hieß Reinhund, der zweite Kornpfeiffe, der dritte Rollmann, der vierte wieder Kornpfeiffe. »Vielleicht ein Bruder oder Vetter des zweiten«, sage ich. Der Zweigbeiseitehalter nickt. »Wenn wir uns *auch* entfernen«, fügt er dann hinzu, »*jetzt* fällt's auf.« Ich nicke. »Wir haben den Absprung verpaßt.« Ich nicke. »Es geht mir immer so«, sage ich. Er beginnt ein Lied zu singen.

»Das Wasser wälzt sich hinter dem Hügel,
Die Winde streichen hin und her, usw.«

*

Gegen Mitternacht schlief er ein. Ich entfernte mich leise. Ich hatte zu dem Zeitpunkt die Hoffnung aufgegeben, daß die Sargträger jemals zurückkehren könnten. Wenn der Zweigbeiseitehalter meinen Namen nicht kennt, dachte ich, um mich zu beruhigen, kann er nicht gekränkt sein. Wer weiß, außerdem, ob er nicht ebenso gehandelt hätte, wenn *ich* zuerst eingeschlafen wäre. Jeder ist sich selbst der Nächste. Das Hemd ist mir näher als der Rock. Und er kennt meinen Namen nicht. Wenn er gegen einen für ihn Anonymen beleidigt ist, ist das so gut wie nichts. Ein allgemeines, anonymes Beleidigtsein. So gut wie nichts.

Im Tal erfuhr ich, daß in einer Stunde der Omnibus abfahren werde. Leider waren die Gasthäuser und Cafés noch geschlossen. Ich setzte mich auf den Rand eines Brunnens unter eine Kastanie. Weiter drüben waren Leute damit beschäftigt, Marktstände aufzubauen. Der Ort hier, wie überhaupt das ganze Tal, ist berühmt für seinen Käse. Der Omnibus kam pünktlich. Er fuhr in die Kreisstadt und hielt vor dem Bahnhof. Vom Omnibusfahrer erfuhr ich von den schrecklichen Erdbeben, die inzwischen stattgefunden hatten. Im Zug erzählte mir ein Mitreisender, daß eine Springflut Tausende von Menschen verschlungen hatte. Ein grünlicher Regen war gefallen. Mehrere bedeutende Kathedralen waren eingestürzt. Der Papst war zurückgetreten. Ob jemals noch ein neuer Papst gewählt werde, erscheine unsicher.

Schönschreibübung V

Wie lange war ich nicht hier? Die Zeit, die verflossen ist, hat die Welt grau gefärbt. Die Bäume, die vordem die Häuserzeile gesäumt haben, sind längst gefällt. Hier, in einem dieser Häuser, hat ein Freund gewohnt. Ich weiß, daß dieser Freund vor vielen, vor undenkbar vielen Jahren ausgewandert ist. Das liegt mehr Jahre zurück, als ich voraussichtlich noch zu leben habe. Ich habe den Freund nie wiedergesehen. Er hat mir, einige Wochen nach seiner Auswanderung, eine Karte aus jenem fernen Land geschrieben, aber er ist nicht dort geblieben, ist später nochmals weiter ausgewandert, in ein noch ferneres Land. Von dort hat er mir keine Karte mehr geschrieben.

Ich bin wahrscheinlich der einzige, der weiß, daß dieser Freund, ein Mensch mit dem Namen so und so, hier in diesem mit der Zeit grau gewordenen Haus gewohnt hat. Damals habe ich dieses Haus oft betreten, es war mir geläufig, es war mir vertraut. Heute komme ich nur zufällig vorbei, merke, daß ich seitdem nie mehr in dieser Gegend war. Mit dem Tag, mit der Stunde, daß ich dem Freund das letzte Mal vor diesem Haus die Hand gab – »Also dann«, sagte er –, ist das Vertrautsein mit diesem Haus verschwunden. Es ist aus meinem Vertrautsein in die Ungeläufigkeit gerückt. Die Kacheln im Stiegenhaus (hellbraun) sind vielleicht heute noch dieselben wie damals, aber das Haus geht mich nichts mehr an.

Auch heute wohnen Leute in dieser Wohnung, selbstverständlich. Wie oft haben die Mieter gewechselt? Oft, wahrscheinlich. Ich nehme an, selbst der Name des Nachmieters der Nachmieter meines Freundes ist inzwischen schon so tief in die Jahre versunken, daß kein Mensch im Haus ihn mehr kennt; wie noch weniger den Namen meines Freundes.

Wenn ich hineingehe, läute und sage: »Kann ich bitte meinen Freund, er heißt so und so, sprechen?«, gelingt es mir damit, die von allen, nur von mir nicht vergessene Zeit heraufzuziehen? Zerbricht dann der Panzer der Zeit? Das ist unmöglich. Ich gehe weiter.

Schönschreibübung VI

(Requiem für Rudolf Riedler)

Gregorio geht den Hang hinunter. *Geht:* das stimmt nicht ganz. Steigt, stolpert, setzt vorsichtig die Füße quer zum Hang. Er will von oben nach unten gelangen, möchte sehen, was da unten ist.

Woher kommt der artentypische Vorstellungstopos humani generis, daß E r *oben* wohnt? Es gibt meines Wissens keine Religion, die den Himmel – im Sinn von: Paradies, Aufenthalt der Seligen, Ort der letzten, endgültigen Belohnung, S e i n e n Wohnsitz – nicht *oben* sähe. Die Hölle unten. Woher kommt das? Gut, vielleicht gibt es irgendeine verquere schamanische Splitterreligion, deren Anhänger in der Erde graben und nach I h m suchen. Prozentual fallen die nicht ins Gewicht. Alle prozentual ins Gewicht fallenden Religionen suchen I h n oben. Was ist aber – auf das Weltall bezogen – oben und unten? Aber das ist keine richtige Frage, wenn man religionsgeschichtlich denkt. Alle Religionen sind aus dem geozentrischen Denken entstanden, selbst die, die den Helios als zentralen Lebensspender verehren. Auch da ist die Sonne immer nur auf die Erde bezogen. Eine heliozentrische Religion gibt es nicht, ist nicht entstanden, obwohl wir *es* nun schon seit vierhundert Jahren wissen. Geschweige denn eine galaktische Religion.

Gregorio steigt hinunter. Es ist kein furchterregender Abhang, auch nicht sehr steil. Es gibt Absätze, Sträucher, ab und zu einen Baum. Man kann sich gut festhalten. Was wird unten sein? Wahrscheinlich nichts.

Eine Schicht von Trauer ist über die Landschaft gebreitet. Die Brauntöne, manche am Rand fast ins Schwarze verwischt. Selbst das Grün oft Schwarz, so paradox das klingt. Hügel wie wegfliehende Wellen. In der Ferne ein See wie Silber.

Der Mensch hat die Schönheit zerstört. Schönheit gibt es nur noch als Reservat zwischen den Errungenschaften des Fortschritts. Geduldete Schönheit, denn der eigentliche Sinn des Menschen, des ernsten, nach den wirklichen Werten der Gesellschaft strebenden Menschen steht nach Baukränen, Teerfässern, Leuchtreklamen, Verkehrszeichen, Hochspannungsleitungen, Litfaßsäulen, Peitschenleuchten, Drähten, Hinweisschildern. Dazwischen wie gesagt: ab und zu Schönheit. Man betrachtet sie, indem man versucht, für einen Augenblick die Signalampeln und Mülltonnen drum herum aus dem Blick zu blenden. Wie ein Photograph. Ja: photographierte Schönheit. Der Photograph räumt weg. »Erlauben Sie, daß ich für einen Moment Ihr rostiges Fahrrad beiseite stelle?« Oder der Photograph wartet den günstigen Moment ab. Das Photo gaukelt dann Schönheit vor. Deswegen sind Bildbände über Florenz schöner als Florenz. Schönheit von Dauer gibt es nicht mehr.

Häßlich sind nicht die großen, die totalen Bauten und Schneisen des Fortschritts: häßlich sind die kleinen Fortschrittsaccessoires. Die Einbahnstraßenschilder vor der Fassade des Doms.

Man kann natürlich die Flucht nach vorn antreten und sagen: der Fortschritt ist schön. Ästhetik der Technik. Hammerwerk, Schweiß und Feuer. Der schaffende Mensch. Die frische Begeisterung der Massen bei einem Fußballspiel. Das ist *schön.* Kann man sagen. Der Ingenieur als Held einer neuen Schönheit. Es sind auch schon Bücher geschrieben worden in diesem Sinn. Das ist schon eine Weile her, und man hat das Gefühl, selbst den Autoren, sofern sie noch leben, fällt es schwer, so recht daran zu glauben.

Zwei Leute gehen durch eine Boxerhundausstellung, der eine ist Kenner, der andere versteht nichts von Boxerhunden. Der Kenner bleibt vor manchen Käfigen stehen, gerät in Entzücken; was für ein herrlicher Hund! Vor anderen Käfigen: na ja ... Vor wieder anderen Käfigen: nicht gut, nichts. Dann plötzlich: was für ein Prachtexemplar! Sag einmal, sagt derjenige, der nichts davon versteht, zum Kenner, woher weißt du, welcher Hund schön ist und welcher häßlich? *Ich* sehe keinen Unterschied. Ja, das ist ganz einfach, sagt der Kenner, je häßlicher ein Hund ist, desto schöner ist er.

So zwei könnten auch durch die *documenta* in Kassel gehen. Die letzte Möglichkeit einer neuen Ästhetik, ohne daß wir verzweifeln müßten?

Wenn es schon, sagt der Experte (er schreibt Kulturkritiken in einer bedeutenden Zeitung), keine Maßstäbe dafür gibt, was heute *schön* ist, dann bestimme ich, was schön ist. Beuys zum Beispiel. Also nicht Beuys selber, haha, mit seinem Hut und der Fliegerweste, obwohl, hm, vielleicht auch das ... Wer Jude ist, hat Göring gesagt, bestimme ich.

Oder im Kleinen, denkt Gregorio. Er ist den Abhang schon zur Hälfte hinabgestiegen. Ich meine: wenn man ganz nahe herangeht und so ein Büschel Gras anschaut. Oder etwas abseits von der Straße ein umbrisches Bauernhaus. Eine Frage dazwischen: war dieses Bauernhaus auch einmal Fortschritt? Wird Fortschritt durch Zeitablauf, durch Verfall *schön?* Oder: ist Schönheit nicht vielleicht überhaupt das Gewesene, das grad noch übrig Gebliebene? Dort wo du nicht bist, da ist das Glück. Die Zeit, in der du nicht gelebt hast, die war schön. Sind nur Ruinen schön?

Seitlich zieht sich eine alte Mauer hin. Sie hat vielleicht einmal einen Teil des Abhangs gestützt, und oben war etwas gepflanzt. Man kann nicht mehr erkennen, was es war. Die Mauer ist schön.

Schönheit, denkt Gregorio, ist die Befolgung eines Kanons, aber nur grad so weit, daß eine gewisse Insubordination *gegen* diesen Kanon noch sichtbar bleibt.

Ein Turm von Trauer schwebt über der Landschaft. Gregorio ist am Fuß des Hügels angekommen und setzt sich auf einen Stein.

Möglichkeit eines waagrechten Regens. Die Tropfen rollen die Scheibe entlang. Der Fahrtwind preßt sie in ungewohnte Richtung. Werden schön dumm schauen, die Regentropfen. Die Regentropfen schauen überhaupt nicht, weder schlau noch dumm. Regentropfen gibt es überhaupt gar nicht. Der ältliche Mann zieht seine Brieftasche heraus, klappt sie auf, blickt hinein, lächelt verklärt, fast ein wenig imbezil - selig lächelnd wie ein satter Säugling, dabei ist er gut und gern sechzig; fleischiges, großes Gesicht. Er klappt die Brieftasche wieder zu und steckt sie ein. Der Zug eilt durch den Regen. Denn was ist das, ein Regentropfen? Zwei Tropfen laufen quer an der Scheibe hintereinander her, seitlich versetzt um vielleicht zwei, drei Zentimeter. Sie laufen um die Wette. So aufgeklärt wir auch sind, wir vermenschlichen alles; wir meinen: alles müsse um die Wette laufen oder dumm oder schlau schauen. Die Welt: in unseren Augen ein Geflecht von neckischen Fabeln. Den Regentropfen ist es völlig gleichgültig, welcher von beiden zuerst ankommt. Schon wieder anthropomorphes Denken - gleichgültig sein ... es ist ihnen *nicht einmal* gleichgültig. Der Fleischige zieht wieder seine Brieftasche heraus, schaut noch einmal hinein. Er hat eine fleischige Spitzglatze, ein flachkegeliges Fettpolster auf dem Kopf; sehr gepflegt im Übrigen, dezent, grau; könnte Prediger einer streng puritanischen, seriösen Sekte sein. Steckt die Brieftasche wieder ein. Der hintere Regentropfen war schneller, hat den ersten eingeholt, plötzlich: der - ehemals - hintere Regentropfen beschreibt einen Knick nach unten - die beiden Regentropfen vereinigen sich, sind vereinigt seltsamerweise kaum größer, als jeder vorher allein war. Sie rennen gemeinsam weiter. Was heißt gemeinsam? Auch eine anthropomorphe Neckerei – Neckischkeit? gibt es nicht – also: auch etwas anthropomorph Neckisches. Was ist ein Regentropfen? Einen Regentropfen gibt es nicht, es gibt nur Wasser. Wasser zerteilt sich und tritt als Meer, See, Regen, Mineralwasser, Quelle, Schweiß, Fluß, Teich, Träne, Lache et cetera auf, und auch als Tropfen. Anderseits: was heißt schon Regen? Nur eine Form, die das Wasser (nämlich: ein bestimmter Teil der Gesamtheit Wasser) wählt – wählt? nebbich –, um aus den Wolken auf die Erde zu kommen. Der Sektenprediger zieht zum dritten Mal seine Brieftasche heraus, klappt sie auf, schaut hinein. Wann ist Regen Regen, wann noch Wolke, wann schon Lache? Ist der Tropfen Regen? besteht der Regen aus einer Anzahl von Tropfen, machen also die Tropfen den Regen aus, oder ist, umgekehrt, der Regen ein Gegenstand, der aus einer großen, unbestimmten, aber endlichen Anzahl von Tropfen besteht? Alles Unsinn. Das sind alles nur ungenaue menschliche Kategorisierungsversuche, die die Geister verwirren. Es gibt nur Wasser. Es gibt *ein* Wasser. Die Gesamtheit des auf der Erde vorhandenen Wassers. Einzelne abgespaltene, temporär sichtbare Erscheinungsformen wie Meer, Fluß, Träne, ein Glas Perrier, Lache, Regentropfen et cetera *bezeichnet* nur der Mensch; oder besser gesagt: der Mensch fühlt sich unbefugtermaßen bemüßigt, Einteilungen vorzunehmen, die dann natürlich zwangsläufig ungenau werden. Langsam beginnt es, mich zu interessieren, was der da immer in seiner Brieftasche anlächelt, anhimmelt. Jetzt schon das vierte Mal. Aber selbst Wasser gibt es nicht. Es gibt nur H_2O, eine chemische Verbindung, die, wie jeder weiß, in drei Aggregatzuständen auftreten kann: fest, flüssig, dampfförmig. Übrigens auch eine Einteilung, die ungenau ist, wie man weiß. Ich erhasche – was für ein altmodisches Wort – einen Blick auf die Photographie, die der Prediger schon wieder, ich neige dazu zu sagen: kindisch-blöde, anlächelt. Es ist das etwa postkartengroße Portrait einer Frau. Selten habe ich eine so häßliche Frau gesehen. Nein: nicht häßlich – wo ist der richtige Ausdruck? – unschön. In ihrer UnSchönheit den Rand der Photographie sprengend. Ein Monster –. Nein, die Frau ist nicht verwachsen, nicht anormal, ... Gibt es überhaupt H_2O? Was ist H_2O? Zwei Elemente Wasserstoff und ein Element Sauerstoff. Es gibt nur Wasserstoff, die Masse des auf der Welt (oder: im Weltall?) vorhandenen Wasserstoffes nebst der Masse des im Weltall vorhandenen Sauerstoffes, Elemente, die Gesamtmenge der so definierten Elemente, die gelegentlich in der Form von H_2O aufzutreten belieben. (Schon wieder so ein Anthropomorphismus; soll stehenbleiben.) Eine rundliche Häßlichkeit; die Beschreibung ist unmöglich, die Annäherung ist schwer: eine weißlich-graue, selbst durch die Photographie hindurch leicht ranzig riechende Häßlichkeit, obwohl diese weibliche Person da in ihrer weißen Bluse, hochgeschlossen, versteht sich, ohne Zweifel das ist, was man so allgemein als *sauber* bezeichnet, in jeder Hinsicht, auch moralisch; eine von den zum Glück langsam Aussterbenden, die sich etwas darauf zugute halten, daß nicht einmal ihr Mann sie jemals nackt gesehen hat. Warum nimmt der Spitzfettglatzige das Bild in regelmäßigen Abständen heraus und blickt es augenverdrehend an? Aber es gibt nicht einmal Elemente, also: *einzelne* Elemente. Auch Elemente sind nur Anordnungen von Dingen. Was sind diese Dinge für Dinge? Da müßte man Millimetrophysiker und -experte sein, um das erstens zu verstehen und zweitens erklären zu können. Was da in (ungenau) Tropfenform des (annäherungsweise) Regenwassers, das ist (keiner konventionellen Einteilung entsprechend, weil die Wissenschaftler nicht schlau genug sind, etwas Besseres zu erfinden) die flüssige Aggregatform des (bleiben wir bei dem schillernden Ausdruck) H_2O die Scheibe (was ist eigentlich eine Scheibe? Aber ich will die Dinge nicht zusätzlich verwirren) herunterrinnt, ist eine Ansammlung elementarer Winzigkeiten. Der Zug hält. Der Sektenprediger steigt aus. Hat er gelächelt, weil es ihm gelungen ist, der Weißhäutigen endlich davonzulaufen? Oder liebt er sie? Hält er es für ein himmlisches Verdienst, so eine Made zu lieben? Eine schöne Frau zu lieben, ist nicht schwer. Der Regen hat aufgehört. Die Regentropfen (also: die ehemals zwei, zuletzt zu Einem vereinigten Regentropfen) sind verdunstet. Gestorben? Werde ich sie dereinst im Jenseits wiedersehen?

Schönschreibübung VIII

Ich bin, das ist Jahre her, von Bayreuth nach München zurückgefahren; spät in der Nacht. Man soll so etwas nicht machen: am Vormittag noch eine Sitzung im Gericht, was einem als Richter eine Konzentration wie einem Dompteur abverlangt, dann schnell mit dem Auto nach Bayreuth (nicht einmal zu einer Aufführung, nur zu einer Generalprobe; »Tannhäuser«), um vier Uhr fängt sie an, zweimal eine Stunde Pause, um zehn Uhr zu Ende, es graust einem vor der Heimfahrt. Da ist noch ein Freund, er hat es leichter, er bleibt noch für ein paar Tage in Bayreuth, will morgen oder übermorgen in die »Parsifal«-Generalprobe gehen. Nach der Probe will ich mich nicht sofort ins Auto setzen, erstens habe ich Hunger und Durst, zweitens graust es mir, wie gesagt, vor der Heimfahrt. Aber durch das Sitzen hier im Geborgenen einer Bayreuther Gastwirtschaft wird der lange, dunkle Tunnel an Zeit und einsamer Fahrt, der noch vor einem liegt, nicht kürzer, wird eher drohender in seiner zunehmenden Unausweichlichkeit. Es war schon nach Mitternacht, da habe ich mich endlich losgerissen. Erst noch die Lichter der Stadt Bayreuth, dann die Straßenbeleuchtung der Ausfallstraße, dann die Autobahn. Nacht. So gut wie kein anderes Auto unterwegs. Im Radio keine Musik, die ich hören will. Ich bilde mir ein, nur im Liegen schlafen zu können. Ich war todmüde, so müde, daß ein dicker, gläserner Helm den Kopf umschloß. Aber so müde, daß ich – außer im Liegen – einschlafe, *kann* ich gar nicht sein. Wenn ich mich hingelegt hätte, wäre ich sofort eingeschlafen. Aber die aufrechte Stellung, das Sitzen hielt die Augen offen: wie eine Folter. Ich bin nicht eingeschlafen, bilde ich mir ein. Das ist viele Jahre her. In Wirklichkeit bin ich doch eingeschlafen, habe geträumt: geträumt, daß ich nicht eingeschlafen bin, daß ich zu Hause angekommen bin, daß ich mich ins Bett gelegt habe; geträumt, daß ich eingeschlafen bin, daß ich geträumt habe, daß ich aufgewacht bin, am nächsten Tag ins Gericht gegangen, Akten bearbeitet, Sitzungen gehalten, Urteile abgesetzt, die Weltläufte verfolgt, Nachrichten im Radio, Konzerte, Theater, Freuden und Ärger, wer im Kreml herrscht und wer im White House, geträumt, daß ich nach Rom gefahren bin, das schöne Wetter, das schlechte Wetter geträumt, geträumt, daß ich Romane schreibe und Theaterstücke, und eines Tages (Tages?) werde ich träumen, daß ich sterbe, obwohl ich längst tot bin, seit jener Nacht, wo das Auto mit dem übermüdeten, am Steuer eingeschlafenen Fahrer von der Autobahn abgekommen ist, in der Nähe von Greding in einer langgezogenen Rechtskurve.

Träume ich die Weltläufte richtig? Wahrscheinlich nicht. Wahrscheinlich geht alles ganz anders – zunächst einmal ohne mich, obwohl das natürlich sehr unwichtig ist, jedenfalls, was die Weltläufte außerhalb eines eng begrenzten Bereiches betrifft. Die Wirklichkeit entwickelt sich *dahin,* die von mir im Augenblick meines Todes geträumte Wirklichkeit (man kann ja in einem Bruchteil einer Sekunde ganze Jahrzehnte träumen) entwickelt sich aber *dorthin;* eine weit auseinanderklaffende Schere.

Gibt es mehr so Träumer? Begegnen mir in meinem Traum, den ich für Leben halte, Träumer, die auch schon tot sind, auch ihr Leben träumen? in meinen Traum hineinträumen? Was träumen die von mir, wenn sie mir begegnen? Die Welt ein Netz von Träumen, das vielleicht schon vor einer längst zugrunde gegangenen Erde abgehoben ist.

Was träume ich, nachdem ich geträumt haben werde, ich stürbe? Träume ich die Ewigkeit? Nichts leichter als das, denn die Ewigkeit, die ja überhaupt keine Zeit beansprucht, läßt sich bequem im Bruchteil einer Sekunde unterbringen.

Träume ich Gott?

Schönschreibübung IX

Bin ich doch unlängst dem Weltgeist begegnet. Er saß auf einer Bank am Waldrand und hatte die Augen geschlossen. Ich gebe zu, daß ich ihn nicht erkannt hätte. Wer vermutet schon an einem heißen Sommernachmittag am Waldrand auf einer einfachen, nur aus einem Brett mit vier großen Füßen gezimmerten Bank, niemand Geringerem als dem Weltgeist zu begegnen? Aber er war es, ohne Zweifel, es konnte niemand anderer sein. Außerdem war es in goldenen Buchstaben auf seinen linken Ärmel gestickt, wirkte wie eine Armbinde: »W E L T G E I S T«.

»Gibt es Sie tatsächlich immer noch?« rief ich aus.

Er hob die Lider. »Wie bitte?«

Ich habe mir vorher nie Gedanken darüber gemacht, wie der Weltgeist aussieht, Hegels Weltgeist. Man sollte sich mehr Gedanken über derlei Dinge machen. Man geht achtlos darüber hinweg, macht sich nicht die Mühe, Begriffe zu ergründen, die alle Welt täglich im Munde führt. Wie sieht die Seele aus? Tropfenförmig und leicht orangefarben irisierend? Oder mehr länglich – flach mit sternförmig auseinanderstrebenden Tentakeln, an denen feine Härchen in ständiger Bewegung sind? Oder das Bruttosozialprodukt: wie sieht das aus? Wolfgang Hildesheimer, der hochverehrte, hat sich als einziger diesem Problem genähert. Es gibt von ihm eine Zeichnung: Kants *Ding an sich*. Aber wie sieht das Bruttosozialprodukt aus? Eine bräunliche pfannkuchenartige Schicht mit Blasen hie und da? Oder eine große marmorierte Kugel? Wie sieht das Gewissen aus? oder der – dem Weltgeist verwandte? – Zeitgeist?

Der Weltgeist trug eine weiße Toga, die er im Sitzen am

linken Knie gerafft hatte. Etwas fette Hände. Der untere Saum der Toga war bestickt wie der Ärmel: MARX - MARX - MARX ... rundum.

»Es freut mich, Sie so rüstig zu sehen«, sagte ich.

»Ei, ei«, sagte der Weltgeist.

Er trug einen Zwicker und stülpte den Mund ein wenig vor wie zum Pfeifen. Wenig Haare und ein kugeliger Kopf, ein buschiger Schnurrbart und ein wallender Vollbart, der fast ein Medaillon verdeckte. Ich näherte mich ehrfürchtig, um das Medaillon zu betrachten: HEGEL war da eingraviert; was sonst. Flügelchen hatte er an den Ohren.

»So kleine Flügel für eine so schwergewichtige Person, können Sie damit fliegen? Und wenn ja, ist das nicht scheußlich unangenehm? - mit den Ohren?«

»Ach ja«, sagte der Weltgeist.

Den rechten Arm hatte er abgewinkelt erhoben, den Zeigefinger ausgestreckt. Darauf balancierte eine von innen leuchtende Pyramide; stand auf der Spitze. Also: Pyramidenspitze auf Fingerspitze.

»Wer durch mich hindurchgeht, oder durch wen ich hindurchgehe, der hat ...«, der Weltgeist fixierte mich über seinen Zwicker hinweg.

»Der hat ...?« hauchte ich.

»Wie bitte?« fragte er.

»Sie sagten«, sagte ich, »wer durch mich hindurchgeht, oder durch wen ich hindurchgehe, der hat ...«

»So, so«, sagte er, »habe ich das gesagt?«

»Das haben Sie gesagt.«

»Man sagt viel, wenn der Tag lang ist«, sagte der Weltgeist, steckte die Pyramide ein und entfernte sich in Richtung des Waldgasthauses jenseits der Senke, in der sich jetzt schon die Dämmerung breitmachte.

Schönschreibübung X

(Requiem für Elda Tapparelli)

Wie geht das?

Ich bin nicht mehr, aber ich merke, daß ich nicht mehr bin. Der Film, der angeblich bei dieser Gelegenheit in Windeseile, nein: viel schneller noch, in Blitzeseile, sogar schneller als ein Blitz vor dem inneren Auge abläuft, ist zu jenem Endpunkt gekommen, der sich eben in der Realität abspielt. Darstellung und Realität treffen aufeinander. Die Darstellung hat die Realität eingeholt. Der Film läuft wieder langsam, ist kein Film mehr, ist - nein: Leben eben nicht.

Wie geht das vor sich? Angenommen, die bewußte Sache findet nicht anläßlich eines Unfalles oder sonst einer Scheußlichkeit statt, sondern im Bett oder in einem Ohrensessel (»Mehr Licht ...«): sammelt sich die Seele, dringt aus dem Mund? aus den Ohren? womöglich aus allen, selbst schicklicherweise nicht zu nennenden Öffnungen des Körpers nach oben? Ein weißer, aber unsichtbarer Rauch. Das heißt: unsichtbar, sich selber als weiß empfindend, milchigweiß, leicht irisierend. Der Rauch hat - etwas verschwommen - ungefähr die Formen des Körpers, den er eben verlassen hat. Ungefähr: wie mit sehr dicker, sehr weicher Kreide fahrig nachgezeichnet. Daher sieht es aus, als ob diese Rauchfigur ein Hemd anhabe. Ein Zipfel hängt noch im Mund des Körpers, schlüpft dann aber auch heraus, die Trennung ist vollzogen.

Der Rauchkörper, das Hemd, beginnt zu schweben und zu kreisen. Er (es) hat Augen, aber die sind nur Form, Abbild, keine Funktion, sind formenhafte Erinnerungen an das Abgeschiedene. Das Hemd sieht anders, sieht mit anderem. Da das Hemd reines Bewußtsein ist, sieht es (und hört und riecht und fühlt) mit Hilfe seines Selbst, also seines ganzen Selbst.

Sieht es sogleich, das Hemd? Muß es erst lernen? Die Witwe wird von der Krankenschwester ins Zimmer geführt, sanft gestützt. Der Arzt tritt auf die Witwe zu: »Tja, gnädige Frau, wir haben getan, was wir konnten. Einen Trost kann ich Ihnen geben: er hat nicht viel gelitten.« (Woher willst du das wissen? du Knopf mit Ohren.) Die Witwe weint. »Mein aufrichtiges Beileid«, sagt der Arzt. Das Hemd weiß aber auch, was er denkt. Er denkt: »Wenn ich vorhin richtig gerochen habe, gibt es schon wieder Krautwickerl in der Kantine.« Aber dem Hemd ist nichts Menschliches mehr fremd. Da selber alles Menschliche abgestreift habend, verzeiht und versteht es.

Was denkt die Witwe?

Es ist nicht so einfach, in fremde Gedanken einzudringen. Das heißt: einfach ist es schon für so ein Hemd, man braucht ja nur hinzuhören, zu lesen, was da gedacht wird. Mitdenken, so ungefähr wie am Telephon mithören, wenn durch irgendeinen technischen Fehler plötzlich ein fremdes Gespräch in der Leitung auftaucht. Man geniert sich, da mitzuhören, hört aber mit. Da tauschen Wildfremde Intimitäten aus (mehr oder weniger Intimitäten, muß ja nicht gleich das Innerste sein) und ahnen nicht, daß einer zuhört. Eine *Voyeur*situation. Ob man mithören *will?* Ob man überhaupt wissen will, was die Witwe denkt?

Oder wie geht das?

Muß man das wahrnehmen? Wenn man Augen hat, und man hat sie offen und schaut über eine Landschaft hin, dann kann man auch nicht befehlen: ich sehe alles, das schöne Grün der Bäume und der Wiese, aber die vier gräßlichen Köter, die eben den Weg verunreinigen, die sehe ich nicht. Entweder – oder. Und es gibt Sinne, die kann man fast überhaupt nicht abschalten. Probieren Sie einmal, *nichts* zu hören. Selbst wenn Sie sich die Hände auf die Ohren pressen, hören Sie das stundenlange Gekläffe des hysterischen Dobermanns jener orgasmusgestörten Mittfünfzigerin, die unglücklicherweise in Ihrer Nähe wohnt. Oder der Sinn, der Hitze und Kälte empfindet.

Was denkt also die Witwe?

Lassen wir es gut sein. Der Rückstand der Persönlichkeit, die das Hemd vor inzwischen zehn Minuten verlassen hat, war auch nicht zeitlebens ein Engel. (Ist es jetzt einer? Die theologischen Fragen sollen hier einmal zurückgestellt werden.) Weiß man in dieser Situation aber womöglich noch viel mehr? Wenn der Mensch, sagt man, in der Lage wäre, mit seinen Augen Infrarotstrahlen zu sehen, da sähe er umrißhaft – zu allem Übrigen dazu – noch Dinge, die gar nicht mehr da sind. Also: auf der Wiese nicht nur die aktuellen vier Köter, sondern auch noch infrarot alle anderen Köter, die in den letzten vierundzwanzig Stunden hier herumgehüpft sind und die Gegend verunreinigt haben. Schwächer werdend, mit der Zeit, das schon. Liest man so ähnlich die Gedanken der Lebenden? Was die Witwe damals gedacht hat – da war sie natürlich noch nicht Witwe –, als das seltsame Taschentuch mit dem Monogramm F. S. aufgetaucht ist?

Füllen die Hemden die Welt immer dichter? Es werden ja immer mehr. Es müssen ja alle zusammengezählt werden, die je gelebt haben. Probleme gibt es nicht, denn die nehmen keinen Raum ein. Oder doch? Einen unnennbaren, vierdimensionalen Raum? Und doch eine *Zeit?* Verblassen sie mit der Zeit? Beginnen, zum Beispiel, die Hemden, die so um die Zeit Kaiser Ottos III., 1000 post Christum natum, ihre Körper verlassen haben, zu verblassen? Verwehen, immer durchsichtiger werdend? Sterben Seelen? Was verläßt die Seele, wenn sie stirbt? Hat das Jenseits, diese Hemdenwelt, ein Jenseits-Jenseits? In dem Gottes Gott wohnt? Eine theologische Frage, die noch nie aufgeworfen wurde. Sein kann schließlich alles. Bisher hat noch immer die Realität die kühnsten Spekulationen übertroffen.

Es heißt, Beethoven habe von seiner Zehnten Symphonie weit mehr komponiert, als an Skizzen erhalten ist. Beethoven war bekanntlich taub. Er hat seine Arbeit mit dem inneren Ohr komponiert (was er auch getan hätte, wenn er nicht taub gewesen wäre), hat sie *gehört,* also: gedacht. Was interessiert mich, was die Witwe damals im Zusammenhang mit dem Taschentuch gedacht hat. Ich suche Beethovens Hemd. Es ist hoffentlich noch nicht verblaßt. Ich höre die Zehnte Symphonie.

Schönschreibübung XI

für I. E.

Die Alte Roma sitzt an der Cestius-Pyramide und füttert die Katzen. Die Alte Roma, schwerfällig, früher rothaarig – sie hat wilde Haare gehabt, Locken wie aus Draht, jetzt hat sie sie abschneiden lassen; welcher Friseur hat es gewagt, die Haare der Alten Roma abzuschneiden? hat er gewußt, wem er da die Haare schneidet? was hat er mit den Haaren getan? – jetzt ist sie weiß, sitzt an der Mauer und füttert die Katzen. Es sind viele Katzen, manche treiben sich unten herum am Fuß der Pyramide – GAI CESTII EPULONIS SEPULCRUM – oder im Friedhof dahinter – JULIUS AUGUST WALTHER VON GOETHE unter anderen, es steht aber nur GOETHE FILIUS dort, als wäre er selber nichts gewesen ... oder war er nichts sonst? und »If thy cherished name be ›writ in water‹ ...«. Die Katzen liegen auf den künstlich umgestürzten Säulenstrünken (gemachte Fragmente; gibt oder gab es Torsobildhauer? wie Ruinenbaumeister?), nur fünf Katzen sitzen oben und fressen das, was ihnen die Alte Roma hinlegt. Sie war vorher draußen an der Via Ostiense und hat in den Hallen der Märkte um Fleischabfälle gebeten. Ein freundlicher Metzger hat ihr in einem Plastiksack Kutteln und Mägen und Euter und dergleichen gegeben. Pralles Blut – der Alten Roma ist nichts unappetitlich, und die Katzen fressen es gern.

Es sind fünf Katzen, zwei erwachsene und drei junge. Die eine junge Katze ist ganz räudig an der einen Flanke, aber sie frißt, und das heißt, daß sie vielleicht durchkommen wird.

Goethes Vater war in Rom, hat seine Begeisterung für diese Stadt seinem Sohn vererbt. Was der Aufenthalt Goethes in Rom für ihn bedeutet hat, das hat er selber so freimütig wie wenig sonst beschrieben. Was für ein Geflecht von Bedeutungen: Flucht, Zuflucht, Arcadien, Iphigenie, der Katholizismus, Hin- und Wegstreben, die Sehnsucht, das Licht im Vergleich zum trüben Nord. Eigentlich wollte Goethe in Rom bleiben. Er ist nur nach Weimar zurückgekehrt, da bin ich sicher, um ein paar Dinge zu ordnen und dann unverzüglich und für immer nach Rom zu ziehen. Da ist Christiane Vulpius dazwischengekommen und unmittelbar danach August von Goethe (der erst viele Jahre später rechtens diesen Namen führte), und dieser August von Goethe, dieser seltsame Schatten ist - der dritte Goethe - nach Rom gefahren und ist dort geblieben: hier an der Pyramide des Cestius. »Home is where the heart is« steht - auch hier, ganz in der Nähe von Goethes Filius' Grabstein - auf dem des Dichters und Malers Francis Scott Bradford (1898 - 1961). Auch Goethes Heimat also.

Die Alte Roma sitzt gelegentlich am Colosseum. Die wackeligen, orangenen Wägen der Straßenbahnlinien 13 und 30 knarzen hier um die Kurve. Die Alte Roma sitzt vor der Bar Martini. Sie wühlt in ihren Taschen - sie hat viele Taschen bei sich, alle sind prall voll - und schichtet ihre Habseligkeiten um. Einige Katzen sitzen unten zwischen den Resten der Substrukturen der Gladiatorenschule. Sie liegen da wie Gladiatoren nach dem Training. Sie sind froh um die Kartons, die irgendwelche Schmutzfinken hinuntergeworfen haben. Die Katzen liegen lieber auf den Kartons als auf dem Gras. Manchmal kommt die eine oder andere Katze herauf auf die moderne, umzäunte Umfassungsmauer. Dort legt die Alte Roma, ächzt, schnauft, ein paar Brocken hin.

Oder die Alte Roma verläßt die Bar Martini und geht - ohne auf das Fußgängersignal zu achten, geht über die

Straße, ob da rot ALT oder grün AVANTI steht – über die Via Labicana den Monte Oppio hinauf, den Ausläufer des Esquilin. Dort, hinter den Gittern, die die Zugänge zur Domus Aurea verschließen, liegen unzählige Katzen; darunter eine Familie mit sieben Jungen. Obwohl schon andere Katzenfreunde etwas hingelegt haben und die Katzen offenbar schon satt sind, greift die Alte Roma in ihre Taschen und wirft ein paar Brocken durch die Gitterstäbe hinein: für morgen zum Frühstück.

Im Colosseum selber wohnen noch viel mehr Katzen, die meisten an der östlichen Seite, wo sich das Straßenniveau höher hebt. Nicht so viele aber am Largo Argentina: aber das waren, erzählt man, die Lieblingskatzen der großen, unvergeßlichen Anna Magnani. Und die vielen einschichtigen Katzen: eine oben am Capitol, spazierte hinten (heute: hinten, ehedem: vorn, die Stadt Rom hat sich ja um hundertachtzig Grad gedreht; heute schaut das Capitol mit der Cordonata nach Norden, zur Piazza Venezia hin, zu Zeiten, wo die Alte Roma eine noch nicht so Alte Roma war, hat es nach Süden zum Forum hingeschaut), spaziert hinten am Tarpejischen Felsen entlang und hat keine Angst hinunterzustürzen. Eine sitzt in einer der finsteren Gassen hinter Sant'Andrea della Valle auf einem Autodach, eine sitzt in einer winzigen Seitenstraße zwischen der Via del Tritone und Sant'Andrea delle Fratte auf dem Rest eines Aquaeducts, der unbeachtet in einem Hinterhof steht; eine sitzt in der Lungaretta neben der abgetretenen Marmorschwelle einer Metzgerei.

Die Alte Roma glaubt vieles. Sie hat viele Heiligtümer. Sie kann alle Anrufungen lesen. Sie kann die Inschriften im Mithräum unter San Clemente lesen, sie versteht die wasserzerfressenen, von den tausend und abertausend Schlägen der darüber wegfahrenden Züge erschütterten Reliefs der Basilica Sotteranea an der Porta Maggiore, sie betet im Pantheon und in der Peterskirche. (Sie weiß sogar, was die seltsamen Schriftzeichen bedeuten, die auf dem Band zu sehen sind, die Sanct Peter und Sanct Paul auf Filaretes Porta Mediana umfassen: die Schriftzeichen sind arabisch.) Nur vor dem an sich sehr schönen Grabmal Innozenz' VIII. betet sie nicht. Das Grabmal, an einem Pfeiler mehr links, ist eines der drei großen Meisterwerke des Pollaiuolo in Rom: das Sixtus-Grab in der Sakristei, das überhaupt nicht genug zu loben ist, die Romulus- und Remus-Knaben, die er nachträglich an die Capitolinische Wölfin angefügt hat, und eben dieses Monument für Innozenz VIII. Hier betet die Alte Roma nicht. Innozenz VIII., vorher Giovanni Battista Cybò, Papst von 1484 bis 1492. Er hat die Inquisition eingeführt und wollte die Katzen aus Rom vertreiben. Hier betet die Alte Roma nicht.

Schönschreibübung XII

Man liest jetzt viel von dem englischen Physiker Stephen William Hawking. Sein Schicksal – er leidet an unheilbarem Muskelschwund – erweckt soviel Anteilnahme wie die Schärfe, Tiefe und Kompromißlosigkeit seiner Gedanken.

Es soll Hawking, wenn man dem glauben darf, was in den Zeitungen berichtet wird, gelungen sein, die Relativitätstheorie mit der Quantenmechanik zu verschmelzen. Es seien ihm aufsehenerregende und völlig neue Theorien und Gedankengebäude zu verdanken. (Selbst das von Journalisten Berichtete, die aber natürlich meist selber nichts davon verstehen, begreife ich nur zum Teil, wie nicht anders zu erwarten.) Hawking hat meines Wissens zum ersten Mal die Frage formuliert: ob die Naturgesetze *vor* der Entstehung der Welt gegolten haben. Das ist, glaube ich, eine entscheidende Frage. Wenn die Naturgesetze gleichzeitig mit den Vorgängen des Urknalls entstanden sind, so erhebt sich das Problem: wie kann etwas (nämlich die Vorgänge beim Urknall) einem Gesetz gehorchen, das es gehorchend hervorbringt? Wer dann die Vorgänge des Urknalls untersuchen, also die Entstehung der Welt begreifen will, muß untersuchen, warum die Naturgesetze in dieser Weise, wie wir sie kennen, entstanden sind und nicht anders. Der Urknall und alles auf ihn Folgende wäre ja wohl, zum Beispiel, anders verlaufen, wenn die Lichtgeschwindigkeit höher oder niedriger oder die vierte Dimension als sinnlich wahrnehmbar »entstanden« wäre.

Anderseits, wenn die Naturgesetze (oder das eine Naturgesetz, auf das vielleicht alle Naturgesetze zurückzuführen sind) schon *vor* dem Urknall, also vor der Entstehung der Welt sozusagen im raum- und zeitlosen All abstrakt bestanden hätten, wären der Urknall und die vorausgegangene »Singularität« nur von sekundärer Bedeutung für die Weltentstehung, dann müßte die Sache nach dem Urgrund (und Sinn) der Welt sich darauf konzentrieren, woher die vorraumzeitlichen Naturgesetze gekommen sind.

Hawking, heißt es, suche nach der Formel für den Urknall. (Vielleicht deckt sie sich mit dem Einen Naturgesetz.) Hawking kann, so wird berichtet, schon seit Jahren seine Gliedmaßen nicht mehr gebrauchen, er kann nicht mehr durch den Mund atmen, kann nicht mehr sprechen. Er ist an den Rollstuhl gefesselt, er ist auf ständige Hilfe durch seine Frau und durch Krankenschwestern angewiesen. Er »spricht« durch einen speziellen Computer, den er mit einem Finger, dem Mittelfinger der rechten Hand, dem einzigen, den er noch bewegen kann, bedient. Aber denken kann er.

Mitleid und Bewunderung heben sich auf in diesem Fall. Das Wichtigste bei Stephen Hawking ist, daß man seine Gedanken ernst nimmt. Ich kann aber nicht umhin, hier eine Geschichte zu spekulieren, die von tragischer Ironie wäre, würde sie wahr. Ich bitte Stephen Hawking vorweg um Entschuldigung, daß mich sein Schicksal zu dieser Spekulation veranlaßt. (Er wird diese Zeilen aber nie lesen.) Wenn seine Krankheit weiter fortschreitet, und wenn er den Einen Finger auch nicht mehr rühren kann und ihm damit die letzte Möglichkeit, sich zu äußern, genommen ist, denkt er dennoch weiter. Und dann findet er die Welt-Formel.

Es heißt, Hawkings Augen seien besonders lebendig und ausdrucksvoll. Sie sind so ausdrucksvoll, daß dann die, die ihm nahestehen, erkennen: jetzt hat er die Welt-Formel, nach der er gesucht, gefunden. Aber so ausdrucksvoll, daß er damit die Welt-Formel exakt mitteilen könnte, sind die Augen wieder nicht. So steht die Welt vor diesem genialen Gehirn und weiß: es kennt die Welt-Formel. Es kennt den Urgrund und den Sinn des Seins. Es kann sie aber nicht mitteilen.

Jede Krankheit ist, behaupte ich manchmal, vom Kranken selber gewollt. Wollte Hawking (oder irgendeine Instanz in Hawkings Struktur, stärker als sein Bewußtsein) diese extreme, bis ins endgültig Stumme führende Krankheit, weil er wußte, daß er die Welt-Formel finden werde, weil er aber gleichzeitig wußte, daß es besser für die Welt ist, wenn sie sie nicht kennt? – oder daß sie nicht würdig ist, sie zu erfahren?

Schönschreibübung XIII

(Requiem für Lydia Runkel)

Es ist nicht schwer, durch die Dinge hindurchzuschauen. Die Gegenwart ist so dünn. Wenn man wüßte, durch welche mathematische Größe die Zeit – das ist: der Augenblick – zu teilen ist, wüßte man, wie lang die Gegenwart dauert. Um zu verdeutlichen, was ich meine: das Jahr wird in Monate geteilt, die Monate und die Wochen in Tage, die Tage werden in Stunden geteilt, die Stunden in Minuten, die Minuten in Sekunden. Die Sekunde kann in Zehntel-, Hundertstel-, Tausendstel-Sekunden unterteilt werden. Es sei, heißt es in der Lehre von der Akustik, nachgewiesen, daß das menschliche Gehör fähig sei, zwei im Abstand von einer Fünfhundertstel-Sekunde erklingende Töne als zeitlich aufeinanderfolgend zu erkennen. Ob bei noch subtileren Vorgängen eine noch kürzere Aufeinanderfolge wahrgenommen werden kann, weiß ich nicht. Aber das menschliche Wahrnehmungsvermögen ist selbstverständlich nicht das Maß der Dinge. Tatsache ist, daß physikalische Vorgänge nicht nur denkbar, sondern erwiesen sind (beim Urknall etwa), die sich im zeitlichen Abstand von Millionstel-Sekunden ereignen. Je kleiner die Dinge sind, desto kleiner sind auch die zeitlichen Maßstäbe. Zeit und Raum besitzen offenbar eine wechselseitige Relation. Aber unendlich teilbar ist die Zeit nicht, denn wenn die Zeit unendlich teilbar wäre, gäbe es sie nicht. Es muß ein unvorstellbar kleines Zeitpartikel geben, das der Baustein der Zeit ist.

So lang, wie dieses Zeitpartikel dauert, dauert die Gegenwart. Alles, was in den vorausgegangenen Zeitpartikeln

(Sekunden, Minuten, Stunden, Tagen, Jahren, Jahrhunderten, Äonen) vorgefallen ist, ist unwiederbringlich vergangen und so festgelegt, daß es eigentlich nicht mehr existiert. Was zu kommen hat, existiert noch nicht.

Aber die vergangenen und künftigen Dinge schimmern durch diese dünne Folie »Gegenwart« hindurch. Es ist nicht schwer, diese Dinge zu sehen.

Die Accessoires der Zivilisation fliegen am Zug vorbei: die Leitungsmasten, die Verkehrszeichen, die Schaltkästen, die Bahnschranken, die Reklametafeln. Sie sind aufdringlich und ziehen den Blick auf sich; jedenfalls mir geht es so. Selbst wenn ich ein Bild der Fassade des Petersdomes betrachte, zieht es mein Auge zunächst auf einen frech geparkten roten Omnibus oder auf einen zufälligen Schweizergardisten, der über den Platz geht und zu seiner Hellebarde eine Aktentasche trägt. Ich muß mein Auge erst umschalten, um die Fassade Berninis *rein* sehen zu können, ohne die Kruste der Zivilisationsaccessoires.

Ich kann aber auch auf die Zukunft schalten. Ich fahre mit dem Zug durch ein breites Tal, das hohe Berge säumen. Die Menschen gibt es nicht mehr. Der Zug, in dem ich fahre, das ganze Metall, Holz und Plastik ist dauerhafter als die Menschheit. Zwar wird dieser Zug, so neu er sein mag, irgendwann unbrauchbar. Er verrottet, wird eines Tages nicht mehr den Erfordernissen der Sicherheit und Bequemlichkeit entsprechen, wird ausrangiert. Aber die Substanz bleibt. Mag sein, er wird zerlegt, umgeschmolzen, zu einem neuen Zug geformt. Jedoch eines Tages bleibt der letzte Zug stehen, dieser Zug oder sein Nachfolger oder sein Nach-Nachfolger. Wann? und wie?

Wann der letzte römische oder der letzte chinesische Kaiser abgedankt hat, kann man datieren. Wann aber wurde die letzte Lichtputzschere hergestellt? Wann wurde zum letzten Mal zur Ader gelassen? Wann betete zum letzten Mal ein Mensch zu Vater Zeus?

Irgendwann – in weniger als einer Million Jahren, wahrscheinlich sogar in weniger als hunderttausend Jahren – wird der letzte Mensch sterben. Zuvor wird das letzte Mal im Zug gefahren, das letzte Mal ein Ziegel gebrannt werden, das letzte Mal Mozarts Klarinettenkonzert erklungen sein. Das einzige, was wir erreichen können, ist, daß das alles nicht durch einen Schlußknall passiert.

Ich sehe den letzten Zug, schon verkommen und mit Moos überwachsen, auf den ebenfalls überwachsenen Gleisen stehen. Fremde, zukünftige Tiere weiden zwischen den Schienen, wissen nicht, was dieses Metall bedeutet, wissen nur, daß man es nicht fressen kann. Geologische Veränderungen ereignen sich. Eismassen schieben sich vor, zerquetschen die Hochspannungsmasten, zerreiben sie, absorbieren sie, drücken sie in die Erde. Das Metall wird wieder zu Bodenschätzen, die aber keiner mehr hebt.

Daß sich aus dieser fremden Fauna, deren Aussehen wir uns nicht vorstellen können, wieder irgendwann in den künftigen Jahrmillionen »vernunftbegabte« Wesen, eine neue, andere Menschheit entwickeln könnte, wäre ein Zufall, mit dem nicht zu rechnen ist.

Irgendwann wird der letzte Gedanke von einem menschlichen Hirn gedacht. Ist die Seele ewig? Schweben dann die Seelen aller derer, deren Körper längst wieder zu Mineralien geworden ist, zu fernem Zukunftsgras, das dann die Zukunftsdinosaurier fressen, schweben dann diese Seelen über der Erde wie der Wind, der über die Gletscher, Wüsten, Tundren, Wäldern streicht? Singen diese Seelen, oder wenigstens einzelne davon, die Melodie des Klarinettenkonzerts von Mozart wehmütig vor sich hin?

Schönschreibübung XIV

Es gibt keine Einsamkeit mehr. (Die Kraft der Augen läßt ebenfalls nach.) Madersberg – auch so ein Name! – sang das Lied, sang das Lied natürlich nicht, jedenfalls nicht laut, äußerlich, er sang nie äußerlich, dachte an das Lied: Verlassen! und dergleichen Faxen. Verlassen, wie der Stein auf der Strassen. Ja, dachte Madersberg, wenn man es noch so einrichten könnte, daß man verlassen ist wie der Stein auf der Strassen. Aber auf der Strassen, und nicht nur auf *der* Strassen, auf allen anderen Strassen wälzen sich die Massen, die von unten kommen, die Massen von Leuten, auf die man nicht gefaßt war, *man* vielleicht schon gefaßt war, *man* gefürchtet hatte, aber die Administration war nicht gefaßt darauf. Jetzt ringen alle in den Amtsräumen der Administration die Hände, raufen sich die Haare, ballen Fäuste, schütteln Fäuste, weinen womöglich, beugen sich zu den Fenstern der Amtsräume der Administrationen hinaus, blicken hinunter oder hinüber zu den dunklen, infernalisch stinkenden (sind die Leute denn immer noch naß?) Menschenmassen, die sich ziellos von den Straßen auf die Plätze ergießen und von den Plätzen wieder in die Straßenschluchten quellen. Madersberg ist auch auf der Flucht. Er ist auf der Flucht vor dem Meister, obwohl der Meister schon tot ist. Es gibt kaum noch Plätze, wo man sich verbergen kann. Die Wälder sind voll von ihnen, von den infolge der unfähigen Administration völlig unerwartet hereinbrechenden Menschenmassen. Sie lagern unter den Bäumen. Sie durchweben den Wald mit ihrem Schweißgeruch und dem bestialischen Gestank fremdartiger Fertiggerichte, die sie auf mitgebrachten Spirituskochern zuzubereiten versuchen. Die

Oberförster quälen sich mühsam durch die feindseligen Flüchtlinge, steigen über Schlafende, Kranke, wohl auch Sterbende (oder gar: Gebärende; wieder einer mehr), sind bemüht, das Schlimmste zu verhindern: Waldbrände. Aber es hilft natürlich nichts. Erstens gibt es viel zu wenig Oberförster (auch einfache Förster, ja Unter- und Hilfsförster werden eingesetzt, aber auch das reicht noch nicht), und zweitens ist es kaum möglich, das Entzünden der Spirituskocher zu unterbinden. Kaum ist der Förster wieder weitergestapft (gewatet; durch Menschenmassen gewatet), so wird natürlich der Spirituskocher wieder entzündet, und der nächste Waldbrand ist vorhersehbar. Auf den Wiesen haben sie Zelte aufgeschlagen. Vom Fluß bis an den Rand der Berge, ja, bis auf die Hänge der Berge hinauf: eine einzige unübersehbare, unlenkbare Stadt. Die später gekommen sind, die, die jetzt noch kommen von unten, müssen immer weiter hinauf. Die ersten Hütten (Bruchbuden) stehen schon überhalb der Baumgrenze und in den Karen. Im Winter werden viele erfrieren, auch wenn es keine so strengen Winter mehr gibt wie früher. Aber Wald wird es keinen mehr geben. Jedes Ästchen wird verheizt. Die Rehe und Hasen gefressen, nachdem den Flüchtlingen die Fertigmahlzeiten ausgegangen sind. Sogar Igel und Mäuse. Manche in der Administration hoffen darauf, daß sie sich, sind alle Hirsche, Rehe, Hasen, Igel und Mäuse und natürlich auch Vögel und Fische und Schlangen aufgefressen, gegenseitig auffressen werden. Es ist unmöglich, die (schuldhaft, schon vor zehn Jahren wurde die Administration gewarnt) unerwarteten Massen auch nur einigermaßen zu versorgen. Anderseits: Madersberg kann sich in der Masse verstecken. Er muß versuchen, dem Meister zu entkommen, obgleich (oder gerade weil?) der Meister schon tot ist. Wenn alles voll Menschen ist, ist zwar kein Platz mehr zum Verbergen, aber man ist, quasi automatisch, ohnedies verborgen. »Sind Sie von hier oder sind Sie einer von denen?« fragte der Wirt und hielt sein Gewehr zum Türspalt heraus. »Von hier«, sagte Madersberg, »und ich habe auch noch Gold.« Der Wirt erzählte von den *Unteren,* wie er sie nannte, von den *Nördlichen,* wie sie versucht hatten, sein Wirtshaus zu stürmen. Hunderte, wenn nicht Tausende. Der erste Schuß hatte eine alte Frau am Knie getroffen. Sie sei, erzählte der Wirt, noch stundenlang stöhnend und fluchend am Zaun gelegen, später haben sie dann die anderen Flüchtlinge in den nahegelegenen Fluß geworfen. »Was aus dem Wasser wird«, sagte der Wirt, »wenn sie einfach alle in den Fluß werfen, kann sich jeder lebhaft ausmalen.« Anderseits, das müsse man auch wieder verstehen, sei natürlich absolut kein Platz für Beerdigungen da. Insgesamt acht Schüsse habe er abgegeben. Ob er mit den anderen sieben Schüssen auch getroffen habe, habe er nicht feststellen können. »Aber es ist so gut wie ausgeschlossen, daß ich *nicht* getroffen habe, denn sie stehen dicht an dicht, praktisch ohne Lücke. Es wäre förmlich eine Kunst gewesen, *nicht* zu treffen.« Dann sei Ruhe eingetreten. Das Flüchtlingsgesindel habe sich auf etwa zwanzig, fünfundzwanzig Meter vom Haus zurückgezogen und nur noch respektvoll herübergeschaut. »Wenigstens war unsere sonst gänzlich versagt habende Administration so schlau, den Flüchtlingen an der Grenze rigoros die Waffen abzuverlangen. Wenn die Waffen gehabt hätten: nicht auszudenken. Ich meine: Feuerwaffen. Knüppel und Stöcke hatten sie schon.« Geld haben sie auch, aber: das ist selbstverständlich nichts mehr wert. Manche allerdings haben Gold. »Ich weiß«, sagte Madersberg, »ich tausche selber.« Einen, der Gold hatte, habe er, der

Wirt, hereingelassen und habe ihm ein Glas Bier verkauft. »Nicht eigentlich wegen dem Gold, das interessiert mich auch schon nicht mehr. Sehen Sie den Schrank dort: der ist voll Gold. Das ist bald auch nichts mehr wert. Nein: ich wollte ihn fragen.« Der Flüchtling, ein älterer Mann aus *Altona* – »... weiß der Teufel, wo das war ...« –, erzählte: es sei alles natürlich nicht plötzlich gekommen, nicht auf einen Schlag wie eine Springflut oder dergleichen. Vielmehr sei das Meer im Lauf der Jahre zentimeterweise gestiegen, unmerklich fürs Auge, und die Behörden hätten sich darin überboten, die Gefahr wegzuleugnen. An manchen Stellen habe man dann begonnen, Dämme zu errichten, aber das sei selbstverständlich völlig lächerlich und unzureichend gewesen und außerdem bereits zu spät. Angefangen hektisch zu werden, habe die Sache, als die Schlaueren begonnen hätten, ihre Häuser und Grundstücke zu verkaufen. Nach kurzer Zeit aber hätten die Häuser und Grundstücke derart an Wert verloren, daß das Verkaufen quasi in ein panisches Feilbieten ausgeartet sei, und binnen kürzester Zeit seien selbst bestgelegene Grundstücke und Häuser für einen Pappenstiel zu haben gewesen, und als die ersten Küstenstriche, was nun selbst die Administration zugeben mußte, endgültig und unwiederbringlich unter Wasser standen, waren selbst Pappenstiele mehr wert als die Grundstücke, an denen das Meer schon leckte. Er, der Herr aus Altona, von Beruf Bilanzbuchhalter in einer Kartonagenfabrik, verwitwet und ohne Anhang, ein Glück in dieser Situation, habe in Altona in der Bernhardstraße, erzählte der Wirt, wobei er, sagte er, für den Straßennamen die Hand nicht ins Feuer legen könne, im dritten Stock gewohnt. Das Haus stehe wahrscheinlich noch, der dritte Stock rage vermutlich noch aus dem Wasser, aber unter solchen Umständen sei natürlich an ein Wohnen in diesem Haus nicht mehr zu denken. Er, der Bilanzbuchhalter, habe als vorletzter Mieter das Haus verlassen, sei bereits von der Feuerwehr in einem Schlauchboot abgeholt worden. Der letzte Mieter, ein gewisser Herr Schlucht, habe das Haus nicht verlassen wollen, weil er seine eingebauten Aquarien nicht im Stich lassen wollte. Mit Tränen in den Augen habe sich Herr Schlucht von ihm, dem Bilanzbuchhalter, verabschiedet. Der Hauseigentümer, der am Tag vorher noch in einem anderen Schlauchboot vorbeigeschwommen sei, um die Miete zu kassieren, habe Herrn Schlucht dann anschließend das Haus geschenkt. Durch Zuruf: »Ich schenke Ihnen das Haus, Herr Schlucht!« Ob das allerdings juristisch einwandfrei sei, wage er, der Bilanzbuchhalter, zu bezweifeln. Aber danach werde bald kein Hahn mehr krähen. Die Kartonagenfabrik, übrigens, sei bereits vierzehn Tage vorher »total abgesoffen«, weil näher am Hafen liegend. So habe sich also der Bilanzbuchhalter auf den Weg gemacht. Jetzt gibt sogar die Administration zu, daß ein Rückgang des Wassers nicht zu erwarten sei. Es bestehe, heißt es in den letzten Verlautbarungen, lediglich die Hoffnung, daß die Fluten bei sechs Meter Anstieg haltmachen würden. London und Venedig, Neapel, Amsterdam und New York und viele andere Städte seien schon untergegangen. Ob Rom gerettet werden könne, sei noch ungeklärt.

Die einzige Möglichkeit, sich vom Meister zu befreien, ist, daß er seines Mantels habhaft werde, womöglich auch seiner Schuhe und seiner Mütze. Irgendwie muß Madersberg wenigstens einen Tag lang mit dem Mantel des Meisters, eigentlich kein Mantel, sondern vielmehr: ein Wetterfleck, herumlaufen, dann könnte es sein, daß der Bann gebrochen ist. Aber wo ist der Nachlaß des Meisters? Wie ist es möglich, sich durch diese hoffnungslosen Massen durchzuarbeiten, über Sterbende und Gebärende drüberzusteigen, um an Wetterfleck, Schuhe und Mütze zu kommen? Wo muß Madersberg anfangen zu suchen? Im Norden? im Osten? im Süden? im Westen? Der Kompaß seines Gehirns zeigt nichts an, was Madersberg verstört ...

Schönschreibübung XV

Es heißt, glaube ich, von Henri Bergson, daß er jeden Abend vor seinem Bett gekniet sei und gebetet habe: »Lieber Gott, ich danke Dir, daß ich Atheist bin.« Es gibt aber auch den sozusagen umgekehrten Fall. Da kniet einer jeden Abend vor seinem Bett und betet: »Lieber Gott, ich bitte Dich darum, daß es Dich gibt.«

Schönschreibübung XVI

Versuch, eine Trauer-Ode zu verfassen.

Die Trauer schleppt einen schweren Mantel über das Land, soweit ich schauen kann. Sie verbiegt die Bäume, wischt die Vögel von den Zweigen, bürstet das Fell der Katzen gegen den Strich.

Die Trauer ist ein altes Weib mit viel zu großen Schuhen. Sie stolpert, sie fällt auf ihre spitzen Knie und zerdrückt einen jungen Hasen.

Wer hat der Trauer diese großen, diese viel zu großen Schuhe gegeben? Es sind, wie nicht anders zu erwarten, häßliche schwarze Schuhe mit dicken Sohlen. Solche Schuhe tragen katholische Gemeindehelferinnen oder evangelische Pfarrersfrauen. Aber wenigstens hebt sie jetzt ihre Füße, die Trauer, obgleich es ihr schwerfällt, und sie zertritt den Frosch nicht, der am kalten Weiher sitzt.

Die Trauer steht in einem Feld von Stoppeln. Die Trauer ist groß, sie streckt sich, sie hebt ihre Arme, wodurch sich, weil die Ärmel ihres weiten Mantels zurückfallen, diese Arme entblößen. Es ist kein schöner Anblick. Sie hat knochige Arme. Die vielen Armreife – silberne Armreife, die längst schwärzlich angelaufen sind – habe *ich* ihr geschenkt. Jeden Tag, wenn ich weiß, daß die Trauer, dieses große, böse Weib dort in dem Zimmer sitzt, in dem sonst der Vogel Janus mit den beiden Köpfen zweistimmig zwitschert (er kann auch, so klein er scheint, donnern), in dem Zimmer, dessen Horizonte bis an die Küsten von, sagen wir, Mykonos reichen, wenn dieses Weib dort sitzt, die Trauer mit ihrer schwarzen Schleppe, mit der sie den Staub der Jahrhunderte aufwirbelt (nicht der vergangenen Jahrhunderte, sondern, leider, der zukünftigen), dann muß ich ihr einen von meinen kostbaren, silbernen Armreifen schenken. Dabei hat das Silber, aus denen diese Armreifen gemacht sind, mein Urgroßvater aus seiner eigenen Silbermine gegraben. Soweit ist es also gekommen.

Eines Tages wird die Trauer, dieses häßliche Weib, über und über mit meinen kostbaren, silbernen Armbändern, mit Spangen, Agraffen, Haarnadeln, Ringen, Ketten und dergleichen behängt sein, und sie wird mit diesem Schmuck scheppern, wenn sie tanzt, und der Vogel Janus wird vor Schreck wahrscheinlich ganz verstummen.

Dabei gäbe es ganz andere Trauer.

Ohne Kleider säße diese Trauer am Strand von Mykonos in der Nacht.

Rasch fliegende Sternschnuppen durchkreuzten den Himmel, vom zweigesichtigen Vogel Janus gesandt.

Ahnungslos wäre die Welt von dieser fröhlichen Trauer. Aber leider sitzt noch das häßliche Weib, die faltige Alte mit dem schütteren Haar, das ihr absteht wie ein Besen, auf dem Boden jenes Zimmers mit dem unvorstellbar weiten Horizont.

Wie das logisch zu erklären ist, ist mir unklar: wie ich den Kopf auch wende, immer sitzt sie, die alte Trauer, vor dem Horizont. Und warum grinst sie? Die Trauer hat zu weinen. Sie weint aber nicht, sie grinst.

Schönschreibübung XVII

Delphine spielen mit den Bällen, die ihnen der burgundische König geschenkt hat.

Ozeane hat die Seele überquert, und sie hat sie – die Seelen-Seele – bisher nie gefunden.

Rost hatte das Schiff schon angesetzt, und das ganze Spiel der Delphine mit ihren Bällen half nichts.

Alles, was über dem Meer schwebt, ist in der Farbe der *einen* Hoffnung gehalten.

Meine Eindrücke von der Fahrt über das Meer sind zwiespältig: nein, nein, ich habe mich gelegentlich durchaus auch wohl gefühlt im Salon des Schiffes, aber die Seelen-Seele zu finden hatte ich aufgegeben.

Außer vielleicht meine geringe Freude an der Bordkapelle: sie spielte jenen Walzer von Chopin, den die Frau Erskine nicht herausgibt; nur fragt es sich: nach welchen Noten?

Regennächte verbringe ich an Deck. Ich habe damals noch geraucht. Die Nässe machte die Planken rutschig. Nur unter Aufbietung aller Vorsichtsmaßnahmen konnte ich ein Paar Würstel mit Senf essen, während die Gischt gegen die Reeling peitschte.

Trauere ich nicht mehr? Nein. Die Zeit der Trauer ist vorbei. Das Schiff ist – fast – angekommen. Warum sage ich: *fast?*

Ich weiß, warum ich *fast* sage: damit die Delphine endlich ihre Bälle an Bord werfen und die Bordkapelle ein neues, ein ganz neues, unerhörtes Stück spielen kann.

Nocturne heißt das Stück, in Des-Dur. Es ist das Des-Dur-Nocturne von Chopin, aber es ist doch nicht das Des-Dur-

Nocturne von Chopin. Es ist viel leichter, viel durchsichtiger, es ist aus ganz kleinen, bläulich schimmernden Perlen zusammengesetzt. Die Seelen-Seele hat es mit einem taubengrauen Zauberseil aus der Tiefe des Meeres geholt. Die Delphine haben ehrfürchtig in einer Reihe - kann man sagen: Aufstellung? genommen; Aufschwimmung?

Alles hat die Delphinprinzessin abgelegt, sie trägt nur noch die Des-Dur-Kette aus bläulich schimmernden, kleinen Perlen.

Natürlich ist sie überirdisch schön. Ein Gesetz verbietet ihr - außer bei ganz seltenen, auserwählten Gelegenheiten -, nackt zu sein, weil sonst die Schönheit der übrigen Schöpfung verdunkelt würde.

Ohne Scham taucht die Delphinprinzessin in das Meer, aber nicht um davonzuschwimmen, sondern um im Takt jenes Nocturnes immer tiefer und immer tiefer zu atmen.

Vertrauend darauf, daß die Delphinprinzessin mit Sicherheit alles richtig machen wird, stehe ich an der Reeling, noch im Regen, aber der Krabbencocktail, den mir der Steward jetzt gebracht hat, wird nicht mehr naß.

Alles ist geordnet, auch wenn noch nichts an seinem Platz steht.

Kann ich mehr Vertrauen haben, als wenn ich den Delphinen die ihnen vom König von Burgund geschenkten Bälle zurückgebe, damit sie ihre Blicke von der nur mit der blaßbläulich schimmernden Perlenkette bekleideten Delphinprinzessin (sie hat die Kette jetzt um ihre Hüften geschlungen) wenigstens für ein paar Augenblicke - die eine Ewigkeit sind - abwenden?

Schönschreibübung XVIII

Wie jede Brandung bringt auch die des galicischen Meeres Akkorde hervor: zufällige Anordnungen der Schallwellen, unter hunderttausend Meeresgeräuschen *ein* Meereston. Man darf das nicht mit Kunst verwechseln. Die Natur ahmt die Kunst nach, auch wenn die Brandung des schwarzen galicischen Meeres viele Millionen Jahre älter ist als die menschliche Kunst.

So wie die Brandung gelegentlich Akkorde unserer Tonskala nachahmt, so ahmen die Formen der Steine Skulpturen nach. Unter den Myriaden Steinen an jener düsteren galicischen Küste - bewohnt von unfreundlichen Menschen mit einer Sprache, in der das Lateinische viel Staub angesetzt hat -, unter den Myriaden Steinen ist keiner, der die gleiche Form wie ein anderer hat. Die Identität ist eine geistige Form, die körperliche, natürliche Form ist die Varietät. Die Steine sind groß oder klein, Kiesel oder Felsen. Die Varietät der Erscheinungsbilder bringt es mit sich, daß auch hier durch die zufälligen Ausschmelzungen, Agglomerationen, Zusammenbackungen, Zerbrechungen, Verwitterungen Gegenstände aus Stein entstehen, die uns an Kunstwerke oder jedenfalls an Geläufiges der menschlichen Welt erinnern.

Ein Falke aus Stein steht ganz am Ende der Halbinsel, auf der das Schloß der Grafen von Gondomar steht. Die Halbinsel reckt sich weit hinaus, der Berg schaut über die letzte Zunge hinaus in das schwarze, manchmal tintenblaue, immer unruhige Meer. Die Steine, die ganz draußen liegen und die die Gischt umspritzt, das Wasser, sich zurückziehend mit weißen Adern überzieht, diese äußersten Steine sind schwarzbraun wie Torf. Die Steine, die sich weiter herinnen türmen, sind gelblich, fahl, grau, mit dunklen gelben, roten oder orangenen Flechten bewachsen, einer der größten ist der Falke.

Es ist der Bruder jenes Falken, der im Tempel von Kom-Ombo steht. Der Falke der Grafen von Gondomar dreht dem Meer den Rücken zu. Der Falke ist blind. Er wartet auf die Delphinprinzessin. Wenn die Delphinprinzessin endlich kommt, wird der Falke sehend. Die Sonne ist von hartem Gold, das Meer ist schwarz. Die Delphinprinzessin ist nur mehr mit dem Blick des Falken bekleidet …

Schönschreibübung XX

Ein Dialog

»Wenn ich die Erlösungslehre recht verstehe, Eminenz, ergeben sich aus den Anfangskapiteln der Bibel einige Probleme.«

»Die Bibel ist voller Probleme.«

»Ich rekapituliere, nicht um Sie zu belehren, Eminenz, wie stünde mir das zu, wo Sie es viel besser wissen als ich, ich rekapituliere, um meine Gedanken zu säubern und zu ordnen: Gott, so steht es am Anfang der Genesis, schuf Himmel und Erde, Sonne, Gestirne, Pflanzen, Tiere und zuletzt den Menschen. Aus den Versen 6, 1 bis 4 geht aber hervor, daß die Menschen – also zunächst Adam, dann Eva – nicht die einzigen Lebewesen über der Tierstufe auf Erden waren. Gott scheint vor der Schöpfung schon eine Familie gehabt zu haben.«

»Ich wollte«, seufzte der Cardinal, »dieser höchst überflüssige Absatz wäre irgendwann verloren gegangen wie so vieles.«

»Wenn man den Text genau liest, ist klar, daß es im Garten Eden *zwei* Verbotene Bäume gegeben hat: den Baum der Erkenntnis und den Baum mit den Früchten des Ewigen Lebens. Vermutlich ernähren sich Gott und seine Familie von den Früchten dieses Baumes.«

»Was Sie immer mit Ihrer Familie Gottes haben.«

»Einen Moment, Eminenz, zunächst zu den Bäumen. Es fragt sich, warum Gott die Bäume ausgerechnet in den Garten Eden pflanzt. Um Adam und Eva auf die Probe zu stellen?«

»Der Gehorsam gegenüber Gott ist die oberste Pflicht des Menschen.«

»Selbstverständlich, Eminenz, nur: der Genuß einer Frucht des Baumes vermittelt die Erkenntnis davon – wovon, Eminenz? davon, was *Gut* und *Bös* ist. Das steht ausdrücklich im Text. Das heißt also: Adam und Eva wußten, bevor sie vom Baum der Erkenntnis gegessen hatten, nicht, was gut und was bös ist. Sie konnten also auch nicht wissen, daß es bös ist, gegen Gottes Gebot zu verstoßen.«

»Sie dürfen die Bibel nicht wörtlich nehmen – «

»Nicht? Eminenz? Wie dann, wenn nicht wörtlich? Aber noch einen Augenblick. Die Erkenntnis von Gut und Bös hängt offenbar irgendwie mit der Nacktheit und der Lust zusammen. Es heißt nämlich, wie jeder aus tausend Darstellungen weiß, daß Adam und Eva nackt waren und sich nicht schämten. Vor wem auch, frage ich Sie, hätten sie sich schämen sollen. Jetzt tue ich das, Eminenz, was Sie empfehlen, ich nehme die Bibel *nicht* wörtlich. ›Sie schämten sich nicht‹ steht für: sie hatten keine Geschlechtsgier aufeinander. Das ist ja auch ganz klar. Gott hat den Menschen als unsterblich erschaffen, darum auch nur zwei. Das hätte ihm völlig genügt. ›Wenn ihr‹, hat er gewarnt, ›von dem Baum der Erkenntnis eßt, werdet ihr sterben.‹ Beide haben vom Baum der Erkenntnis gegessen, sind aber nicht sofort gestorben, also bedeutet ›werdet ihr sterben‹: ihr werdet sterblich.«

»So ist das auch von Theologen verstanden worden.«

»Nun aber ißt Gott offenbar vom Baum der Erkenntnis, ist also a priori sterblich, weswegen er gleichzeitig immer als quasi Contraindication vom Baum des Lebens, dessen Früchte Unsterblichkeit verleihen, essen muß. Ich vermute also, daß das Essen vom Baum der Erkenntnis nicht nur die Unterscheidung von Gut und Bös mit sich bringt, sondern auch, daß Adam und Eva erstens der ganze Zusammenhang aufgegangen ist, und daß sie, zweitens, *erkannt* haben, *welcher* der Bäume der des Lebens ist. Gott mußte also schleunigst die beiden aus dem Paradies entfernen, bevor sie auch von diesem Baum aßen. Und dann schämten sie sich: das heißt, es erwachte die Geschlechtslust. Das mußte sein, denn jetzt, da die Menschen sterblich geworden waren, mußte die Art durch Fortpflanzung erhalten werden.«

»Na ja, das ist zwar nicht gerade das, was die Kirche zu diesen Punkten lehrt, aber die Sache ist nicht so wichtig, daß Sie, wenn Sie das vertreten, als Häretiker einzustufen wären.«

»Wenn ich die Erlösungslehre recht verstehe, ist der Punkt doch nicht so unwichtig. Er betrifft nämlich das, wovon wir durch Christi Kreuzestod erlöst worden sind.«

»Von der Erbsünde.«

»Eben, Eminenz, von Adams und Evas Erbsünde, also eben jener Sünde, vom Baum der Erkenntnis gegessen zu haben, der Sünde, die offenbar – modern gesprochen – in die Gene des Urmenschenpaares übergegangen ist, die also als böses Erbe an alle folgenden Generationen weitergegeben wurde. Die Sünde – zu erkennen, was Sünde ist? Ist das nicht widersinnig?«

»Irgendwie«, ächzte Seine Eminenz, »war es nicht so ganz falsch, wenn früher das Bibellesen für Laien verboten war.«

»Es kommt noch dicker, Eminenz. Die Erlösungslehre setzt also die Erbsünde voraus?«

»So ist es.«

»Die Erbsünde wiederum setzt aber *Ein* Stammelternpaar voraus?«

»So ist es.«

»Adam und Eva hatten zunächst zwei Söhne: Kain und Abel. Kain erschlug den Abel, die Geschichte ist bekannt, ich will jetzt weiter nicht darauf eingehen, daß mit keinem Wort in der Bibel begründet ist, *warum* Gott Abels Opfer wohlgefällig, Kains Opfer aber nicht wohlgefällig betrachtet, ich verweise auf Vers 4, 17, Kain erkannte seine Frau; sie wurde schwanger und gebar Henoch!«

»Ja, und?«

»Woher, frage ich Sie, Eminenz, hat Kain seine Frau genommen? Inzest wäre zwangsläufig zulässig, müßte sogar die Kirche tolerieren, wenn man an der Abstammung von *Einem* Urelternpaar festhalten will, zumindest Inzest in der ersten Generation nach Adam und Eva, aber: Kain und Abel waren, das geht klar aus dem Text hervor, die einzigen Kinder Adams und Evas damals. Also hatte Kain, woher auch immer, eine Frau ohne Erbsünde.«

»Das gefällt mir alles gar nicht, was Sie sich da zusammendenken.«

»Das erlaube ich mir zu denken, Eminenz, und es hat offenbar bisher den Theologen so wenig gefallen, daß nirgendwo ein Wort darüber verloren wurde. Man ist über dieses nicht anders als zentral zu nennende Problem der Erlösungslehre hinweggehuscht. Hat es totgeschwiegen. Totgeschwindelt.«

»Aber jetzt bitte ich darum, daß Sie einen Punkt machen. Ich sagte Ihnen schon: die Bibel ist nicht wörtlich zu nehmen. Die Bibel ist keine wissenschaftliche Abhandlung. Die Bibel ist ein Buch des *Glaubens,* das Gott uns geschenkt hat. Wir müssen es im rechten Glauben und mit der rechten Liebe lesen und verstehen.«

»Und ja nicht wörtlich. Oder gibt es doch Abschnitte, die wörtlich zu nehmen sind? Bei aller *Liebe* zur Bibel?«

»Ich finde es nicht sehr gut, wie spöttisch Sie das Wort *Liebe* gebrauchen.«

»Ist, sagen wir, das Wort: vermehret euch, macht euch die Erde untertan, oder der Bericht von der Auferstehung Christi auch nicht wörtlich zu nehmen? auch nicht die Übertragung der Schlüsselgewalt an Petrus? Ich glaube, da wären Seine Heiligkeit befremdet.«

»Gewisse Dinge sind wohl wörtlich zu nehmen ...«

»Und gewisse Dinge nicht. Wie *weit* ist die Bibel wörtlich zu nehmen, wieweit darf die *Liebe* den Text interpretieren?«

»Sie brauchen sich nur an die Lehre unserer Heiligen Kirche zu halten, dann kann Ihnen nichts passieren.«

»Gott will, Eminenz, daß wir *glauben*.«

»Endlich! sagen Sie etwas, was ich unterschreiben kann.«

»Ja, aber Gott will nicht, da bin ich ganz sicher, daß wir dort glauben sollen, wo wir, wenn wir uns anstrengen, *wissen* können. Glauben ist nur die Fortsetzung, nicht der Ersatz des Wissens. Wir müssen erst das Wissen ausschöpfen, dann dürfen wir zu glauben anfangen.«

»Ich glaube, nein«, Eminenz ächzte, »ich *weiß,* daß ich jetzt einen Espresso und ein Gläschen Grappa brauche. Sie auch?«

»Mit Verlaub«, sagte ich.

Schönschreibübung XXI

Es war so unmerklich gegangen, daß ich nicht sagen könnte, wo der Weg begonnen hatte, abwärts zu führen.

– Wo ist der Turm geblieben, von dem aus ich den kleinen Stern gesehen habe?

Erst säumte ein Stacheldrahtzaun den Weg, dann ein Rinnsal, das sich neben dem Zaun schlängelte. Der Weg wurde staubig.

– Ein böses Wesen mit großen Füßen, sie nannte sich eine Echsenhirtin, sperrte den Turm zu. Warum sieht man den kleinen Stern nicht, außer man steht auf der Plattform oben am Turm?

Das Rinnsal ging in einen betonierten Graben über. Zwischen den Betonmauern schoß grünlich Flüssigkeit zu Tal. Der Zaun war jetzt höher. Eine Reihe von Aschentonnen verdeckte den Blick auf die Wiese. Vor kurzer Zeit mußte die grünliche Flüssigkeit über den Rand des betonierten Grabens getreten gewesen sein, denn der Weg war jetzt schlammig. Der Schlamm klebte an den Sohlen. Telephonleitungsmasten zerteilten die Sicht auf den Waldrand. Ich kam an eine Kreuzung. Hunderte von Verkehrsschildern wiesen Wege nach mir völlig unbekannten Gegenden. Gebote und Verbote standen auf den Schildern zu lesen. Manche Wege waren als nur für großfüßige Echsenhirtinnen gangbar ausgewiesen.

Mein Weg führte immer noch abwärts. Der Himmel verdüsterte sich.

– Nie mehr, nie mehr werde ich den kleinen Stern sehen. Fünf Elfjährige sind so alt wie ich. Als Elfjähriger habe ich nicht nur einen, da habe ich hundert kleine Sterne gesehen.

Der grobschlächtige Bruder der Echsenhirtin – er ernährt sich davon, daß er Schlangenzähne an Zauberer verkauft – tritt mir in den Weg. Ich kann nicht sagen, daß er direkt unfreundlich ist, aber er sagt zu mir (ruhig und verbindlich): »Sie brauchen sich überhaupt nicht mehr zu bemühen. Denken Sie lieber an Ihre Ruhestandsbezüge.«

– Ich bin sicher, daß ich nicht träume: »Achtundfünfzig«, sagt sie, »und neunundachtzig macht am ersten Dezember einundneunzig. Diese Seite würde ich aufschlagen. Fürchte dich nicht vor dem Pfeil in der Nacht.«

»Wo kommst du her?«

»Ich komme von dort her, wo ich mit dir hingehe.«

Wieso ist eine Tür mitten im Wald? Sie öffnet die Tür.

»Das ist die Tür«, sagt sie, »durch die Echsenhirten und Echsenhirtinnen nicht eintreten können.«

Die Tür heißt: Was ist Schönheit?

Ein blaues Becken mit Wasser und eine Frau wie ein Delphin, eine Prinzessin, die den Schlüssel zur Tür in den Turm hat, von dem aus man den kleinen Stern sieht. Eine Delphinprinzessin mit einem aprikosenfarbenen Körper, die mit den Füßen das Wasser in die Höhe spritzt – das ist Schönheit, steht auf einer Tafel hinter der Tür geschrieben.

»Und das ist längst noch nicht alles«, sagt sie.

Ein seidiger Haarschopf, erlenfarbig auf einem Kissen in steingrauer Dämmerung, und die Kerzen sind niedergebrannt: das ist die Schönheit, die ich wiedergefunden habe. Eine elfenbeinweiße Sonate, die gestern und heute und in Ewigkeit von allem erzählt, was kein Echsenhirte weiß, das ist Schönheit.

Ein Rest Wasser in einem Glas, und ich habe Durst – ich habe immer Durst, aber die Delphinprinzessin gibt mir immer zu trinken.

Sie sperrt die Tür zum Turm auf. Wir steigen hinauf. Es sind viele Stufen. Es sind viele Stufen, aber wir kommen hinauf. Der Stern, den wir sehen, ist größer geworden.

»Tatsächlich«, sagt die Delphinprinzessin, »der Stern ist größer geworden.«

»Das hätte ich nie für möglich gehalten«, sagte ich.

»Aber ich«, sagte die Delphinprinzessin.

Schönschreibübung XXII

Bei plötzlich einsetzendem Regen ist die Waldgastwirtschaft im Nu voll. Was ist ein Nu? Wie sieht ein Nu aus? Wie sieht der Weltgeist aus? Das Bruttosozialprodukt? Das Ding An Sich?

Beim Bruttosozialprodukt bin ich mir fast sicher: es ist eine Art weitläufiges Omelette, in der Mitte etwas bauchig, von bräunlicher Farbe, das in einer Höhe zwischen zweihundert und dreihundert Metern über dem Land schwebt. Ändert sich der Diskontsatz, schwebt das Bruttosozialprodukt *im Nu* weiter nach oben oder sinkt nach unten. Es sinkt allerdings nie so weit, daß es zum Nettosozialprodukt wird. Von einem solchen habe ich noch nie gehört. Mag sein, daß das Nettosozialprodukt das Ding An Sich des Bruttosozialproduktes ist. Ich bin mir darüber im klaren, daß man dies nur schwer versteht.

Wieviel *Nu* gibt es? (Wie heißt der Plural vom Nu? Nue? Nus?) Die Waldgastwirtschaft füllte sich bei dem plötzlich einbrechenden Regen im Nu. Die hereindrängenden Leute waren teilweise schon durchnäßt, was Unmut hervorrief, dazu kamen die unangenehme Enge, der Geruch nach nassen Kleidern, die nicht schnell genug befriedigten Schreie nach Bier und Schnaps. Die Stimmung wurde aggressiv. Im – nunmehr zweiten – Nu brach eine Rauferei aus.

Zwischen dem ersten Nu und dem zweiten Nu lag nur ein Nu. So schnell eskalierte die Situation. Wie lange dauert ein Nu? Alles ist relativ. Im Nu war die Schnecke im Gebüsch verschwunden – ? Eine Schnecke hat kein Nu. Doch. Auch eine Schnecke hat ein Nu. Das Schnekken-Nu.

Im dritten Nu war die Polizei da, verhaftete die hauptsächlichen Streithähne – insgesamt ihrer vier – und schaffte so wieder Ruhe. Der Wirt konnte endlich Bier und Schnaps ausschenken.

Als alles vorbei war, traten zwei weitere Wanderer ein, die in der Ferne auf einer Bergeshöhe vom Unwetter überrascht worden waren.

»Im Nu«, sagte der eine, »zogen die schwarzen Wolken auf –«

»Hui, tummle dich, Bruder«, sagte der andere, *»versäume kein Nu.«*

»Was deinen Leib bringt um«, sagte der erste, *»das ist ein kurzes Nu.* Fleming.«

Es gibt also ein kurzes und ein langes Nu, denn man wird ja wohl dem wackeren Dr. Paul Fleming glauben dürfen, dem Verfasser der »Teutschen Poëmata«. Wie kurz ist das lange Nu? Ist es so kurz, wie die Fermate im zweiten Takt des ersten Satzes der Fünften Symphonie von Beethoven lang ist?

Schönschreibübung XXIII

Eloge an den Nymphenburger Park

Der Park ist ein Kunstwerk, das aus *Zeit* besteht. Die Gartenkunst, die vielleicht stillste unter den Künsten, wird in der Regel der bildenden Kunst zugezählt, aber das ist eine Verlegenheitslösung. In Wirklichkeit ist der Park, wenn er ein Kunstwerk ist, der Musik am ähnlichsten, denn auch die Musik besteht aus Zeit. Eduard Hanslick hat die Musik als *geordneten Ablauf von Zeit* definiert. Die Bäume, die Gräser, die Wege, die Wasser in einem Park sind selbstverständlich wichtige, für die jeweilige Art des Parks entscheidende Bestandteile des Kunstwerks, aber nur in der Weise, wie die Tonart, die Instrumente, die Taktart Bestandteile des musikalischen Kunstwerkes sind. Der innere Kern des Kunstwerks bedient sich dieser Bestandteile nur, drückt sich durch sie aus, drückt sich in glücklichen Fällen vollkommen durch sie aus, ist aber nicht identisch mit ihnen.

Wie die Musik ist ein Park eine geordnete Abfolge von Zeit. Der Park besteht aus dem Park in der Nacht und aus dem Park am Tag, wobei das nur eine grobe Einteilung ist. Es gibt den Park im Mondlicht, unter dem seine nächtlichen Geheimnisse blühen, es gibt die mondlosen Nächte im Park, in denen man nur das Rauschen der Bäume und das silberne Klingeln der Brunnen hört. Es gibt Tage, an denen über dem Park die Sonne brütet und die Kühle sich unter die Schatten der großen Bäume zurückzieht, und es gibt Tage, an denen der Regen sich über den Park ergießt, gleichmäßig sein Netz von nassen Adern an den hängenden Blättern entlangzieht. Das ist die Ordnung der Tage. Darüber steht die Ordnung der Jahreszeiten. Der Winter sieht den

Park mit gefrorenen Seen, in denen nur ein unregelmäßig runder Teil von Eis ausgespart ist – kein Mensch weiß, warum; ein wärmerer Zufluß ganz unten vielleicht –, in dem sich die Enten und Gänse versammeln. Im Frühling entfaltet der Park die myriadenfachen Varianten der Farbe Grün. Die kleinen Blätter leuchten wie Funken auf der Oberfläche des braunen Geästs. Im Sommer gleichen sich die Grüntöne einander an, verengen die Varianten auf drei, vier Sorten Grün im wesentlichen: das Sattgrün der entfalteten Blätter, das Goldgrün der fernen Wiesen, die in der Sonne liegen, das Graugrün des Wassers und das Smaragdgrün, das in der Tiefe der Baum- und Strauchgruppen schimmert. Der Herbst verwandelt den Park in eine Apotheose von Triumph und Vergänglichkeit, deren Rausch von Farben und Formen kein einzelner Mensch je zu beschreiben vermochte. Alles, was uns an Gedichten über den herbstlichen Park überkommen ist, zusammengenommen reicht nicht hin, um einen Begriff des Parks im Herbst zu geben, nicht einmal, wenn man etwa die Arie hinzunimmt: »Da vieni non tarder, o gioia bella ...«, die in einem nächtlichen Park gesungen wird, von einer Liebenden, die nicht weiß, wie das Abenteuer ausgehen wird.

Über den Ablauf der Jahreszeiten wölben sich die Jahre, in glücklichen Fällen die Jahrhunderte. Ein meisterhafter Park ist so angelegt, daß er sich den wechselnden Zeiten anschmiegt und dennoch immer sein Eigenleben bewahrt. Ein großer Park prägt das Leben, das in ihm spielt, nicht das Leben den Park. Nicht der Zuhörer prägt die Musik, sondern die Musik allenfalls den Zuhörer. Die Schicksale des Parks sind mitkomponiert. Es gab die kurfürstlichen Feste im Park mit Fackeln und Lampions, mit maskierten Prinzessinen und eleganten Cavalieren, mit Musik, Gondeln auf dem Kanal und Tafeln, die sich vor Wein und Speisen bogen. Die Mauern des Parks waren hoch genug, daß der Pöbel nicht zuschauen konnte. Er hätte sich sonst seine Gedanken machen können. Aber die Nachricht von den Festen ist doch hinausgedrungen. Schließlich mußten ja Diener da sein, die mit großen Augen die gebratenen Enten anstarrten, die sie nicht essen durften, die Köche, die Musiker, die mit knurrendem Magen geigten. Die erzählten, wie die eleganten Cavaliere mit den gebratenen Enten - wenn sie, die Cavaliere, so vollgestopft waren, daß nichts, aber schon absolut nichts mehr in sie hineinging -, mit den gebratenen Enten nach den lebendigen Enten in den Teichen warfen. Die maskierten Prinzessinnen - voll wie die Cavaliere - schüttelten sich vor Lachen. Dabei muß man gerechterweise sagen, daß womöglich die Bußtränen, die die hohen Herrschaften in der Magdalenenklause am nächsten Tag vergossen, wenn der Katzenjammer gekommen war, sogar leidlich echt waren.

Dann kam die Zeit, wo sich die Könige bürgerlich gaben. Da wurde der Park geöffnet, aber die ehemals hungrigen Diener und Musiker, die Köche und Zofen, die alle ab und zu die Faust in der Hosentasche oder hinter dem Rücken geballt und heimlich mit dem Dreschflegel geliebäugelt hatten, waren plötzlich gesetzte Herrschaften in Bratenrock und Krinoline, die mit artigen Kindern durch den ungerührten Park spazierten, die Enten und Schwäne mit Brotkrümchen fütterten, hie und da zum Schloß hinüberschauten und freudig erschauerten, wenn sich hinter einem Fenster ein Vorhang bewegte.

Ein einsamer Prinz, in dessen Hirn sich alle möglichen Ideen regten, lief in der Nacht durch den Park, suchte seine Ebenbilder. Er wohnte in der winzigen Pagodenburg. Die schlimmsten Befürchtungen bewegten die Eltern. Der Hofstaat munkelte, daß das ja nicht gutgehen könne, wenn ein bayrischer König eine preußische Prinzessin heirate, und sei sie auch aus einer Nebenlinie. Der Prinz lief durch den Park, der wenigstens in der Nacht noch königliches Eigentum war, weil die Tore abgesperrt wurden. Statt der heiteren Klänge der Cassationen und Suiten klangen in des Prinzen Hirn großartige Tongemälde von Helden und Riesen auf. Auch der Meister dieser Tongemälde – fast ein Zwerg – wanderte später mit seiner Maitresse durch den Park, Richard, der letzte Hofzwerg. Der Park wischte mit großer Geste über die gigantischen Gedanken hinweg.

2

Die Natur ist eine gedankenlos, uneffektiv und wahrscheinlich nicht einmal sehr sinnvoll funktionierende Maschine. Die Natur neigt dazu, den Weg des geringsten Widerstandes zu gehen. Zwangsläufig sind die Ergebnisse Vorgänge von rücksichtsloser Konsequenz und schwer zu ertragen. Natur allein ist grauenvoll. Nur die Kunst macht die Natur (und damit das Leben) erträglich.

Der Park ist nicht Natur, der Park ist Kunst.

Die Schwaige Kemnath lag dort, wo heute Schloß und Park Nymphenburg stehen. Kurfürst Ferdinand Maria, ein verklemmter, bigotter Herrscher, nicht unbegabt, bemüht, in seinem Land die Wunden des Dreißigjährigen Krieges zu verpflastern, aber immer ein Pantoffelheld (zunächst unter dem Pantoffel seiner Mutter, dann unter dem seiner Frau), schenkte seiner Kurfürstin Henriette Adelaide, einer savoyardischen Prinzessin, diese Schwaige Kemnath als Dank für die

Geburt des Kurprinzen Max Emanuel, dem Bayern später eine der schwersten Krisen seiner Geschichte, einen Staatsbankrott, zahllose illegitime Wittelsbacher und einige der schönsten Bauten des bayrischen Barock verdanken sollte. 1662 wurde der Kurprinz geboren, ein Jahr danach erfolgte die Schenkung, nach einem weiteren Jahr beauftragte die Kurfürstin einen Architekten, den sie aus ihrer Heimat Italien holte: Agostino Barelli, ein Sommerschloß, einen »borgo delle ninfe« zu bauen. Schon 1671, noch ehe das Schloß fertiggestellt war, wurde der erste Park angelegt. Nach zehnjähriger zäher Bauzeit wurde Barelli abgelöst, Enrico Zuccalli, ein begabterer und etwas energischerer Mann, mit der Weiterführung betraut. Binnen eines Jahres war der Bau fertig. Die Kurfürstin konnte sich seiner nicht lange erfreuen, nur einen Herbst und einen Winter lang. Am 18. März 1676 starb sie. Im Sommer hat sie ihr Sommerschloß nie erlebt. Der Kurfürst, der nun keinen Pantoffel mehr über sich hatte, zog sich nach Schleißheim zurück, wurde noch frömmer, tat Buße und ließ sich nur noch ab und zu den Schleißheimer Kanal auf- und abrudern, wo er vom Boot aus auf unschuldige Rehe schoß. Drei Jahre später starb auch Ferdinand Maria.

Der Fürst, der nun folgte, Maximilian II. Emanuel, wandte sich zunächst anderer Tätigkeit als dem Bauen zu: dem Krieg. Erst als die Abenteuer dieses schillernden Helden, dieses jovianischen Condottiere mit einigen anachronistischen Zügen gescheitert waren, kehrte er in seine Residenz zurück. Er erholte sich durch die barocke, fürstliche Laune des Bauens.

1701 ließ er einen Kanal von der Würm abzweigen und durch den Park leiten, der gleichzeitig erweitert und im französischen Geschmack umgestaltet wurde. Als Gartenarchitekt war der Le Nôtre-Schüler Charles Carbonet verpflichtet worden. Mit der Erweiterung des Schloßbaues wurde gleichzeitig Giovanni Antonio Viscardi beauftragt. Die Herrlichkeit dauerte nicht lange: der »Blaue Kurfürst« stürzte sich in ein neues »Furioso«.

Nach den verlorenen Schlachten von Schellenberg und Höchstädt mußte Max Emanuel ins Exil. Die Bautätigkeit in Nymphenburg hörte auf.

Nach zehn Jahren, 1715, kehrte ein gedemütigter, bei Habsburg zu Kreuze gekrochener, schuldenbeladener Max Emanuel in sein Land zurück. Vom Glanz des »Blauen Kurfürsten« war nicht mehr viel übrig. Dennoch wurde die Arbeit an der Erweiterung des Schlosses Nymphenburg nahezu unverzüglich wieder aufgenommen. Die Bauleitung erhielt nun Joseph Effner.

Hand in Hand mit der zweiten Umgestaltung des Parks durch den »fontainier« Dominique Girard ging der Bau zweier kleiner Schlösser im Park: der Pagodenburg und der Badenburg. Nach zehn Jahren verspürte der »Blaue Kurfürst«, es sei nun auch für ihn an der Zeit, Buße zu tun. Grund genug hatte er dafür in vielfacher Hinsicht. Damit die Buße standesgemäß ausfallen konnte, ließ er nun im Park, seitlich hinter dem Schloß, die Magdalenenklause aufführen, eine künstliche Ruine. Er erlebte die Fertigstellung nicht mehr. Er starb 1726, erst zwei Jahre danach stand die melancholische Kunstruine fernerer fürstlicher Buße zur Verfügung.

Max Emanuels Nachfolger, Karl Albrecht, war wohl die unglücklichste Figur unter Bayerns Kurfürsten. Nach dem Tod Kaiser Karls VI. ließ er sich auf das Abenteuer mit der Kaiserkrone ein, die ihm finanziell und auch sonst offenbar eine Nummer zu groß war. Auch für Nymphenburg hatte Karl Albrecht einen großartigen, auch um eine Nummer zu großen Plan. Dort sollte – auf der Stadtseite des immer noch im Bau befindlichen Schlosses – eine »Carlstadt« entstehen. Deshalb wurde 1728 das Rondell auf der Ostseite angelegt. Aber über je eine Häuserzeile an beiden Seiten des Kanals gedieh die Carlstadt nicht hinaus. Eine Sternstunde des bayrischen Rokoko schlug, als Karl Albrecht, kurz bevor seine kaiserliche Eskapade seine Aufmerksamkeit und sein Geld beschlagnahmte, durch den großen, genialen François Cuvilliés d. Ä. das dritte Schlößchen im Park, das Juwel von Amalienburg, bauen ließ.

Maximilian III. Joseph, der stille Kurfürst, der Sohn des unseligen Kaisers, trat ein schweres Erbe an. Das Land war verwüstet, die Kassen leer. Aber in den über dreißig Jahren seiner Regierung verstand es Max Joseph durch Verzicht auf jedweden Kriegsruhm, durch Sparsamkeit und Umsicht, dem Land, dem Volk und den Finanzen wieder aufzuhelfen. Im Andenken des Volkes ist er daher nicht vorhanden, in den meisten Geschichtsbüchern wird er naserümpfend als farblos und ohne Glanz charakterisiert. In seiner ersten Regierungszeit wurde der erweiterte Bau endlich fertig, später auch der letzte der Pavillons auf der Stadtseite. 1761 verlegte Max Joseph die Porzellanmanufaktur in einen dieser Pavillons, wo sie heute noch ist. Im Übrigen beschränkte sich Max Joseph auf die Fertigstellung der Innenausstattung (durch Cuvilliés) und darauf, den Park mit Figuren zu schmücken.

Das alte Reich, das bayrische Kurfürstentum, die ganze alte Zeit neigte sich dem Ende zu, als am vorletzten Tag des Jahres 1777 der letzte Kurfürst der bayrischen Linie, Maximilian III. Joseph, der Stille, starb. Er hatte keine Söhne, keine Brüder. Ihn beerbte ein enorm weitschichtiger Vetter, Karl Theodor, Kurfürst von der Pfalz, der sich in Mannheim ein herrliches Schloß gebaut hatte und dort in einem seligen Rausch von Musik lebte. Karl Theodor kam mißmutig nach München, schaute sich um und ging wieder nach Mannheim. Wieviel Verachtung er seiner neuererbten Residenz entgegenbrachte, zeigt, daß er den Nymphenburger Park für das gemeine Volk öffnete! Eine Maßnahme, die dann allerdings sein Nachfolger Max IV. Joseph nicht zurückzunehmen wagte.

Kurfürst Maximilian IV. Joseph, Erbe Karl Theodors aus einem Seitenzweig eines Seitenastes einer Seitenlinie der Wittelsbacher - welcher Ast jahrhundertelang protestantisch gewesen, rechtzeitig zur Übernahme der Regentschaft in Bayern aber zum wahren christ-katholischen Glauben zurückgefunden hatte -, dieser Max IV. Joseph ernannte sich selber im Zug der allgemeinen Titelinflation der napoleonischen Zeit zum »König von Bayern«. Unter mindestens einem Großherzog taten es damals nicht einmal die Fürsten von Baden oder Weimar, also mußte es für Bayern eine Königskrone sein.

Max Joseph - der durch seinen königlichen Titel allerdings von römisch IV auf römisch I zurückgestuft wurde -, König Max I. Joseph also beauftragte einen so tüchtigen wie einfallsreichen Mann mit der dritten Umgestaltung und Erweiterung des Parks von Nymphenburg: Friedrich Ludwig von Sckell. Im Jahr des Sturms auf die Bastille legte er in München den »Englischen Garten« an, gut zehn Jahre später wurde er »Intendant der königlichen Gärten«, und bis zu seinem Tod 1823 beschäftigte er sich mit dem Nymphenburger Park. Sckells Park ist der Park, wie wir ihn heute kennen. Sckell ließ den alten französischen Schloßgarten, das Parterre hinter dem Schloß, aufbrechen (ohne es zu zerstören) und in den weiten, scheinbar natürlichen, aber bis ins kleinste durchdachten Landschaftspark übergehen. Jedes Detail ist überlegt, jede Bodenfalte kalkuliert, kein Baum zufällig. Das Wachsen, die Veränderung wurden in der Anlage genau bedacht. Dennoch oder gerade deswegen wirkt der ganze Park so natürlich.

Nichts muß so genau geplant sein wie die Improvisation.

3

Die Natur ist keine Schöpferin ästhetischer Kategorien. Das schließt nicht aus, daß sie hervorragende Bilder und Inszenierungen hervorbringt: erhabene Felseneinöden, farbenprächtige Sonnenuntergänge, verschwenderische Herbstfärbungen, das ewig ruhelose Meer.

Die Natur, die wie der Mensch in erster Linie zur Faulheit neigt, profitiert davon, daß das Einfache meist auch schön ist. Bei der Fülle von Möglichkeiten ergeben sich so schon rein statistisch notwendigerweise gewisse Höhepunkte. Es ist also ein Irrtum zu sagen, die Natur sei schön. Allenfalls *wirkt* die Natur schön.

Die Anlage eines Parks hat davon auszugehen, der Natur ein ästhetisches Gebilde abzuringen. Auch noch in einem völlig verwilderten Park sind die Spuren eines ordnenden Geistes zu spüren, vielleicht gerade in ihm. Ein Park ist die gezähmte Natur, so wie ein Bild gezähmte Farbe, ein Gedicht gezähmte Sprache ist. Dabei kommt es auf unmerkliche Unterschiede an: gezähmt ist nicht dressiert. Ein Gedicht darf die Sprache nicht soweit zähmen, daß sie ihre Substanz verliert, sie darf nur soweit gezähmt werden, daß sie den Willen des Geistes, der sie gezähmt hat, weiterträgt. Sie darf nur soweit gezähmt werden, daß sie immer noch das Vorteilhafte ihres gezähmten Zustandes einzusehen vermag. Ein Schritt weiter: und der Sprache ist der Wille gebrochen, sie ist tot. Das Wesen der Kunst ist nicht das Extreme, sondern die Mitte. Über die Grenzen hinauszubrechen ist einfach. Die Mitte zu treffen ist schwer.

Der Park darf nicht Landschaft sein, er muß wie Landschaft wirken, denn letzten Endes ist der Park begrenzt. Jedes Kunstwerk ist vor allem eine Welt für sich und überschaubar. Der Park muß den ordnenden Geist zeigen oder ahnen lassen. Das Zusammenwirken und vor allem die Proportionen von Bäumen, Wiesen, Wegen, Wasser und Stein – »natürlicher« Stein und auch Bauwerke: Brücken, Pavillons, Bänke, Statuen – ist das Entscheidende. Der Park als in der Zeit sich stets in vorgegebener Bahn erneuerndes Kunstwerk, als ausgewogene, nicht aus dem Gleichgewicht zu bringende Proportion ist ein Einbruch in die Zeit, eine – selbstverständlich unvollkommene – Abbildung der Ewigkeit. Der Park ist ein Zauber.

Das Ideal ist der menschenleere Park. Dem Ideal kommt ein Kunstwerk immer nur nahe. Eine Theorie besagt, nur die Unvollkommenheit sei künstlerisch erträglich. Wenn das Kunstwerk mit dem Ideal identisch wird, ist es nicht mehr zu begreifen. Bachs »Kunst der Fuge«, die letzten Streichquartette von Beethoven, gewisse Chorsätze von Gesualdo werden genannt, wenn man solche unbegreiflichen Kunstwerke sucht.

Die »Kunst der Fuge« ist ein menschenleerer Park, mehr: ein für Menschen nicht zugänglicher Park. Es gibt die chinesische Geschichte des Kaisers, der Tai-Tsung hieß. Der entdeckte in einem verkrüppelten Sohn eines Küchenhelfers eine außerordentliche Begabung für den Gartenbau. Su Ch'o hieß der kleine Krüppel, den die Eltern, um die Augen der Damen, der Mandarine und überhaupt der hohen Herrschaften nicht zu beleidigen, in einem Verschlag hinter der Abfallgrube der kaiserlichen Küche versteckt hielten. Tai-Tsung, der Kaiser, beobachtete, wie es in Legenden so ist, durch einen Zufall, wie der unglückliche Su Ch'o sich die Zeit in seinem Gefängnis damit vertrieb, dem Unkraut zuzuschauen, wie es wächst. Tai-Tsung, der Kaiser, ließ den Vater des Krüppels zu sich rufen. Der Befehl wurde von Mandarin zu Mandarin, von Küchenoberaufseher zu Küchenaufseher und so weiter hinuntergereicht und holte den Küchenhelfer nach oben in die innersten, heiligsten Gemächer des Palastes, wo er mit angehaltenem Atem endlich vor dem Herrn kniete, von dem er noch nicht glauben konnte, daß das wirklich der Kaiser war.

»Du hast einen Sohn?« sagte der Kaiser.

– Wir hätten den Krüppel doch besser ertränken sollen, dachte der Küchenhelfer, sagte aber: »Ja. Er heißt Su Ch'o.«

»Er soll in die Schule der Hofgärtner« befahl der Kaiser.

Su Ch'o überflügelte in Kenntnissen und Fertigkeiten bald alle anderen Schüler, stieg in die Gartenakademie auf, wurde deren Chef-Mandarin. Der Kaiser beobachtete den Werdegang, und als Su Ch'o seine Fähigkeiten aufs äußerste vervollkommnet hatte, ließ ihn der Kaiser rufen, und zwar nicht in den Audienzsaal, sondern in den Garten. Ein Gemurmel entstand, als der Kaiser seinen ganzen Hofstaat wegschickte, um allein mit Su Ch'o durch den Garten zu wandeln. Üblicherweise wird der Kaiser an gewöhnlichen Tagen von achtzig, an Feiertagen von achthundert auf den Knien rutschenden Mandarinen auf Spaziergängen begleitet, aber dem Su Ch'o befahl der Kaiser, aufzustehen und auf Füßen zu gehen. Der verwachsene Su Ch'o, Chef-Mandarin der Kaiserlichen Gartenakademie, war ohnedies kaum größer als ein zehnjähriges Kind. Auf diesem Spaziergang entwickelte der Kaiser dem Su Ch'o seinen Plan vom idealen Garten.

Ausgestattet mit umfassenden Vollmachten und unbeschränkten Geldmitteln, über deren Verwendung er selbst den Innersten Finanzmandarinen keine Rechenschaft zu geben brauchte, reiste Su Ch'o in den Westen, wo er in einem unzugänglichen Tal jenseits der Smaragdberge einen Park anlegte. Der Park war so kunstvoll, daß er nicht verwilderte. Er war so angelegt, daß alles, was absterben konnte, in zwangsläufiger Weise ohne weiteres Zutun in Ewigkeit wieder die Grundlage einer Erneuerung wird. Der Park war ein Juwel. Als der Park fast fertig war, wurde er von einer hohen Mauer umgeben, in der nur ein einziges Tor war. Am Tag, als die Mauer gebaut und alle, das ganze Heer von Gärtnern und Gärtnergehilfen, Maurern, Steinmetzen und Taglöhnern abgezogen war, ging Su Ch'o noch einmal durch den Garten, riß hier ein Gräschen aus, schüttete dort eine Handvoll Erde auf, brach hier einen Zweig ab, stutzte dort ein Bäumchen. Als Su Ch'o den Park verließ, war die Anlage vollkommen. Su Ch'o sperrte das Tor zu, setzte sich in seine Sänfte und ließ sich zum Kaiser tragen, der ihn schon ungeduldig erwartete. Su Ch'o gab dem Kaiser den Schlüssel. Nie betrat jemand den Park, auch der Kaiser nicht. Nur auf den langen Spaziergängen, die der uralte Kaiser und der nun auch schon alte Su Ch'o in den vergleichsweise uninteressanten Gärten des Palastes in Bei Jing, der Nördlichen Hauptstadt, unternahmen, erzählte Su Ch'o von dem Park und schilderte, wie sich von Tag zu Tag, von Jahreszeit zu Jahreszeit der Park veränderte und doch immer gleich blieb.

Als Tai-Tsung, der Kaiser, starb, nahm er den Schlüssel des Parks mit ins Grab. Als auch Su Ch'o auf dem Sterbebett lag und nach dem Park gefragt wurde – von dem natürlich Gerüchte redeten –, sagte er: so einen Park gebe es nicht.

Man soll einen Park nur als ein Fremder betreten. Wer einen Park betritt, sollte wissen, daß er in ein Zauberreich eintritt. Wenn der Wind ein Blatt an einem Baum bewegt, soll er wissen, daß das die Gesetze des ordnenden Geistes so gewollt haben und nicht der Wind oder das Blatt oder der Baum.

Schönschreibübung XXIV

Man hat natürlich nicht ununterbrochen gebaut. Ab und zu ruhte die Arbeit für ein paar hundert Jahre, hie und da brachen barbarische, degenerierte Könige Quader und Säulen aus dem Bau, um zwei oder drei Paläste in der Stadt oder ein Jagdschloß in den Bergen zu bauen. Aber man verlor, seit vor vielen tausend Jahren ein sagenhafter König, dessen Namen man nicht einmal genau kennt (Mš-Pt? Sm-ţp? Tšpm? Kurt?), den Grundstein zum Turm gelegt hatte, den Plan, wenn dieses Bild angesichts des unermeßlich gewaltigen Bauwerks gestattet ist, nie ganz aus den Augen. Das heißt: die Idee der einstigen Vollendung des Turms deckte sich fast genau mit der Reichsidee, galt als Legitimation der Dynastie, und es gab im Lauf der Jahrhunderte nicht wenige Gelehrte und Propheten, die vor den Folgen warnten, die eintreten könnten, wenn der Turm wirklich fertig würde. Man verstehe recht: nicht der Turm war die Spiegelung der Reichsidee in der Realität, sondern der Plan zum Turm. Es galt also, meinten besagte Gelehrte und Propheten, am Turmbau und an der Idee der Vollendung zwar festzuhalten, aber gleichzeitig dafür zu sorgen, daß der Turm ja nie fertiggestellt werde.

Jahrtausendelang war da auch gar keine Gefahr vorhanden, weit entfernt. Zur Zeit König Schuduruls, des letzten Akkader-Königs, hatte der Turm noch nicht einmal ein halbes Stadion an Höhe erreicht. (Ein Stadion sind 183,3 m.) Dann ging wieder einmal das Geld aus. Die Gutäer zerstörten das Reich, hackten am Turm herum, konnten ihn nicht, wie das Reich, zerstören, weil er dazu doch schon zu groß war. Die Idee des Reiches war größer als das Reich.

Die Gutäer verschwanden. Zunächst hatte man selbstverständlich dringendere Aufgaben vor sich, als einen ungenutzten Turm noch höher zu bauen. Aber dann kam König Sumulael, der nach der einen Chronologie im Jahre 1880 zu regieren anfing, nach der anderen 1816. (Ante Christum natum, versteht sich.) Der besann sich auf den Plan und die Reichsidee, und es war auch wieder Geld da, um sich den Luxus einer Idee zu leisten, und so war der Turm am Ende der Regierungszeit Sumulaels (1845 resp. 1781) fast ein Stadion hoch, und wenn die Stadt schon in der Dämmerung lag, dann beschien die Sonne noch die Spitze des Turms; das heißt: Spitze ist falsch. Nur von unten aus gesehen, in der Perspektive, war es eine Spitze. In Wirklichkeit eine breite Basis für den weiteren Aufbau.

Sabium und Apilsin, die folgenden Könige, waren ohne Interesse am Turm. Der eine war nur mit dem Harem beschäftigt, der andere ein leidenschaftlicher Dilettant auf der Rohrflöte. Und so fort. Einmal Könige, die bauten, das andere Mal Könige, die es sein ließen. Übrigens stand der Turm gar nicht in Babylon, sondern in Borsippa, müßte eigentlich der Borsippanische Turm heißen. Babylon und Borsippa waren Zwillingsstädte: rechts des Euphrat – also westlich – Borsippa, links Babylon, von einer gemeinsamen Mauer umgeben; den Euphrat überspannte eine steinerne Brücke. Borsippa war die feinere der Schwesterstädte, dort standen der Königspalast und eben der Turm, der schon zu Strabons Zeiten, der die älteste erhaltene Beschreibung liefert, *Kumawil-Abi'ës* genannt wurde, was soviel heißt wie *Seit unvordenklichen Zeiten unvollendet.*

Damit das gewaltige, den innerstädtischen Verkehr ungemein behindernde Bauwerk (Seitenlänge der Basis 366 Meter!) nicht gar so zwecklos herumstand, wurden hin und wieder Verwendungsmöglichkeiten gesucht. Einmal wurde es an einen Friseur vermietet. Dann wurde auf der Spitze ein Tempel für den Borsippanischen Stadtgötzen *Nebo* eingerichtet, mit einem goldenen Bett für den Gott und einer geweihten Jungfrau. Dann, wieder zu anderen Zeiten, wurden astronomische Beobachtungen von da oben aus angestellt oder der Speck der königlichen Vorratskammer gedörrt, oder es wurden Gruppenreisen zum Genuß der herrlichen Aussicht dort hinauf veranstaltet. Was eben so Finanzministern alles einfällt. Und ab und zu wurde weitergebaut. Ein Stadion – eineinhalb Stadien – zwei Stadien, zweieinhalb …

Der Baustil war, milde gesagt, uneinheitlich. Das kann man sich unschwer vorstellen. Vergegenwärtigen wir uns vergleichsweise ein Gebäude, an dem von Vitruvs Zeiten bis zum Bauhaus sukzessive weitergewurstelt wurde. Hunderte von Architekten, mehr oder minder begabte … die einen wollten dem Bauwerk für die Ewigkeit den Stempel ihrer Vorstellung von Bau und Raum aufdrücken, die anderen hatten halt nichts anderes gelernt außer Architektur, hatten Weib und Kind und mußten leben. Und es webten sich Legenden um den Turm. Eine Zeitlang lebten – gezwungenermaßen – Juden in der Stadt. Sie fügten den unvollendeten Turm in ihre religiöse Vorstellung ein. Es versteht sich, daß ihre Meinung vom Turm eher ungünstig war. Man muß es ihnen nachsehen: sie lebten nicht gern in Babylon, kehrten auch, sobald es ging, in ihr Land zurück. In der Zeit, als die Juden in Babylon lebten, wurde – durch Korruption – ein Schwager des Feldmarschalls, ein Bankrottier namens a'Pal-Tiuurta Chef der Turm-Bauhütte. Er war von Haus aus Karrenführer und hatte dem König gefälschte Zeugnisse vorgelegt. Drei Jahre ging es gut, und zwar nur deshalb, weil Herr Architekt a'Pal Tiuurta das gesamte Geld unterschlug und Bauarbeit nur vortäuschte. Als er dann im vierten Jahr durch unvorhergesehene Umstände gezwungen war, wirklich weiterbauen zu lassen, stürzte nach kurzer Zeit alles von ihm Gebaute – wie nicht anders zu erwarten – ein, riß auch einen Teil des unteren Baues mit sich. Einige tausend Bauarbeiter kamen dabei ums Leben. Der Feldmarschall mußte seinen Hut (Helm) nehmen, a'Pal-Tiuurta wandte sich wieder seinem erlernten Beruf als Karrenführer zu. Der Schaden am Turm war von unten kaum zu sehen, dennoch verbreitete sich die Kunde von dem Unglück – obwohl es die Regierung zu vertuschen versuchte – in der Stadt, und ein Jude, offenbar mißgünstig, stellte das Ereignis in seiner Erzählung so dar, als sei der ganze Turm in sich zusammengefallen, vom Zorn Gottes vernichtet. Eine völlige Verkennung der Sachlage: hatte doch Gott selber ein Interesse daran, daß der Turm vollendet wird.

Der Nachfolger a'Pal-Tiuurtas wurde sorgfältiger ausgewählt. Er wetzte die Scharte bald aus. Und im ruhmreichen 23. Jahr der Regierung König Nebukadnezars II. unterrichtete der leitende Baumeister den Ministerpräsidenten, daß zur Jubelfeier des 24. Regierungsjahres des Königs, quasi als Geschenk Gottes an den Herrscher, mit der Vollendung des Turmes zu rechnen sei. »Das Himmelsgewölbe«, sagte der Baumeister, »ist schon zum Greifen nahe. Wenn das Budget nur –« (der ebenfalls anwesende Finanzminister stöhnte auf) »– nur um 16 Prozent aufgestockt wird, schaffen wir es.«

Der Bau an sich gestaltete sich, je weiter der Turm nach oben vorgeschoben wurde, einfacher und leichter, logisch: denn der Bau verjüngte sich nach oben, der zu umbauende

Raum wurde immer kleiner, war schon nicht mehr der Rede wert. Aber der Transportweg des Materials verlängerte sich damit natürlich. Der leitende Chefarchitekt unterbreitete Pläne. Der Finanzminister raufte seinen gelockten Bart, aber der Ministerpräsident sagte: »Wir müssen Seiner Majestät diese Freude machen, und wir werden eben irgendwo anders das Geld einsparen.« – »Sie reden sich leicht«, preßte der Finanzminister hervor, »wo sollen wir das Geld einsparen? *wo?*« – »Vielleicht«, sagte der Ministerpräsident, »bei den Rüstungsausgaben.« – »Der Feldmarschall überlebt das nicht«, sagte der Finanzminister, »er ist eh' sehr schlecht beisammen.« – »Wir werden einen neuen finden«, sagte der Ministerpräsident. Die 16 Prozent wurden genehmigt.

Die Feierlichkeiten für das 24. Regierungsjubiläum des Herrschers übertrafen wie üblich alles bisher Dagewesene. Der Feldmarschall, der die sechzehnprozentige Kürzung überlebte, starb, weil er sich beim Festbankett überfraß. Allein das Festbankett verschlang den Gegenwert zweier Kriegszüge. Von einer Schilderung der ausgedehnten, sich über mehr als das ganze Jubeljahr hinziehenden Feierlichkeiten muß abgesehen werden, weil das zu weit führte. Es soll dabei sein Bewenden haben: sie, die Feierlichkeiten, übertrafen, wie schon erwähnt, alles bisher Dagewesene. Der Finanzminister, wurde hinter vorgehaltener Hand getuschelt, habe geäußert: er hoffe nur, daß die Feierlichkeiten zum 24. Regierungsjahr beendet sind, bevor die Feierlichkeiten zum 36. Regierungsjahr beginnen. Aber die Vollendung des Turmes, die dem König am Morgen des Jahrestages des Regierungsantritts gemeldet wurde – der König war bis dahin völlig ahnungslos gewesen –, war der Höhepunkt aller Feierlichkeiten. Noch am gleichen Tag machte sich der König auf, alle anderen Protokollpunkte rücksichtslos streichend (der Oberzeremonienmeister erlitt einen schweren Anfall von Schüttelfrost, von dem er sich nie mehr erholte, er mußte pensioniert werden), und begann mit der Ersteigung des Turmes. Nach drei Wochen kam er oben an.

Der Turm war bis kurz unterhalb des Himmelsgewölbes hinaufgeführt worden, etwa zwei Meter, zwei Meter fünfzig darunter bleibend. Ganz oben hatte der Turm nur noch einen Durchmesser von vielleicht drei Schritten, grad, daß der Ausstieg Platz hatte und eine kleine Plattform blieb. Eine Balustrade und Zinnen rundum. Der Ausstieg war mit Rosengirlanden bekränzt. Innen an einer Zinne war eine Marmortafel angebracht, auf der – in Keilschrift natürlich – die Vollendung des Turmes gemeldet wurde. Der letzte Keil ganz hinten am letzten Wort fehlte. Der leitende Architekt reichte dem König einen Meißel und einen (ebenfalls mit Rosen umwundenen) Hammer. Der König verhedderte sich in den Rosen, entfernte sie etwas unwillig und brachte den letzten Keil in der Inschrift an, womit der Turm als erbaut betrachtet wurde. Jubel kam auf, wenig, denn viele hatten da oben nicht Platz, die jubilieren hätten können. Dann reichte der königliche Oberste Leiternbewahrer eine goldene Leiter nach oben – eigentlich hätte sie aus purem Gold sein sollen, aber da wäre sie zu weich gewesen, also nur vergoldet, aber dick vergoldet, und mit Rosen umkränzt. Zwei Sklaven hielten die Leiter, der König stieg nach oben, schob das lichtblaue, etwas irisierende, teilweise stalaktitenartig nach unten auswarzende Himmelsgewölbe von der Konsistenz eines sehr festen Puddings etwas auseinander und verschwand nach oben.

Der König stand allein auf einer spiegelglatten, silbernen Fläche, setzte langsam und vorsichtig einen Fuß nach vorn.

Er war nicht sicher, ob der Pudding ihn trage. Er trug ihn. Offenbar war das Himmelsgewölbe zwar von unten nach oben, nicht aber von oben nach unten durchlässig. Der König setzte auch den zweiten Fuß auf die silberne Fläche und ließ das obere Leiterende los – und schlug der Länge nach hin. Wie auf Glatteis (das man in Babylon nicht kennt). Fall auf den Hintern, Füße nach oben. Drehende Bewegung, blitzschnell wie ein Kreisel, Fuchteln der Hände, Sterne wirbeln, plötzlich auf dem Bauch liegend, etwas langsamere aber immer noch schwindelerregende Drehungen, Versuch mit den Händen irgendwas zu greifen, Purzelbaum, Überschlag, wieder auf dem Hintern, blau, gelb, golden, Blitze, weiß, schwarz vor den Augen, Gefühl, eine Kegelkugel zu sein, dumpfes Grollen unter einem, dann ein Aufprall, jäher Stillstand, der König saß vor dem Angesicht Gottes.

»Ich weiß«, sagte Gott, »es ist etwas glatt. Ich lasse Ihnen einen Teppich bringen, dann können Sie aufstehen.«

Zwei Cherubim mit je sechs Flügeln brachten einen Teppich: lichtblau. Der König erhob sich, klopfte seinen faltigen babylonischen Knickerbocker ab, verbeugte sich dann und sagte: »Verzeihung, Herr, einem König dürfte so etwas eigentlich nicht passieren.«

»Macht nichts«, sagte Gott, »darf ich Ihnen ein Glas Portwein und ein paar Plätzchen anbieten? Warten Sie. Und natürlich einen Stuhl.« Die Cherubim brachten einen Stuhl, Portwein und Plätzchen. »Bitte es sich bequem zu machen und sich zu bedienen.«

Dann plauderten Gott und der König eine Stunde miteinander. Sie redeten über dies und jenes, danach sagte Gott: »So, und jetzt entschuldigen Sie mich. Sie kennen das ja selber gut genug. Wenn man eine Stunde einmal nicht aufgepaßt hat wie ein Schießhund, dann hat sicher wieder einer einen Blödsinn angerichtet. Ich muß nach dem Rechten sehen. Leben Sie wohl, König, es hat mich sehr gefreut.«

»Ich bin sehr erleichtert«, sagte der König, »es hat nämlich Stimmen gegeben, die gesagt haben: Gott könne es als Anmaßung betrachten, wenn wir einen Turm bauen, der bis zum Himmel reicht.«

»Aber was!« sagte Gott, »keine Rede davon.«

»Und«, sagte der König, »wie finde ich zurück?«

»Ach so, ja«, sagte Gott, »und Sie wollen natürlich auch nicht gern wieder so schliddern.« Er rief die zwei Cherubim. Die nahmen den König sanft unter den Armen, der eine links, der andere rechts, und hoben den König auf.

»Noch was«, sagte Gott. Die Cherubim setzten den König wieder hin. »Hier den Zettel. Den sollten Sie unten lesen.«

Die Cherubim brachten den König in einem windschnellen Flug an jene Stelle des silberspiegelnden Himmelsgewölbes, wo das obere Leiterende herausragte, setzten den König ab, schoben die von oben nach unten an und für sich undurchlässige Materie etwas auseinander und verschwanden. Der König stieg hinunter. Er war erschöpft. Ohne ein Wort zu sagen, wandte er sich der Stiege zu, stieg ein paar Stockwerke nach unten, wo der Raum größer war, mit Teppichen ausgeschlagen, wo ein Thron stand. Dort wartete, soweit er Platz hatte, der engere Hofstaat. Immer noch ohne ein Wort zu sagen, ging der König durch die Reihen der gebeugten Rücken, setzte sich auf den Thron. Der Mundschenk brachte vergorenes Rosenwasser. Der König nahm einen Schluck und entfaltete dann den Zettel. »Man muß nicht alles machen, was man machen kann. Um Euch diesen Rat zu geben, habe ich zugelassen, daß der anmaßende Turm gebaut wird. Frdl. Grüße. *Gott.*«

In tiefen Gedanken erhob sich der König wieder, stieg, nachdem er einen weiteren Schluck vergorenen Rosenwassers getrunken hatte, in seine Sänfte und ließ sich hinuntertragen. Wieder war er drei Wochen unterwegs. Unten gab er den Befehl, sofort mit der Demolierung des Turms zu beginnen. Das ging dann erheblich schneller als der Aufbau. Man trieb ganz unten an der Basis auf einer Seite Stollen waagerecht hinein, und sehr bald knickte der Turm um und fiel der Länge nach weit auseinandergezogen am linken Ufer des Euphrat hin, und ärmere Leute bauten sich in und aus den Trümmern eine Stadt, die lang hingestreckte Stadt Ra'ab-ana-zura, was übersetzt *Umgestürzter Turm* heißt.

Den Zettel ließ der König rahmen. Leider ging er unter, als zur Zeit König Nabonids die Perser die Stadt und das Reich zerstörten und der königliche Palast in Flammen aufging. Die göttliche Warnung wurde seither nicht mehr berücksichtigt.

Schönschreibübung XXV

Der Anfang einer unvollendeten Roman-Trilogie

Aber eines Tages, es dürfte Ende September gewesen sein, der Himmel in diesen Tagen war blaßblau wie eine verwaschene Bauerntuchent, da schaute Konsul Silvercreutz, der ganz gegen seine Gewohnheit heute von der Stadtseite kommend nach Hause zurückkehrte, zu dem Balkon hinauf und bemerkte eine Veränderung. Es gibt Menschen, die haben das absolute Gehör, das ist bekannt; weniger geläufig ist, daß es Menschen gibt, die das *absolute Gesicht* haben. Das ist eine zwar seltene, im Grunde genommen fast unnütze Fähigkeit, so etwa wie die Gabe, mit der Zunge die Nasenspitze berühren zu können. Das Unnütze dieser Fähigkeit führt dazu, daß sich die Menschen, die darüber verfügen, ihrer ganz selten nur bewußt sind. So Konsul Silvercreutz. Nur, wenn er in einem fremden Haus ein um Millimeter schief hängendes Bild sah, bereitete ihm das Qualen, die oft so weit gingen, daß er die Hausfrau bat, das Bild gerade hängen zu dürfen.

Konsul Silvercreutz blieb stehen, blickte zum Balkon hinauf und kniff die Augen zu, so wie wenn man etwas taxiert. »Kein Zweifel«, dachte Silvercreutz, »der Balkon hängt schief. Rechts gute zwei Zentimeter tiefer als links. Wieso ist mir das noch nie aufgefallen?«

Da trat Frau Silvercreutz in ihrem geblümten Hauskleid, das ihr Mann so haßte wie sonst nichts auf der Welt, auf den Balkon. »Halt!« schrie Silvercreutz, aber der Balkon senkte sich, halb nach rechts erst, dann nach vorn. Frau Silvercreutz hielt sich, ein sinnloser Griff, am Gitter fest. Sie schrie nicht. Es war klar, daß sie den Vorgang nicht erfaßte.

Konsul Silvercreutz schoß es, ohne daß er den Gedanken gesucht hätte, durch den Kopf: »Noch lebt sie, und gleich ist sie tot.«

Es kreischte wie brechendes Zinn. Es rieselte und polterte. Ein Teil der Hausmauer war mitgerissen. Eine Staubwolke erhob sich. Es war im ersten Augenblick nicht auszumachen, wo Frau Silvercreutz in ihrem geblümten Hauskleid zwischen den geknickten Büschen des Vorgartens lag.

Konsul Silvercreutz stand wie versteinert. Er wußte noch nicht, konnte nicht wissen, daß damit der unhaltbare Untergang dessen begann, was sein Großvater, sein Vater und er in jahrzehntelangem Fleiß aufzubauen sich bemüht hatten.

Schönschreibübung XXVI

Die Delphinprinzessin ist kein Delphin, sie schwimmt nur wie ein solcher. Ab und zu reitet sie auf einem Delphin durchs Wasser, wenn kleine Wellenkämme von der untergehenden Sonne rot beleuchtet sind und das übrige Meer blau und türkisfarben ist wie eine griechische Nacht. Die Delphinprinzessin hat eine goldene Haut, die den leichten, kristallklingenden Widerstand des Wassers genießt, wenn sie sich hineingleiten läßt. In letzter Zeit sind Ereignisse eingetreten, die jedes Kleidungsstück weggewaschen haben. Das grüne Wasser kann an jede Stelle des goldenen Körpers heranschmeicheln. Das Wasser gleitet an der Haut entlang. Es gibt kein Kleid, das sich so eng anschmiegt wie das Wasser an den Körper der Delphinprinzessin. Wenn sie aus dem Wasser steigt, verwahrt das Meer noch eine Zeit lang den Abdruck des vollkommenen Körpers der Delphinprinzessin als Andenken an das gegenseitige Vergnügen. Es gibt noch ein anderes Wasser. Dieses Wasser ist selber golden. Auch dies spült die Kleider hinweg, und die Delphinprinzessin verliert für einen kurzen Moment die Besinnung. Oder besser gesagt: ihre Besinnung konzentriert sich auf einen Punkt in ihr, der mit dem unendlichen Meer der Ewigkeit zu tun hat.

Schönschreibübung XXVII

Andere mögen Alfred Andersch besser gekannt haben als ich, aber ich bin Eigentümer einer Andersch-Anekdote von leicht mystischem Einschlag, eines Einschlages also, den man mit Andersch nicht ohne weiteres in Verbindung bringt.

Andersch war, was ihn mir unter anderem sympathisch gemacht hat, ein Katzenmensch. Wie seine Katze geheißen hat, weiß ich leider nicht mehr, aber ich habe sie gekannt. Um die Geschichte zu verstehen, muß man wissen, daß Andersch zuletzt (also in der Zeit, in der ich ihn kennengelernt hatte, nach 1970) in Berzona gewohnt hat, in einem engen Tal im Tessin, in einem Dorf an der Flanke eines Berges, das nur über eine Stichstraße steil nach oben erreichbar war. Anderschs Haus, genauer gesagt: zwei behutsam und geschmackvoll von Gisela Andersch umgebaute und eingerichtete Tessiner Steinhäuser, lagen am Rand des Dorfes zum Abhang hin, und man schaute hinunter zur Straße, die durch das stark bewaldete, schluchtartige Maggia-Tal heraufführte.

Gisela Andersch fiel es eines Tages auf, daß, wenn ihr Mann nach Ascona oder sonst irgendwo hinausgefahren war und seine Rückkehr zu erwarten stand, sich die Katze auf einen bestimmten Pfosten weit draußen hinsetzte, dort, wo der Garten steil in die Straßenschlucht abfiel. Ungefähr zehn Minuten später kam Andersch dann ins Dorf heraufgefahren, immer.

Nachdem dies ein paar Mal zu beobachten gewesen war und Gisela Andersch es ihrem Mann erzählt hatte, rechnete Andersch nach und kam zu dem Ergebnis: ungefähr zehn

Minuten, bevor mit dem Auto das Dorf zu erreichen ist, durchfährt man weiter unten eine ganz große, entscheidende Kurve um eine Felsnase herum. Die Katze, rechnete Andersch aus, hört Frequenzen des Motorengeräusches, die für menschliche Ohren nicht wahrnehmbar sind, und dies über die erstaunlichste Entfernung hin. Die Individualität des Motorengeräusches des Anderschen Autos ist ihr also geläufig.

So weit, so gut befriedigte das den Rationalisten Andersch. Aber dann passierte es, daß Andersch sein Auto in Ascona zum Kundendienst brachte, der Monteur feststellte, daß noch etwas weiteres am Auto zu machen sei, das werde erst morgen fertig, bis dahin leihe er dem Kunden ein anderes Auto. Andersch fuhr also mit einem fremden Auto nach Hause. Trotzdem setzte sich die Katze zehn Minuten vor seiner Ankunft auf den Aussichtspfosten.

»Es hat keinen Sinn«, sagte Andersch, als er mir die Sache erzählte, »an Mumpitz wie Esoterik oder Übersinnliches zu glauben. Wir ermessen nur den Umfang des *Sinnlichen* nie ganz. An Gespenster zu glauben, ist bequem.« Und ein anderes Mal sagte er: »Wir dürfen erst *glauben,* wenn wir bis zur äußersten Erschöpfung versucht haben, zu *erkennen*.« Das war das letzte Mal, als ich ihn besuchte, 1978 oder 79, zusammen mit meiner Tochter. Wir saßen auf den Steinbänken seines Gartens, tranken tiefroten Wein, und die Katze saß auf der Mauer daneben.

Schönschreibübung XXVIII

Huldigung an die Zahl Drei

In einem Wald aus ledernen Bäumen sitzen drei Regierungsräte auf einem Brett und halten sich krampfhaft fest.

Die ledernen Bäume waren von der Regierung aufgestellt worden, weil die hölzernen Bäume in den letzten Monaten umgefallen waren. Die Regierung hatte verfügt, daß aus großen, aus Dutzenden, ja Hunderten von Kuhhäuten, Schweinshäuten, Hammelhäuten und so weiter, die mit aus Därmen gewonnenen Schnüren zusammengenäht worden waren, die Silhouetten von Bäumen ausgeschnitten, diese auf Drahtgestelle aufgezogen und im Wald aufgestellt werden. Das heißt: dort aufgestellt werden, wo vor einigen Monaten noch der Wald gestanden war.

Die drei Regierungsräte gehören der Kommission an. Die Kommission bestimmt den Standort der Lederbäume. Ein Regierungsrat wäre mit der Aufgabe hoffnungslos überfordert. Selbst zwei Regierungsräte wären zwar nicht mehr hoffnungslos, aber doch schlicht überfordert. *Drei* Regierungsräte ist das mindeste, was eine Regierung auf die Beine stellen muß, damit der lederne Wald aufgerichtet werden kann.

Jeder der drei Regierungsräte hat drei Beine. *Jeder* Regierungsrat hat drei Beine. Es ist erstaunlich, daß diese Tatsache bis heute so weitgehend verborgen geblieben ist. Die Dreibeinigkeit der Regierungsräte ist eine versteckte Ovation für die Drei-Flüsse-Stadt Passau. Warum ist Passau eine Drei-Flüsse-Stadt? Diese Frage werden wir später beantworten. Zurück zu der Dreibeinigkeit der Regierungsräte. Wir müssen das anders erklären: mit den chinesischen

Hühnern. Wie jedermann, der sich auch nur oberflächlich mit chinesischer Philosophie befaßt hat, weiß, haben chinesische Hühner drei Beine. Sie haben ein linkes Bein, ein rechtes Bein und ein Bein an sich: die Idee des Beins. Man weiß längst, daß die Idee wichtiger ist als die Realität, also könnte ein chinesisches Huhn mit nur zwei Beinen überhaupt nicht stehen, und das führt uns zwanglos zu jenen immer noch im Lederwald auf einem Brett sitzenden Regierungsräten zurück, die ihre drei Beine – also neun Beine insgesamt – von sich strecken. Sie halten sich krampfhaft am Brett fest. Warum halten sie sich krampfhaft am Brett fest? Die Antwort ist *drei*deutig: weil der Wind weht.

Wenn wir in dieser dreideutigen Antwort den zu vernachlässigenden Artikel *der* weglassen – der Satz wäre auch ohne Artikel verständlich: »weil Wind weht« –, so gewinnen wir *drei* Wörter, die alle mit W beginnen, welcher Buchstabe aus drei Zacken besteht, und wenn wir die W weglassen, so gewinnen wir drei Wörter mit je drei Buchstaben: »eil ind eht«.

Der *Wind weht* den dreibeinigen Regierungsräten um die je drei Ohren, denn selbstverständlich haben Regierungsräte auch drei Ohren. Eine Ovation an die Dreifaltigkeit. Sie, die Regierungsräte, sind schwarz gekleidet. Schwarz und dreibeinig haben sie eine gewisse, wenngleich entfernte Ähnlichkeit mit Konzertflügeln.

Die Winde wehen den drei Flußläufen entlang, je einem Flußlauf drei Winde: ein roter, ein blauer und ein gelber. In der Drei-Flüsse-Stadt treffen die insgesamt neun Winde aufeinander, und es entsteht zwangsläufig ein Wirbel. Rot, blau und gelb sind die Grundfarben, aus denen alle anderen Farben gemischt werden können. Werden Rot, Blau und Gelb gemischt, so entsteht eine steingraue Wolke. Die drei mal drei Winde führen die drei Grundfarben heran und türmen sie in der Mitte der Stadt Passau zu einem monumentalen Steinwirbel auf.

Die drei Regierungsräte im Lederwald erschrecken. Regierungsräte erschrecken fast immer. Das Erschrecken ist so etwas wie ein Rangabzeichen für Regierungsräte. Es gibt, wie allgemein bekannt ist, drei Arten des Erschreckens: das einfache, gemeine Erschrecken, das lähmende Erschrecken und das zu Tode Erschrecken. Die Regierungsräte heißen: Dr. Dreibätzler, Dr. Dreiendrift und Dr. Dreigethüm. Die Vornamen sind einheitlich: Franz Xaver Franz Joseph Kreuzwendedich. Nur wer auf diese Vornamen getauft ist, kann es überhaupt zum Regierungsrat bringen. Andere Vornamenträger bleiben gnadenlos auf der Strecke. Als der sich immer noch krampfhaft an seinem Brett festhaltende Regierungsrat Dr. Dreibätzler den monumentalen Wind-Stein-Wirbel erblickt, der sich mitten in Passau erhebt, erschrickt er, denn er glaubt die Figur eines Meerhuhnes zu erblicken. Er erschrickt einfach, gewöhnlich. Es passiert weiter nichts. Dagegen glaubt Regierungsrat Dr. Dreiendrift in dem Wind-Stein-Monument die Darstellung eines Nelkenkrokodils zu erkennen, worauf ihn lähmendes Erschrecken befällt. Seine Hände verkrampfen sich unlösbar am Brett, auf dem er sitzt. Er muß später mit dem Brett weggetragen werden und bleibt für den Rest des Tages an dieses Brett gefesselt. Regierungsrat Dr. Dreigethüm aber erkennt in dem Windmonument den Heiligen Stephan, dargestellt in dem Augenblick, als ihm von dreiunddreißig dreibeinigen chinesischen Hühnern die Ehrenprofessorenwürde der theologischen Fakultät der Universität Cambridge überreicht wird. Regierungsrat Dr. Dreigethüm erschrickt dritten Grades, das heißt: zu Tode. Die Regierung von Niederbayern verfügt zwar kein Staatsbegräbnis, aber immerhin ein Regierungsbezirksbegräbnis dritter Klasse. Drei Feuerwehrkapellen intonieren dabei die Ouvertüre des Trauerspieles: »Das Dreimäderlhaus«.

Wir müssen aber endlich zu der Frage zurückkehren: warum ist Passau eine Drei-Flüsse-Stadt? Es gibt Zeugnisse bereits aus der Jungsteinzeit, aus der Bronze-, Eisen-, Blech-, Elfenbein-, Holz-, Kamillentee-, Reißnägel-, Bast-, Tomaten-, Brei-, Tinten- und Leichten Heizölzeit, daß Professoren der Universität über diese Frage nachgedacht haben, jedoch zu keinem Ergebnis gekommen sind. Nur soviel steht fest: Passau ist, da sie keine Einflüsse- und auch keine Zweiflüssestadt ist, sowie noch nie eine Vierflüssestadt war, eine Dreiflüssestadt.

Die Einflüsse, die in Passau genommen werden, und zwar auf die verschiedensten Gegenstände, sind also strenggenommen Dreiflüsse. Dreiflußreiche Persönlichkeiten scharen sich bei der Fronleichnamsprozession um das erwähnte Wind-Stein-Monument, das den Prof. St. Stephan darstellt, und gedenken des Regierungsrates Dr. Dreigethüm. Ein dreifältiger Nichtsnutz bläst aus seinen drei Nasenlöchern und sät auf dem gegenüber liegenden Innufer, dort, wo der vielbesungene Sauwald beginnt, Wind. Sät dort Wind und erntet folglich im darauffolgenden Herbst Sturm. Dieser Sturm zerteilt das Wind-Stein-Monument in unansehnliche, immer fadenscheiniger werdende Rauchfahnen, die sich in langgezogenen, der Ziffer Drei ähnlichen Wirbeln donauabwärts verflüchtigen.

Nur noch zwei Regierungsräte klammern sich an ihrem Brett fest. Der dritte vermodert bereits und wurde schon von der Ritenkongregation als »Venerabilis« eingestuft. Nur noch zwei Regierungsräte! So wird die Welt von Tag zu Tag unvollkommener. Der Lederwald ist nur ein schwacher Ersatz. Bald wird anstelle der steinernen Stadt Passau eine Stadt aus Papier errichtet. Was dann passiert, wenn es regnet, kann sich jeder ausrechnen. Aber immerhin ist Passau da noch glücklich, weil es noch drei Flüsse gibt, wenn auch die zwei verbliebenen Regierungsräte schon verfügt haben, daß die drei Flüsse durch drei breite Tonbänder ersetzt werden, die Tag und Nacht, jahraus, jahrein das Flehen von dreitausend nackten Jungfrauen wiedergeben, die darum bitten, daß die Welt wenigstens auch noch das kommende Dritte Jahrtausend überlebt.

Schönschreibübung XXIX

Hymnus an Karin Welponer

Es gehört zu den bedauerlichen Irrtümern unserer Zeit, daß das Wort *Tirol* für ein Synonym von *Auswüchse des Tourismus* gehalten wird. Freilich sind die Tiroler selber Schuld daran, die Alpenbetonierer, Zahlkellner im Trachten*look*, die Erbauer von Appartementhäusern in gigantischem Bildstöcklstil, gar nicht zu reden von den kriminellen Verfassern angeblicher Tiroler-Lieder, dieser musikalischen Pestbeulen, die im »Musikantenstadl« gesungen werden, deren schon leicht nach wurmigem Graukäse riechender Höhepunkt das nicht genug zu verabscheuende Kufstein-Lied ist. Das alles ist nicht Tirol, obwohl es die meisten Tiroler gern so sähen. Tirol ist etwas ganz anderes.

Um nicht falsch verstanden zu werden: wenn ich unter Tirol das ganze Land von der Veroneser Klause bis zum Ortler und dem Arlberg, von der Porta Claudia zum Wilden Kaiser, vom Fleimstal und zurück zur Veroneser Klause verstehe, also Nordtirol, das deutsche und das ladinische Südtirol und Welschtirol (also das Trentino), so denke ich nicht politisch, sondern geographisch oder noch besser: *nörggelisch*. Politisch ist mir der Sachverhalt gleichgültig. Ich bin der in deutschnationaltirolischen Ohren häretischen Meinung, daß die Okkupation Südtirols durch Italien auch Vorteile gebracht hat. Ich denke, um den großen Tiroler Dichter Hubert Mumelter zu zitieren, an die geistige Provinz *Rätien*. Damit erklärt sich der Begriff *nörggelisch* (hat nichts mit nörgeln zu tun). Im Personenverzeichnis von Herzmanovskys »Tyroler Drachenspiel«, welches Personenverzeichnis fast länger ist als das erhaltene

Fragment des Stückes, kommen zwei Figuren vor: Ybelhör und Mumelter: zwei Nörggelen. Ob Herzmanovsky mit diesem Nörggele Mumelter den Dichter Hubert Mumelter gemeint hat, ist unklar, weil die Figuren nur im Personenverzeichnis erwähnt werden und in den vorhandenen Szenen nicht auftauchen. Hubert Mumelter, ich habe ihn gekannt, war ein Nörggele. Nörggele nur mit Zwerg zu übersetzen, wie es sogar Herzmanovsky tut, ist falsch. Nörggelen sind zaubermächtige Weise, sind Urwesen, gute, wenngleich übermütige Geister, sind sozusagen Großzwerge rätischer Konvenienz, Pans-Enkel aus dem Tal von Lausa und Duron. Mit solchen Vokabeln ist schon einiges umrissen, was man unter dem Begriff Tirol wirklich zu verstehen hat.

Ein Viertel meiner Ahnen stammt aus jenem weder politisch noch geographisch genau zu umreißenden Feengebiet, das durch unwegsames Gelände, störende Bergrücken, menschenabweisendes Klima und eine bösartige Unverträglichkeit der Bewohner sich sowohl eine eigensinnige Geisteshaltung als auch die Erinnerung an fernhingedämmerte Urzeiten bewahrt hat. Weder die Kultivierungsversuche durch die Römer noch die nur äußerst oberflächlich gelungene Christianisierung, weder die Aufklärung noch die korrumpierende Tourismusindustrie haben es zuwege gebracht, daß die raunenden Herren der Raben, die bockshörnigen Verfolger nur zum Schein fliehender Sennerinnen, die schönbrüstigen Valandinnen oder die stillen Greise, die in Steinfluchten unregelmäßige Verben längst untergegangener Geheimsprachen konjugieren, ihr Heimatrecht in Tirol verloren haben. Manche niedersächsische Touristin, die lodenumtucht mit ihrem Dackel die Lafenn verunzierte (aber unten im Tal durch Obulusentrichtung

Arbeitsplätze sicherte), wurde durch einen ein enormes, ja außerirdisch gewaltiges Glied vorzeigenden Almsatyr erschreckt oder dadurch, daß einer der bekannten roten Tiroler Adler herabstürzte, den Dackel schlug und in seinen Horst zur Atzung der Jungadler verbrachte. Der Tiroler Adler war in jedem Fall echt, weil er ja rot war, der Almsatyr kann sich vielleicht im nachhinein als Canonicus des Stiftes Trient herausstellen, aber was macht das, wenn man weiß, daß der erste Bischof von Trient *Jovinus* hieß, was nicht mehr als ein nur schlecht verschleierter Nebenname Jupiters ist.

Meine Urgroßmutter gehörte zum Geschlecht der Valandinnen, der gefährlichen Hexen und Saligen Fräulein. Deren Existenz wurzelt in den Tiefen des Porphyrbodens, der das Bozener Becken geologisch auskleidet und die beliebte Fremdenattraktion des Rosengartenglühens hervorruft. Aber valandische Wurzeln reichen tiefer und vor allem weiter. Tiroler werden ja, da meist wortkarg, streitsüchtig und abergläubisch, weitgehend unterschätzt. Der Porphyr des Bozener Beckens verzweigt sich unterirdisch wie die Wurzeln einer ungeheueren Wodans-Esche und hat seine Enden überall dort, wo sich kryptische Wahrheiten zu sinnlich faßbaren Gebilden materialisieren: in der geheimnisvollen Stille der Sahara, auf den schamlose Früchte hervorbringenden Inseln im indischen Meer, in den von Kälte geformten Kargwelten Alaskas und in den weißglühenden Tempelresten Siziliens.

Der Tiroler, stets von Gefahren, seien sie naturkatastrophischen, seien sie touristischen Ursprungs, umlauert, ist darauf angewiesen, unverwandt scharf um sich zu blicken, und daher hat sich genetisch bei ihm ein dem absoluten Gehör adäquater *absoluter Blick* herausgemendelt, schon vor hundert Generationen, und dieser absolute Blick befähigt Tiroler, nicht nur die Gestalten selber, sondern auch die unsichtbaren Netze zu sehen, die diese Gestalten mit allem verbinden, was war, und vornehmlich mit jenen Porphyrwurzeln, die der Bozener Urgrund nach allen Seiten aussendet, die Tiroler Spielart des Weltgeistes, das *Weltnörggele* befähigt, trotz allem immer noch Wein, Kastanien und Speck hervorzubringen sowie einigermaßen echte Tiroler.

Schönschreibübung XXX

In Korfu ist die Delphinprinzessin aus Stein. Sie ist so schön im Licht der griechischen Insel, daß das Wasser die türkiseste Farbe annimmt, die ihm möglich ist. Sie ist aus Marmor, aus einem dunkleren, völlig reinen, rötlich-bräunlichen Marmor. Man könnte sie für lebendig halten, aber sie ist aus Stein. Sie ist so schön, daß die Luft zu Kristall wird, der wie ein Vergrößerungsglas wirkt und die fernsten Küsten näherrückt.

Die Delphinprinzessin ist natürlich nicht aus Stein. Die Delphinprinzessin, die so schön ist, daß die Nacht wie der Tag leuchtet, ist aus Fleisch und Blut und kann die Arme seitwärts ausstrecken. Aber nur, wenn das Leben sich dazu bereitfindet, wie ein Traum zu sein. Die Delphinprinzessin ist aus Marmor und ist nicht aus Marmor. Verwandeln kann sie nur einer.

Die Delphinprinzessin ist aus kühler, blauer Luft. Wenn einer, der nicht dazu befugt ist – keiner ist natürlich dazu befugt, außer einem –, wenn also einer, der nicht dazu befugt ist, die Delphinprinzessin berühren will, faßt er ins Leere. Ungläubiges Erstaunen macht sich auf Korfu breit. Aber es ist eben so.

Die Delphinprinzessin ist so schön, daß die Sonne sich entschließt zu scheinen, und daß sich die Welt dreht. Die Delphinprinzessin liegt in der Sonne, und wenn sie Korfu und Griechenland wieder verläßt, wird sie ihr Sonnenkleid angelegt haben. Es gibt ein geheimes Hellas, das außer zweien niemand kennt. In diesem Hellas zeigt die Delphinprinzessin ihr Sommerkleid, und die Delphinprinzessin ist so schön, daß die Welt für einen Augenblick stehenbleibt.

Schönschreibübung XXXI

Dem österreichischen Millenium geweiht

Es gibt einen Witz, bei dem man nicht entscheiden kann, ob er zu blöd oder eher schon wieder gut ist, weil er – zurückbezogen auf den fiktiven Erzähler – förmlich in einem Satz das Pandämonium kleinbürgerlicher Dummheit erhellt. Fragt einer: »Sag, was ist das: vorn ist es ein Vogel, hinten eine altertümliche Waffe, und alles miteinander ist ein österreichischer Dichter?« Antwort: Grillparzer.

Dies widme ich Österreich zum Millenium und erlaube mir eine Reflexion zu dem seltsamen Vogel Grillparzer anzufügen, der wohl eine der österreichischsten (was für ein Wort) Erscheinungen der Literatur war, und weil man auf wenig energischen Widerstand stößt, wenn man den Hofrat Dr. Grillparzer als den größten Dichter Österreichs, zumindest für das XIX. Jahrhundert, bezeichnet. Der Österreicher denkt in Bahnen des Schematismus. Selbst auf der Ehrentafel am Gasthof »Roter Adler« in Innsbruck sind die korrekten Berufsbezeichnungen der dort übernachtet Habenden mehr oder weniger Unsterblichen angebracht: »Goethe. Deutscher Dichter.« Bei »Andreas Hofer« steht: »Tyroler Held«. Was für ein erstrebenswerter Beruf. Grillparzer ist offenbar nie im »Roten Adler« abgestiegen, auch auf seiner Italienreise 1819 nicht, auf der er – oder von der angeregt er das große Gedicht »Campo Vaccino« geschrieben hat, das wegen seiner (obzwar äußerst verhaltenen) »heidnischen« Gesinnung an Allerhöchster Stelle Anstoß erregt hat, sonst stände auf der Tafel: »Grillparzer. K.k. Hofrath.«

Noch in der Romantik, selbst in der späteren, die mit Floskeln wie Naturalismus oder Realismus geschmückt wird, ist Österreich - wie alle deutschsprachigen katholischen Länder - mit wenig literarischer Prominenz gesegnet. Warum das so ist, ob das irgendwie mit der Fruchtbarkeit protestantischer Pfarrhäuser zusammenhängt oder doch damit, daß die katholische Kirche den Analphabetismus neben Keuschheit und Fasten zu den Perlenkränzen des Glaubens zählt, soll hier nicht untersucht werden. Festgestellt sei nur die Tatsache. Während die Protestanten mit den Lutherischen Goethe, Schiller, Lessing und E.T.A. Hoffmann herumwerfen, muß sich Österreich mit Anastasius Grün und Lenau begnügen. Abgesehen vom Sonderfall Nestroy, dem wahren österreichischen Shakespeare, dessen Genie trotz allem immer noch nicht ernst genug genommen wird und der sozusagen das Gußnegativ des Österreichers ist, reißt einzig der romantische Hofrat Dr. Grillparzer die Ehre Österreichs aus der distelbestandenen Steppe kleingedruckter Anhänge in den Literaturgeschichten heraus.

Romantikern traut man keine irdische Verflechtung zu. Novalis, meint man, lebte vom Nippen am Frühtau, Schubert ernährte sich vom Anblick des Abendrotes, und Caspar David Friedrich beschäftigte sich, außer wenn er malte, mit Seufzen. Außerdem war man als Romantiker entweder syphilitisch oder wahnsinnig, am besten beides. Daß zumindest zwei literarische Romantiker - beide Österreicher - knochenharte bürgerliche Berufe ausübten und ihre Schreiberei quasi hinter ihrem eigenen Rücken betrieben, ist wenig bekannt: Grillparzer und der Baron von Eichendorff. War Eichendorff Österreicher? Er war nur gezwungenermaßen Preuße, denn in den österreichischen Staatsdienst aufgenommen zu werden, ist dem in Wien ausgebildeten Juristen nicht gelungen, obwohl er als Abkömmling einer schlesisch-katholischen Adelsfamilie mit den Preußen so viel zu tun hatte wie ein Germknödel mit Labskaus. So schlug sich Eichendorff als Ministerialrat im preußischen Kultusministerium mit den Problemen der »katholischen Kirchen- und Schulangelegenheiten« und dem ersten Donnergrollen des Kulturkampfes herum.

Sein naher Zeitgenosse Grillparzer war auch Jurist. Man vergißt das oft: es ist eigentlich eine Qualifizierung jedes anständigen Schriftstellers, ein Jurastudium absolviert zu haben. Wer weiß schon, daß der oben erwähnte Nestroy Jurist war? Er hat am Abend des Tages, an dem er sein abschließendes Jura-Examen gemacht hat, als Sarastro debutiert. Nur Juristen durchschauen die Schlechtigkeit der Welt, ohne dabei in Wahnsinn zu verfallen. Für den Juristen sind der Wahnwitz, der Irrsinn, die abgrundtiefe Bosheit des Menschengeschlechts sozusagen die gängige Valuta. Also war Grillparzer folgerichtig Jurist, aber auch aus Tradition: sein Vater, Dr. Wenzel Grillparzer, war Advokat. Seine Dissertation, 1787 erschienen: »Von der Appellation an den römischen Stuhl« hatte die Ehre, noch 1933 im päpstlichen Index verbotener Bücher verzeichnet zu sein. Der Sohn Grillparzer beendete seine juristischen Studien 1811, nur zwanzig Jahre alt, was aber nach damaligem Ausbildungsgang normal war. Seine Qualifikationen waren hervorragend. Er war ein Einser-Jurist. Dennoch trat er erst nach einem beruflichen Zwischenspiel als Privatlehrer eines gräflichen Haushalts in den Staatsdienst. Wahrscheinlich wurden in den Kriegs- und Staatsbankrotts-Zeiten bis 1813 keine Neueinstellungen vorgenommen. Die alten Gäule mußten vorerst weiterdienen.

Grillparzer diente in der k.k. Allgemeinen Hofkammer für die Erzherzogtümer Ob und Nieder der Enns, also in einer Art Oberfinanzdirektion. Dr. Grillparzer rückte in die

Planstelle eines Konzeptspraktikanten ein. Der Zustand dieser Behörde dürfte ungefähr dem entsprochen haben, den Herzmanovsky-Orlando in seinem »Gaulschreck« für das - imaginäre - k.k. Hoftrommeldepot beschrieben hat. In der Allgemeinen Hofkammer lagen ungeordnet Tausende von Urkunden zurück bis ins XII. Jahrhundert, die für die steuerliche Veranlagung der Städte, Gemeinden und Stände Ober- und Niederösterreichs (einschließlich der Stadt Wien) maßgeblich waren. Es mag, zum Beispiel, gewesen sein, daß Herzog Albrecht mit dem Zopf anno 1380 durch den Marckht Ybbs gezogen ist und, weil ihm ein überaus schönes und zudem gewaschenes Bürgerkind einen Blumenstrauß überreichte sowie in spätem Mittelhochdeutsch ein Gedicht aufsagte, den Gewerbesteuersatz zugunsten der Gemeinde um 1% erhöhte. Das stand in einer Urkunde, und die lag in besagter Allgemeiner Hofkammer *irgendwo*. Man war darauf angewiesen, daß hochbetagte, uralte, im Dienst steingrau gewordene Konzipisten *wußten*, wo *ungefähr* die Urkunde lag, die gerade gebraucht wurde. Dr. Grillparzer kam auf die Idee, die Urkunden chronologisch, geographisch und alphabetisch zu ordnen. Es interessierte ihn, weil die Urkunden natürlich abgesehen von dem langweiligen Steuerzeug auch Nachrichten allgemeiner historischer Art enthielten.

Ich vermute, daß mehrere der hochbetagten, wo-wissenden Konzipisten angesichts der neuen Ordnung den Verstand verloren, womöglich sogar zum Protestantismus konvertierten. Grillparzer ließ nicht locker. Er ordnete. Es zog sich viele Jahre lang hin. Ein Helfer, der ihm untergeben war, war ein zugewanderter Grieche und hieß Karajanopoulos. Dessen Urenkel wurde mit etwas verkürztem Namen als österreichischer Sportflieger weltberühmt.

1824 wurde Dr. Grillparzer, obwohl er inzwischen die »Ahnfrau«, »Sappho« und »Das Goldene Vließ« geschrieben hatte, zum k.k. Hofkonzipisten befördert, 1832 sogar zum Archivdirektor. Des k.k. Archivdirektors Dr. Grillparzers dienstlichem und außerdienstlichem Verhalten wird im schönen alten »Brockhaus« von 1902 das für jeden Beamten ehrende Zeugnis ausgestellt: »G.s im ganzen geräuschloses (!) Leben wurde nur durch einige größere Reisen ... unterbrochen.« Ein Familienleben fand nicht statt. Auch hier findet der »Brockhaus« ergreifende Zeilen: »Den Unverheirateten verband mit seiner Jugendgeliebten Katharina Fröhlich (gest. 1879) eine treue Neigung, die ihn bis zum Tode beglückte.«

Welche biedermeierlichen Dämonen die Seele des ungebeugt zu seinem Amte schreitenden und von dort aus wieder ins Kaffeehaus sich begebenden, *geräuschlosen* und *beglückten* k.k. Archivdirektor zerwühlten, ahnte niemand.

Gewisse äußere Erfolge stellten sich ein. Seine Stücke wurden aufgeführt, manche waren sogar ein Erfolg. 1847 wurde er, was ihn freute, in die Akademie der Wissenschaften aufgenommen. Aber nach dem krassen Mißerfolg der Komödie »Weh' dem, der lügt« wurde es still um den Archivdirektor. Er zog sich gekränkt, grantig in sein Amtsleben zurück und schrieb seine besten Arbeiten – »Ein Bruderzwist in Habsburg«, »Die Jüdin von Toledo« und das nachgerade juristische Stück »Libussa« – nur noch für die Schublade.

1856, Dr. Grillparzer war 64 Jahre alt, beantragte er die Überstellung in den Ruhestand. Sie wurde ihm gnädigst bewilligt, ja darüber hinaus wurde er aufgrund seiner Verdienste – um die Literatur? nein: um die Archivierung der Hofkammer – zum Hofrat befördert. Im gleichen Jahr noch erfolgte, das allerdings in Ansehung seiner literarischen Reputation, die Ernennung zum Reichsrat auf Lebenszeit, ein bloßer Ehrentitel.

Das Seltsamste passierte danach: nicht nur, daß sich nun Ehren auf den greise werdenden Dichter häuften, daß also der Aktenstaub auf dem gelichteten Scheitel des Hofrats vom Lorbeer hinweggekehrt wurde, es erinnerte sich das Burgtheater unter der neuen Leitung Laubes und Dingelstedts wieder Grillparzers. Seine Stücke wurden in glänzenden Inszenierungen aufgeführt, waren auch anderwärts erfolgreich. Die Genien umtanzten den quieszierten k.k. Hof- und Reichsrat, dessen Brust nun mancher Stern zierte. Und was tat er, der Hofrat? Er schrieb nichts mehr. In den 16 Jahren seines wohlverdienten Ruhestandes, von 1856 bis 1872, floß so gut wie keine poetische Zeile mehr aus der Feder des alten Dichters.

Ein österreichisches Schicksal? Brauchte der Hofrat den täglichen k. k. Amtsärger, die ärarischen Alltagssekkaturen, um schreiben zu können? Die k. k. privilegierten Musen, Sektion erbländisch-österreichische Literatur, hatten sich offenbar mit dem Abstreifen der – ohne Zweifel olympischen – Ärmelschoner durch den Hofrat auch zur Ruhe gesetzt. (Die Vorstellung hübscher junger, *nur* mit leicht rosafarbig schillernden Ärmelschonern sowie vielleicht zierlichen Zugstiefeletten bekleideter Musen war dem von Kathi Fröhlich beglückten Hofrat eher fern gelegen. Deswegen sei dies nur in Klammern angemerkt.) Ein österreichisches Schicksal also: das schöpferische Leben nur gegen die Schikane. Die Nelke der Romantik blüht nur auf dem Sandboden der Oberfinanzdirektion. Hofrat Dr. Grillparzer, ein echt austriakanischer Poet. In deiner Tinte war Österreich.

Schönschreibübung XXXII

Auf die Jahrhunderte gerechnet, dürfte es ein Bestseller sein, obgleich es nicht das berühmteste Werk des Autors ist: die »Historien« des Cornelius Tacitus. Die »Germania« hat man in der Schule gelesen, die »Historien« sind weniger geläufig. Das Buch ist ein Fragment, umfaßt nur die Bürgerkriege um 69/70 n. Chr. Die Parallelen zu dem menschlichen Schwachsinn, der heute etwa im ehemaligen Jugoslawien aufblüht, sind frappierend. Und einen Satz (II, 93) habe ich mir unterstrichen: »infamibus Vaticani locis«, die verruchte Gegend Vatican. War Tacitus auch ein Prophet?

Schönschreibübung XXXIII

Wie so viele Errungenschaften hat auch der Cigarettenstummel zwei verschiedene Urheber, die unabhängig voneinander und ohne voneinander zu wissen der Menschheit den Cigarettenstummel (oder: Cigarettenkippe) schenkten. Da in beiden Fällen ein genaues Datum fehlt, herrscht über die Priorität Dunkel. Möglicherweise könnte die Öffnung der Familienarchive Klarheit in die Sache bringen; allein, es weigern sich die Nachkommen der Erfinder, den Nachlaß der Forschung zur Verfügung zu stellen, wohl aus Angst, genauere Nachforschung könnte die Priorität der Konkurrenz zuweisen.

Der eine Erfinder war Karl Ferdinand Freiherr von Stumm-Halberg (1836-1901), ein saarländischer Industrieller und Bismarckanhänger, erbitterter Feind der Sozialdemokratie. Ursprünglich sollte der von ihm entwickelte Stummel »Cigaretten-Stumm-Halbergel« heißen, denn Kaiser Wilhelm II. - ein launiger Alleinunterhalter im damaligen Berlin, besser bekannt unter seinem Künstlernamen »Willy mit der Kopfprothese« - hatte am 16. November 1891 (dem - allerdings dreiundvierzig Jahre später erfolgten - Todestag Joachim Ringelnatz') durch eine im Neuen Palais in Potsdam erlassene Cabinettsordre dem bis dahin schlichten Freiherrn von Stumm den zusätzlichen Namen »Halberg« verliehen. Eigentlich wollte Herr von Stumm »Stumm-Halbberg« heißen, weil er eine Lieblingsanekdote hatte: er war vor Jahren mit seinem Bruder, dem späteren kaiserlichen Botschafter in Brasilien Ferdinand Eduard Freiherr von Stumm, auf einen Berg gestiegen. Das heißt: sie erstiegen nur den halben Berg, sagten sich dann, daß, da jeder der

Brüder einen Halb-Berg (!) erstiegen habe, hätten sie gemeinsam den ganzen Berg erstiegen. Herr von Stumm erzählte diese Anekdote, wobei er stets selber mit starken Lachanfällen zu kämpfen hatte, sowohl im Kreise seiner Familie (d.i.: seine Gemahlin Ida Charlotte geb. Böcking und die Töchter Ida Henriette Charlotte, verheiratet mit dem kgl. preußischen Generalleutnant von Schubert, Elisabeth Maria, verheiratet mit dem kgl. preußischen Rittmeister und Eskadronchef im 2. Gardedragonerregiment »Kaiserin Alexandra von Rußland«, Helene Karoline, die auf Schloß Rammelburg bei Wippra im Harz als Frau des pensionierten Majors Karl von Heimburg lebte, sowie Bertha Hedwig, die geschiedene Frau des Legationssekretärs Hellmuth Eduard Ferdinand Baron Lucius von Ballausen nebst ihren Töchtern Irma Ida Ellen und Jutta Elisabeth Ida) als auch bei öffentlichen Anlässen. Einmal erzählte Herr von Stumm diese Anekdote sogar dem Reichskanzler Bismarck. Besonders gefürchtet war sie aber bei von Stumms Untergebenen, wie sich unschwer denken läßt. Anläßlich der Feier des Tages, als v. Stumm die Anekdote zum 2500. Mal erzählte, sollte er also mit dem zusätzlichen Prädikat »von Stumm-Halbberg« geehrt werden. Bei der Ausfertigung der Urkunde unterlief aber das Schreibversehen: »Halberg«. Der Kaiser weigerte sich, mit der – Baron von Stumm schwer kränkenden – Begründung, die Anekdote sei »jar nich so doll«, den Schreibfehler zu berichtigen. Baron von Stumm-Halberg starb am 8. März 1901 (der 43. Geburtstag des Komponisten Ruggiero Leoncavallo, der aber sonst mit der Sache gar nichts zu tun hat) an den Folgen einer beim Erzählen der Halb-Berg-Anekdote wegen eines Lachanfalls verschluckten Fischgräte. Da Herr von Stumm-Halberg nach dem 2500. Mal schmollend die Zählung eingestellt hat, tappen wir im Dunkeln, das wievielte Mal es bei seinem Tod war.

Die Cigaretten-Stumm-Halbergel (später vereinfacht zu: Cigaretten-Stummel) erfand Herr von Stumm, um die saarländischen Bergarbeiter in den Genuß des Stumm-Halbergel-Auflesens gelangen zu lassen.

Wer nun meint, der andere Erfinder des Cigaretten-Stummels oder der Cigaretten-Kippe sei ein Freiherr von Kipp gewesen, irrt. Erfinder der Cigaretten-Kippe war der k.u.k. Geheimrat und Staatsrat a.D. Anton Freiherr von Halbhuber von Festwill, geboren in Prag 1809, gestorben in Wien 1886. Merkwürdig ist immerhin die Koinzidenz des »Halb« in den Namen bzw. verunglückten Namen der Erfinder. Warum Baron von Halbhuber seine – im Kern der Stummschen Erfindung völlig gleiche – Errungenschaft »Kippe« und nicht »Halbhuberl« oder ähnlich nannte, ist gänzlich ungeklärt.

Es läßt sich auch leider nicht mehr feststellen, warum sich in Norddeutschland der Begriff »Kippe« eingebürgert hat, der vom österreichischen Erfinder herrührt, während im Süddeutschen zumindest früher der vom norddeutschen Stumm stammende Begriff »Stummel« verbreitet war. Es handelt sich wohl um das auch anderwärts häufig zu beobachtende Phänomen des kreuzweisen Kulturgüteraustausches. In Wien und Niederösterreich heißen Stummel oder Kippe übrigens »Tschick« (korrekte tschechische Schreibweise »Čik«), was lange Zeit die Theorie eines dritten Erfinders verursachte. Man tippte auf den jubilierten k. k. Vizepräsidenten und Finanzlandesdirektor Moritz Ritter Czikan von Wahlborn, bis sich herausstellte, daß vielmehr ein ungarischer Zwiebelimporteur namens Ferenczy seinerzeit versucht hatte, die weggeworfenen »Stummel« oder

»Kippen« unter der Bezeichnung »Ferenczik« oder kurz »Czik« weiterzuverkaufen.

Die große Zeit der Cigarettenstummel oder -kippen kam aber erst lang danach. Etwa von 1944 ab und vermehrt von 1945 bis 1948 galt der Cigarettenstummel neben der Reichs- (richtiger »Renten«-) mark als Zahlungsmittel großdeutscher Eingeborener. Der junge neuseeländische Photograph Jeremy Schounwitz, der 1975 einen Stipendienaufenthalt in der Bundesrepublik antrat, war zufolge der Lektüre eines veralteten Lesebuches der irrigen Meinung, die Kippen-Währung gelte noch immer. Er sammelte daher solche Kippen und Stummel, aber als sich herausstellte, daß man damit nicht mehr bezahlen kann, kam er auf die nicht unoriginell zu nennende Idee, diese Kippen oder Stummel zu Kunstwerken zu erklären (»Jeder Raucher ist ein Künstler«). Es ist ja nicht das erste Mal, daß aus einem Irrtum Fruchtbares erwächst. Columbus meinte ja auch, den Seeweg nach Indien gefunden zu haben, während er in Wirklichkeit Amerika entdeckt hatte, wo der Tabak wuchs, aus dem die Cigaretten gemacht und aus denen wieder die Stummel gewonnen werden. Womit sich der Kreis aufs schönste rundet.

Schönschreibübung XXXIV

Was ich nicht erwartet hatte, war, daß die Stadt sich leer zeigt. Nein, hier schleicht sich schon im ersten Satz eine Ungenauigkeit ein. Wie schwer es ist, präzise zu sein. Ich hatte überhaupt kein Bild von der Stadt vor den Augen. Ich hatte gar nichts erwartet. Ich hatte kein Bild einer Stadt vor den Augen, weder mit noch ohne Menschen. Ich hatte keine, nicht nur keine genaue, ich hatte überhaupt keine Vorstellung. Es überraschte mich, auf dem großen Platz vor dem Bahnhof keine Menschen zu sehen. Oder: als ich aus dem Bahnhof, in dem einige Bahnbeamte hin- und herliefen, eine menschliche Stimme aus einem Lautsprecher in einer mir nicht geläufigen Sprache verschiedene Ansagen verkünden hörte und auf den großen Platz vor dem Bahnhofsgelände hinaustrat, war ich erstaunt, daß dieser Platz menschenleer war.

Alles ist ungenau: was heißt da »schon im ersten Satz eine Ungenauigkeit«? Was heißt »erster Satz«? Gibt es in einer Erzählung einen »ersten Satz«? Die Musik ist genau. Eine Symphonie oder eine Sonate hat einen »ersten Satz«. Die Literatur ist ungenau. Vor dem ersten Satz gibt es tausend andere Sätze, die nur nicht geschrieben sind. Fängt die Erzählung nicht viel früher an? Mit dem Tag, als ich ein Buch mit einem dunklen Umschlag zur Hand nahm, auf dem eine Mauer abgebildet war? (Oder soll ich sagen: an dem Tag, als mir dieses Buch mit dem dunklen Umschlag, auf dem eine Mauer abgebildet war, *in die Hand fiel*?) – oder mit dem Tag, als der Galanteriewarenhändler seine Frau »erkannte«?

Warum war der große Platz vor dem Bahnhofsgebäude leer? Vielleicht war der Tag, an dem ich ankam, ein Sonntag.

Das Geschäftsleben ruhte. Die Leute waren daheim, frühstückten in Ruhe oder waren in der Kirche bei der Messe. Auch Hunde gab es nicht. Das nun wieder war mir klar. Ein Hundefänger, den ich vom Hörensagen kannte, hatte hier alle Hunde längst eingefangen und an auswärtige Interessenten oder an Fabriken zur Herstellung von Möbelwachs verkauft. Aber es war nicht Sonntag. Es war Donnerstag. War es ein Feiertag? Ein nationaler Gedenktag, von dem ich nichts wußte?

Oder: der Platz vor dem Bahnhof wimmelte von Menschen. Es gab auch viele Hunde. Der Hundefänger war längst tot. Sein Schicksal ist unbekannt, aber tot ist er längst. Neue Hundegenerationen sind nachgewachsen. Der Hundefänger hat keinen Nachfolger gehabt. Der Platz wimmelte von Menschen und Hunden, wie an jedem gewöhnlichen Werktag.

Oder: der Platz war zu meinem Erstaunen menschenleer bis auf eine einzige Gestalt, die sich aber grad abwandte und in eine Seitengasse verschwand. Die Schatten der großen Häuser fielen schwarz auf das graue Pflaster. Der Himmel war weiß.

Ich hatte die Reise selbstverständlich vorbereitet, wenn auch – muß ich gestehen – die Vorbereitung sich im Ankauf eines Stadtplanes erschöpfte. Oder: im Nachlaß eines im Krieg gefallenen Onkels fand sich ein Buch über Geschichte und Kultur jener Stadt, ein fragwürdiges und läppisches Buch, das auf fahlen Seiten absichtlich unscharfe, wie zu weich gewordene, zu lang im Wasser gelegene Bilder enthielt, aber immerhin auch einen Stadtplan, den ich heraustrennte und mitnahm. Der Stadtplan stimmte nicht mehr. Auch Städte bewegen sich.

Städte waren viele hundert Jahre lang aus Stein. Was aus Stein war, war fest. Ein Haus war ein Haus, eine Straße war eine Straße. Wo ein Haus war, war auch nach Jahrhunderten noch ein Haus. Erst vor einigen Jahrzehnten begannen auch Städte zu fließen. Sie bewegten sich wie Amöben. Der Stadtplan stimmte nicht mehr. Ich konnte mich nicht mehr nach ihm orientieren.

Es gab breite und enge Straßen. Die mächtigen Gesimse der Torbögen warfen schwarze Schatten bis auf das Pflaster. Die Verzierungen über den Fenstern und die steinernen Figuren warfen schwarze Schatten abwärts über die Fassaden, schraffierten sie. Die ganz engen Gassen waren voll von solchen Schatten. Aus den Fenstern schaute niemand.

Oder: eine in einer mir fremden oder nur als Musik geläufigen Sprache murmelnde Menge wälzte sich durch die Straßen und Gassen und beachtete mich nicht. Die ausgestellten Waren in den dürftigen, oft staubigen Schaufenstern der Geschäfte waren schäbig.

Der andere große Platz war wieder menschenleer. Es war Abend geworden. Zwei Polizisten patroullierten. Sie blieben an der Ecke eines Hauses stehen, drehten sich um und wippten mit dem rechten Fuß, beide. Der Platz war nicht ganz menschenleer gewesen: auf der anderen Seite, drüben am Eingang eines palastartigen Gebäudes, stand eine Gestalt. Es war der gleiche Mann, den ich am Vorplatz des Bahnhofes gesehen hatte. Es war ein kleiner Mann von gedrungenem Wuchs. Wieder wandte er sich ab, verschwand aber nicht im Eingang des palastartigen Gebäudes, sondern in einer sehr engen Gasse. Vielleicht hat ihn der Anblick der Polizisten vertrieben.

Es war inzwischen Abend geworden. Die Menschenmenge hatte sich verlaufen. Es war ganz still. Aus Sparsamkeit schaltet die Stadtverwaltung nur jede zweite Straßenlaterne an. Den Ladenbesitzern ist es verboten, die Lichter ihrer Auslagen brennen zu lassen. Das Pflaster ist schön, aber uneben. Man muß vorsichtig sein.

Das Tor, der Haupteingang zur Versicherung, war geschlossen. Selbstverständlich, wie sollte es anders sein um diese Tageszeit, wo die Dienststunden längst abgelaufen waren. Außerdem hatten heute vielleicht gar keine Dienststunden stattgefunden, weil ein mir unbekannter Feiertag war, vielleicht der Jahrestag des Todes eines Präsidenten oder eines Generals. Wenn man die Jahrestage des Todes aller Präsidenten und aller Generäle feierte, bräuchte man überhaupt nicht mehr zu arbeiten.

»Oder –«, sagte mir der kleine, gedrungene Mann in der Bierwirtschaft, »vielleicht möchte es einen Tag geben, einen einzigen Tag im Jahr, an dem nie ein Präsident respective General zu sterben beliebt haben. An *dem* Tag wird gearbeitet. Aber dann legt sich der gegenwärtige Herr Präsident – Gott möchte verhüten, ich meine es nicht wirklich, nur so zum Beispiel –, der gegenwärtige Herr Präsident in tödlicher Krankheit zum Sterben hin und wird hinfällig und hinfälliger, und es möchte zu befürchten stehen, daß justament an *dem* Tag der verehrungswürdige sowie gegenwärtige Herr Präsident stirbt – Jesusmariandjoseph –, und da fallen selbst in den entlegensten Gegenden die Menschen auf offener Straße aufs Knie respective einander in die Arme und vergießen Tränen über Tränen, daß vielleicht der Präsident am nächsten Tag stirbt, wo sowieso schon Feiertag ist, damit der einzige Tag, an dem man arbeiten darf, nicht auch noch Feiertag wird. Wer hält so was aus, möchte ich bitte fragen, so viele Feiertage? Niemand hält das aus.« Der gedrungene Mann nahm einen Schluck Bier aus seinem Krug, zog dann ein kleines Wachstuchheft aus der Brusttasche seiner Jacke und notierte etwas darin mit einem

Bleistift, der schon so klein war, daß er ihn kaum noch in der Hand halten konnte.

Der untersetzte Mann, der nun schon leicht angetrunken war, begleitete mich zurück zu dem großen Platz. Es war Mitternacht vorbei. Die Stadtverwaltung schaltet aus Sparsamkeit um Mitternacht von der Hälfte der brennenden Straßenlaternen nochmals zwei von drei ab. Die Polizisten haben große, starke Taschenlampen bei sich. Der Mann sagte: »Warum soll man es nicht probieren? Vielleicht ist der Hausmeister noch auf. Mehr als schimpfen kann er nicht. Vielleicht ärgert er sich, weil wir ihn wecken mit Läuten.« Er kicherte. »Hausmeister muß man ärgern. Immer. Alle, wo es geht. Auf der ganzen Welt.« Er läutete. Das heißt: er drückte auf den Knopf. Ein Klingelknopf an einem so großen, schweren Tor ist seltsam, paßt nicht. An Schlössern und Palästen paßt kein Klingelknopf. Am Tor von Schloß Windsor ist auch kein Klingelknopf mit einem Messingschild »Queen«. Aber dort an dem palastartigen Gebäude, das eine Versicherung ist, war ein Klingelknopf angebracht, ein einzelner, offensichtlich lang nach Einrichtung des Gebäudes angebrachter und darum zweifach unangebrachter Klingelknopf, ohne Messingschild, ohne Bezeichnung.

Entweder funktionierte die Klingel nicht, oder aber die Leitung führte zu einer Klingel in einem so entfernten Teil des weitläufigen Gebäudes, daß man hier am Tor das Klingeln nicht hörte. Entweder gab es keinen Hausmeister, oder der Hausmeister hörte das Läuten nicht, oder der Hausmeister hörte zwar das Läuten, dachte sich aber: das ist nur ein Besoffener, der klingelt. Es machte niemand auf. Die zwei Polizisten kamen heran. Der kleine, untersetzte Mann dolmetschte ihnen: daß ich auf der Suche nach einem bestimmten Herrn wäre, der in dem Gebäude da tätig sei. Oder tätig war.

Die Polizisten schalteten ihre Taschenlampen ein und kontrollierten unsere Ausweise. Der gedrungene Mann dolmetschte mir: die Polizisten empfählen mir, morgen hier nachzufragen und außerdem sofort in mein Hotel zurückzukehren.

Am nächsten Tag aber, am Freitag, wurde die Nachricht bekanntgegeben, daß der Marschall einer benachbarten Republik gestorben sei. Es wurde Staatstrauer verordnet. Es wurde nicht gearbeitet. Abends brannten ausnahmsweise alle Straßenlaternen. Der gedrungene Mann, den ich wieder in der Bierwirtschaft traf, sagte: für die Volkswirtschaft ist es besser, wenn *nicht* gearbeitet wird. Dann fallen wenigstens keine Fehler vor. Am übernächsten Tag war Samstag. Am Sonntag lief mein Visum ab. Der Platz vor dem Bahnhof war voll von Menschen, aber der Zug, mit dem ich abfuhr, war leer.

Schönschreibübung XXXV

Die Erlebnis-Gesellschaft

Begonnen hat es, soweit ich sehe, mit dem Erlebnis- oder Abenteuer-Urlaub. Das war eine geniale Erfindung mieser Hotels, die ihre Wanzen und Flöhe als alternative Jagd-Unterhaltung anboten und das Frühstück als Überlebenstraining. Dazu kamen Ausflüge in ungefederten Jeeps auf folkloristischen Landstraßen und Mittagessen bei Beduinen. »Um Land und Leute kennenzulernen.« (Ich kann schon die daheim nicht leiden, wieso soll ich dann eigentlich mit wildfremden Eingeborenen Hammelaugen mit Zwiebeln schlürfen? Aber so denken nur Erlebnis-Verweigerer.)

Inzwischen ist das, scheint mir, wieder abgekommen. Nur die »Camel-Trophy« gibt es immer noch: Bewährungsprobe für Leute, die erfahren wollen, wieviel Dreck auf menschlicher Haut kleben bleiben kann. Aber dafür gibt es anderes: den Erlebniseinkauf zum Beispiel, oder das Erlebnis-Menu.

Ich gestehe, daß ich um so etwas einen Bogen mache, aber ich kann doch nicht umhin, mir dies vorzustellen – und ich fürchte, ich habe mit meiner Vorstellung recht. Den Erlebniseinkauf stelle ich mir so vor wie einen Einkauf etwa 1946. Das, was man sucht, ist nicht zu finden, das, was man findet, ist Schund, dafür in Bergen vorhanden, die Verkäufer sind rotzig, die Kassiererin gibt falsch heraus, und wenn man sich beschwert, kommt der Chef und gibt einem einen Fußtritt.

Anders beim Erlebnismenu. Der Kellner ist von der Undurchsichtigkeit eines chinesischen Ministergesichtes. Die Suppe sieht wie Apfelkompott aus, schmeckt aber nach Lachs. Das Gemüse sieht aus wie Himbeersorbet, schmeckt aber wie Wiener Würstel, das Fleisch sieht aus wie Kartoffelknödel und schmeckt wie Ananasgelée, hingegen das Ananasgelée sieht aus wie gebratene Leber und riecht nach etwas angebranntem Karfiol, der nach Forelle zu schmecken versucht. Und die Mengen, die auf dem Teller sind, sind mittels Fingerhüten portioniert und lauwarm. Nein, das ist nicht die Erlebnisgastronomie, das ist nur etwas sehr Ähnliches: *nouvelle cuisine*. Zum Glück ist sie seit einiger Zeit wieder abgekommen.

Die wirkliche Erlebnisgastronomie ist, nehme ich an, ganz anders. Der Gast bekommt einen heißen Stein vorgesetzt, auf dem er sein Schnitzel selber braten muß, zum Schutz auch einen Asbesthandschuh. Der Asbesthandschuh trägt in feuerfesten Farben das – eines der schönsten neudeutschen Wörter –, das *Logo* des Erlebnisrestaurants; damit nach dem Rösten der Handschuh nicht mit dem Schnitzel verwechselt wird. Der Salat wird vom Kellner in die Luft geschleudert und von den Gästen mit dem Mund aufgefangen. Zum Nachtisch in den Garten, um Kirschen zu pflücken.

Haben Sie aber schon gehört, daß es seit neuestem Erlebnis-Bestattungen gibt? Nein, gibt es noch nicht, aber ich glaube, das ist eine Marktlücke. Ich übergebe die Idee kühnen, weitblickenden Erlebnis-Managern, sie können damit Millionär werden.

Die Erlebnisbestattung: mittels Schnitzeljagd ist der richtige Friedhof zu finden; dann Sarg zusammennageln; das Friedhofspersonal wirft sich die Kränze gegenseitig zu, die Trauergäste müssen versuchen, sie zu fangen; den Pfarrer muß man von einem Baum herunterholen – und die Leiche – ja: die Tante muß von den Hinterbliebenen selber erschlagen werden.

Schönschreibübung XXXVI

Wenn ich aufgefordert wäre, fünfundzwanzig Namen zu nennen, denen ich entscheidende Bedeutung in der Weltliteratur und in der Geschichte des menschlichen Denkens zuerkenne (wobei ich mir im Klaren bin, daß es die so Geehrten nicht nötig haben, auf mein Urteil zu warten), dann wäre Jorge Luis Borges' Name dabei. Er wäre sogar dabei, wenn ich nur nach zehn Namen gefragt würde, vielleicht schon bei fünf. Ich stehe also nicht an, Jorge Luis Borges zu den größten Dichtern der Welt zu zählen, mit der Einschränkung, daß ich natürlich nicht alle kenne und kennen kann. Zum Beispiel habe ich noch keine Zeile von Enclydes da Cunha gelesen, der ein offenbar hochinteressantes Werk über den Häresiarchen von Canudos geschrieben hat. Borges erwähnt diesen Schriftsteller in einer Geschichte, da ich aber weder da Cunha noch den Ort Canudos noch irgendeinen, der den rätselvollen Titel eines Häresiarchen*, also eines durch oder im Falschglauben oder über den Falschglauben Herrschenden in irgendeinem Nachschlagewerk gefunden habe, muß ich davon ausgehen, daß Borges da Cunha erfunden hat. Borges war der Meister der erfundenen Wahrheiten, er war der Beherrscher der Lüge, die in der Welt die Wahrheit zurechtrückt – also ein *Pseudarchos*, womit ich einen, wie ich meine, schönen Titel für Borges erdacht habe.

Borges hat ein Werk hinterlassen, das sich in meinen Augen dadurch auszeichnet, daß es geschrieben werden

* Der Begriff Häresiarch ist nicht neu. Adolf v. Hannack gebraucht ihn in seinem Buch »Das Evangelium vom fremden Gott: Markion«. (Anm. d. Hrsg.)

mußte. Die Geschichten, die Borges erzählte, standen wie geheime Offenbarungen über der Welt und suchten den Blitzableiter, durch den sie in ihre literarische Existenz fahren konnten. Dieser Blitzableiter war Borges. Es war ein Glück für diese geheimen Offenbarungen, daß es Borges gab, dem ein untrüglicher Sinn für alles Apokryphe, Häretische, Geheime, für die Absonderlichkeiten der Menschenseele und für die Abwege der Menschengedanken eignete. Nur *er* konnte die Botschaften empfangen. Ich habe den Eindruck, er hat sie gar nicht unbedingt gern empfangen, weil so etwas immer gefährlich ist, sowohl in den Augen der Menschen, die einen für einen Narren halten, als auch deswegen, weil so eine Wiedergabe einer geheimen Botschaft leicht zum Verrat werden kann. Vielleicht deswegen ist *Verrat* ein so verstecktes wie zentrales Problem in Borges' Geschichten.

Ich hatte das Glück, Borges noch zu begegnen, als er 1982 München besuchte. Er – *trat auf* kann man nicht sagen, ich scheue mich nicht zu formulieren: er begnadete die Akademie, der anzugehören ich die Ehre habe, mit seiner Gegenwart für zwei Stunden. Er stellte sich Fragen aus dem Publikum, beantwortete aber mit souveräner Ungeniertheit nur solche, die nicht gestellt wurden. Er war völlig erblindet: wie ein Seher, oder wie einer, der die Dinge hinter den Himmeln erblickt hat.

Schönschreibübung XXXVII

»Ich weiß nicht genau«, sagte Plinius der Jüngere, »ob es ein Mädchen oder ein Knabe war, die Entfernung war zu groß.«

»So groß kann keine Entfernung sein«, sagte Castulius, Plinii Freund, »daß ich nicht ein Mädchen von einem Knaben unterscheiden könnte. Lieber wäre es mir, es wäre ein Mädchen gewesen.«

»Gut«, lachte Plinius, »bleiben wir bei einem Mädchen. Es stand aufrecht auf dem Delphin, warf die Hände in die Luft und ritt durch die Wellen.«

»Nackt?« fragte Castulius.

»Natürlich nackt«, sagte Plinius, »ist das das einzige, was Sie an der Sache interessiert?«

»Selbstverständlich«, sagte Castulius, »den Rest glaube ich nicht.«

»Glauben Sie nicht?«

»Aber ich bitte Sie schönstens, verehrter Senator«, sagte Castulius, »da erzählen Sie, Sie seien bei Ostia am Strand hin- und hergegangen, in Gedanken an irgendwelche naturhistorischen Probleme, und ihr Blick sei da hinaus geschweift, und da hätten Sie ein nacktes Mädchen –«

»– respective ebensolchen Knaben –«

»– Mädchen wäre mir lieber, wie gesagt, mit hoch erhobenen Händen –«

»– jauchzend!«

»– na! als ob Sie das auf die Entfernung gehört hätten. Wenn sie, also die Person *so* nahe am Ufer auf Ihrem Delphin geritten wäre, daß Sie ein eventuelles Jauchzen wahrnehmen hätten können, wären Sie auch in der Lage gewesen zu unterscheiden, ob es sich um einen Knaben oder ein Mädchen gehandelt hat. Ich bitte Sie!«

»– jauchzend auf einem Delphin durch das unsterbliche Blau des Meeres geritten. Nie, so wahr ich hier stehe, Freund, habe ich Schön'res gesehen.«

»So wie ich Sie kenne, schreiben Sie das womöglich auch noch nieder.«

»Warum nicht?«

»Senator Plinius! Ich bitte: eine faustdicke Lüge. Das haben Sie erfunden. Kein Mensch kann auf einem Delphin reiten. Er rutscht ab.«

»Was ich erfinde, ist wahr.«

»Wie bitte?«

»Es ist überhaupt die Frage, lieber Castulius, ob nicht *nur* das Erfundene wahr ist.«

»Jetzt machen Sie aber einen Punkt.«

»Ist denn wahr, was hier um uns herum ist? Das Forum? die Geldwechsler? die Getreideschacherer? die den Ernst des Lebens im Handel und Wandel sehen? Ist das überhaupt wahr? Oder – Jupiter schenke ihm ein ewiges Leben – der hochwürdige Augustus, der grad oben am Palatium sitzt und Politik macht? ist der, mit allem Respekt gesagt, wahr? Nein, Freund Castulius, das alles ist nicht wahr. Das alles ist nur eine Scheinblüte der augenblicklichen Realität. *Wahr* ist das, was ich erfinde. *Wahr* ist meine Delphinprinzessin, die über die unendlichen Wogen reitet, weil – hören Sie?! –, weil ich sie erfunden habe.«

»Was für ein Unsinn. Sie stellen die Natur der Dinge auf den Kopf.«

»Wie, Freund Castulius, wollen Sie beurteilen, wo der Kopf hingehört?«

»Sie haben eine krankhafte Vorstellungskraft.«

»Krankhaft? Das ist richtig. Jede Entwicklung ist krankhaft, weil jede Entwicklung zwangsläufig von der Norm abweicht. Was von der Norm abweicht, ist krankhaft.«

»Dann wäre normal nur der, der verrückt ist? Das kann ich Ihnen nicht glauben.«

»Ich vermute, daß der Mensch in Urzeiten nur *ein* Auge hatte. Dann kam eine Mißgeburt zur Welt: mit zwei Augen. Der Vorteil bewirkte, daß sich diese Mißgeburt durchsetzte und fortpflanzte, und jetzt, Freund Castulius, geben Sie doch zu, daß Sie recht froh darum sind, *zwei* Augen zu haben?«

»Und Sie«, sagte Castulius ironisch, »der Dichter, Sie haben *drei* Augen.«

»Ja«, sagte Plinius, »und die Prinzessin reitet auf dem Delphin durch das ewige, blaue Meer und ist *wahrer* als Sie Fettsack hier auf dem Forum. Vale! Ich muß zu meinem Schreibtisch.« Und Plinius entfernte sich durch das Forum Transitorium, warf einen Blick zum Minerva-Tempel hinüber und verschwand hinter den Säulen.

Castulius, der dicke, schüttelte den Kopf und dachte: »Unsereiner wird euch auch in zweitausend Jahren nicht verstehen.« Er ging in die Taverne Ad Graecum nahe der Via Lata und trank ein Viertel Falerner. Immer noch schüttelte er den Kopf, aber in der Nacht träumte er, er reite auf einem zweiten Delphin hinter der Prinzessin her, ohne sie allerdings zu erreichen.

Schönschreibübung XXXVIII

William Somerset Maugham hat einmal geschrieben, es sei ihm unmöglich, im *Smoking* in die Oper zu gehen. Der Satz könnte zu Mißverständnissen führen: Maugham hat nicht nach unten, sondern nach oben gedacht. Er hat sich in der Oper nicht im *Straßenanzug,* sondern nur im *Frack* wohlgefühlt. Im Smoking ist er allenfalls ins Savoy-Theatre zu *Gilbert and Sullivan* gegangen.

Die Zeiten sind lang vorbei. Heute tragen nur noch die Musiker Fräcke. Das hat sich seltsamerweise gehalten, allerdings nur bei der Musik, die man die klassische nennt, allenfalls noch bei gemäßigter Moderne, wenn sie als Beigabe zu Klassischem gespielt wird. »Musica viva« erfolgt im gedeckten Straßenanzug, moderne Kammermusik erfordert nur noch Blue Jeans. Das gilt allerdings alles nur für Männer. Für Frauen gelten andere Gesetze. Wenn man vom Fall jener Cellistin absieht, die eine Bach-Suite nackt gespielt hat, gilt als Regel, daß Musikerinnen bekleidet auftreten. Das machen sie im Interesse ihrer Musik, denn bei jener Interpretation der Bach-Suite konnten sich nach dem Konzert nur 15% des männlichen Publikums erinnern, welches Instrument die Nackte gespielt hat, 30% hatten im Bewußtsein behalten, daß es eine Solo-Suite von Bach war, 8%: *welche* der sechs Solo-Suiten, und 1/2% waren in der Lage, die Interpretation zu würdigen. 100% aber erinnerten sich daran, daß die Dame nackt war.

Das ist natürlich nicht der Sinn der Musik, weshalb Damen also bekleidet spielen, und zwar meist in Schwarz. Nur Sängerinnen betreten das Podium farbenfroher, und meist nur Sängerinnen bekennen sich zu ausladenden

Décolletés. Ob das damit zusammenhängt, daß die Gesangskunst seit jeher als eher leichtfertig und daß Sängerinnen als moralisch nicht immer gefestigt angesehen werden, ist noch nicht untersucht worden. In letzter Zeit allerdings sind ab und zu jüngere Geigerinnen aufgetreten, die zusätzlich zum Vibrato fleischlichere Augenweide dargeboten haben, und hie und da eine Pianistin. Den tiefsten Ausschnitt, der jemals konzertant zu sehen war, soll aber doch eine Sängerin vorgezeigt haben: Mirella Freni 1962 in München bei einem Arienabend. Ich war leider nicht dabei, aber die Rezension des bedeutenden Kritikers R. K. H. schillerte bereits leicht ins Gynäkologische hinüber.

Im Publikum sieht man, selbst bei Festspielen, kaum noch Frack, und auch der Smoking ist im Rückzug. Eher noch wird Kleideraufwand in der Provinz getrieben, wahrscheinlich, weil dort die Gelegenheiten seltener sind, bei denen sich die teuren Anschaffungen amortisieren. Ein Sonderfall ist, wie in jeder Hinsicht, Bayreuth. Hier sind noch archaische Walküren zu sehen, die germanische Hochflechten zu braunen Togen und Bandsandalen tragen. Dabei ist auch hier eine Abstufung vom »Fliegenden Holländer« bis zum »Parsifal« zu bemerken. Was ein echter Wagnerianer ist, der betrachtet den »Holländer« als Operette und wählt Socke und Kummerbund in Rheingold erst zum Bühnenweihfestspiel. So etwas führte natürlich zwangsläufig zu Exzessen. In meiner Zeit als Staatsanwalt in Bayreuth wurde eine etwas füllige Dame mit Schuhgröße 44 ertappt, die aus Wagners Sterbesofa im damaligen Richard Wagner-Museum ein Roßhaar gezogen hat. Ich habe die Sache niedergeschlagen, nachdem die Brünhilde unter Tränen geäußert hatte, daß sie das eine Roßhaar in ihr »Parsifal«-Korsett einnähen wolle, das sie nur zu *diesem* Ereignis trage.

Schönschreibübung XXXIX

Gedanken zum Apfelbäumchen

»Und wenn ich wüßte«, sagt Luther, »daß morgen die Welt untergehen wird, pflanzte ich doch heute mein Apfelbäumchen.« Das ist ungenau zitiert, aber man kann es nicht genau zitieren, denn dieses schöne und tiefsinnige Lutherwort (das den Titel für ein wichtiges Buch von Hoimar v. Ditfurth abgegeben hat) hat einen Nachteil: es ist nicht von Luther. Weder hat Luther es gesagt noch geschrieben, weder in seinen Schriften noch in seinen Tischgesprächen ist die Äußerung zu finden. Es ist als angebliches Lutherzitat meines Wissens in den vierziger Jahren unseres Jahrhunderts aufgetaucht, wenn ich recht unterrichtet bin in der Korrespondenz des Märtyrers Bonhoeffer; ob der das Zitat erfunden oder gutgläubig nachgesprochen hat, weiß man, glaube ich, nicht.

Es gibt eine Menge solcher falscher Zitate, und täglich entstehen neue. Vielleicht ist die Welt dankbar für die Aufklärung, die ich zu so einem im Entstehen begriffenen Pseudozitat geben kann, wobei ich weder die Sache noch meine Bedeutung überschätze. Im Begleitheft zur CD-Einspielung der »Lustigen Witwe« mit Cheryl Studer und Bryn Terfel (DG 439 911 - 2), die mir im Übrigen nicht überaus gelungen erscheint (der Dirigent John Eliot Gardiner vermag nicht den notwendigen musikalischen Pfeffer zu streuen), schreibt der Musikwissenschaftler Karl Dietrich Gräwe u. a.: »Hofmannsthal wurde der Ausspruch zugeschrieben, wie schön der ›Rosenkavalier‹ erst mit der Musik von Léhar geworden wäre; ...«

Hofmannsthal hat nicht im Traum daran gedacht, so einen Ausspruch zu tun, schon weil er hätte befürchten müssen, er käme Richard Strauss zu Ohren, der Léhars Arbeiten (ein gewisser Neid mag mitgewirkt haben) als »Kunstjauche« betrachtete. (Nebenbei gesagt: auch das ein ungesichertes Zitat. Gibt es überhaupt irgend etwas, das sicher wahr ist?) Aber es hat eine Zeit gegeben, da habe ich viel mit Karl Dietrich Gräwe verkehrt. Und damals habe ich ihm einen seltsam deutlichen Traum von mir erzählt: es muß 1970 oder 1971 gewesen sein. Ich sprach im Traum mit Hofmannsthal, und Hofmannsthal klagte mir, daß er sich in – man beachte den, ehrenwörtlich, von mir geträumten eleganten Plural – »Geldverlegenheiten« befinde und deswegen glücklich darüber wäre, wenn statt Richard Strauss Ralph Benatzky (nicht Léhar!) seine Libretti vertont hätte.

So kommt also so etwas zustande und fällt nach fast dreißig Jahren sozusagen auf mich zurück. Karl Dietrich Gräwe seinerseits war der Librettist der Oper »Lou Salomé« von Guiseppe Sinopoli. Das war ein Auftragswerk der Bayerischen Staatsoper und versickerte nach, glaube ich, vier Vorstellungen. Ich halte Sinopoli für einen – wenn er bei seinen romantischen Leisten bleibt – streckenweise vorzüglichen Dirigenten. Was seine Kompositionen betrifft, so vermute ich, daß man ihm seinerzeit die Dirigentenkarriere eröffnet hat, um ihn vom weiteren Komponieren abzuhalten. Vielleicht seufzt Karl Dietrich Gräwe, warum nicht Andrew Lloyd Webber seinen Text vertont hat?

Schönschreibübung XL

»In a coffer of nacre I have three wondrous turquoises. He who wears them on his forehad can imagine things which are not, ...«
Oscar Wilde, »Salomé«.

Sind *Zahlen* Dinge, die nicht wirklich sind? Es sind Jahrtausende vergangen, in denen die Menschen *gezählt* haben, aber Zahlen hat keiner gesehen. Sehen kann man nur abgezählte Dinge; nachdem die Schrift erfunden ist, kann man auch die Ziffern sehen; die *Zahlen* nicht. Den Unterschied, der nicht einer gewissen Komik oder besser gesagt Absurdität entbehrt, kann man sich vergegenwärtigen, wenn man überlegt, daß man auch Ziffern zählen kann. Ein Dekorateur hantiert im Schaufenster mit zusammensteckbaren Preisschildern. Er nimmt eine Handvoll Ziffern »1« und zählt sie. Es sind, sagen wir, zwölf. Der zwölfte Einser ist ein Einser, kein Zwölfer. Aber dennoch sind Zahlen keine bloßen Ordnungsfunktionen. Zahlen sind kleine Dämonen, die das Weltall regieren. Die kleinen Dämonen, die weder gut noch böse sind, kommen aus einem rätselhaften Urgrund und gehen in eine nicht weniger rätselhafte Ferne, wobei kein Mensch die Richtung weiß.

Wer damit angefangen hat, die kleinen Dämonen aus dem unsichtbaren Meer mit Hilfe eines Netzes der Mathematik zu fangen, ist nicht geklärt: die Ägypter? die Babylonier? Die Gleichungen haben es an den Tag gebracht: es gibt die Zahlen, obwohl Dinge, die nicht wirklich sind. Es ist dabei der schwierige Unterschied zwischen Da-Sein und Existenz zu bedenken.

Die rationalen Zahlen - 1, 2, 3 ... - sind leicht zu begreifen, selbst wenn man sie bricht und teilt oder negativiert: - 1, - 2, - 3 oder 1/2, 1/3, 1/4 oder 0,1, 0,2, 0,3. Es gibt unendlich viele davon. Es ist sozusagen eine Linie, die sich aus dem Urgrund herauswindet. Aber noch nicht genug damit: es gibt Zahlen, die lassen sich mit Ziffern oder Buchstaben nicht ausreichend darstellen. Das sind die *irrationalen* Zahlen. Die berühmteste ist π : 3,1415 ... mit unendlich vielen Stellen hinter dem Komma, und in der Abfolge dieser Dezimalstellen ist kein System zu erkennen, sie ist nicht periodisch. Die Zahl der irrationalen Zahlen, die sich schon fast der sinnlichen Vorstellungskraft entziehen, ist noch unendlicher als die unendliche Linie der rationalen Zahlen. (Braucht man schon Oscar Wildes oder König Herodes' »wondrous turquoises«, um sich etwas Unendlicheres als Unendliches zu imaginieren?) Man kann sich den Teppich der irrationalen Zahlen, der sich zu beiden Seiten des Fadens der rationalen Zahlen ausbreitet, vorstellen, wenn man sich vergegenwärtigt, daß man nur *ein* Zahlenpaar in der unendlichen Reihe der π-Dezimalstellen umzudrehen braucht, um eine andere irrationale Zahl zu gewinnen. Und wie oft kann man unendlich viele Dezimalzahlen vertauschen? Unendlich mal unendlich.

Es ist also nicht eine Linie von Zahlen, die aus dem Urgrund heraufzieht, sondern ein breiter, unendlich breiter Teppich, der nach allen Seiten seine Falten durch das Weltall breitet.

Genug damit? Nein. Es gibt keine zweidimensionalen Dinge, auch nicht in der Phänomenwelt der Zahlen. Ich behaupte die Existenz von irrational-irrationalen Zahlen, von sozusagen dreidimensionalen Zahlen, die sich zu irrationalen und rationalen Zahlen verhalten wie Kugel zu

Kreis zu Punkt. Wie sehen diese Zahlen aus? Ich weiß es nicht. König Herodes' Türkis ist nicht türkis genug und wird es vielleicht nie sein.

Schönschreibübung XLI

Für Tycho Mrsich

Daß es sich bei Michelangelo Buonarotti um eines der vielseitigsten Genies der italienischen Renaissance gehandelt hat, ist eine Tatsache, die nicht weiter beredet werden muß. Er selber empfand sich zeitlebens als in erster Linie zum Bildhauer berufen, und nur bei dieser Arbeit war er wirklich glücklich. Aber auch seine Leistungen als Architekt – Peterskirche, Palazzo Farnese, um nur diese Beispiele zu nennen – überragten die aller anderen Zeitgenossen; als Maler – und, was oft vergessen wird – als Zeichner hat er unsterbliche Höhepunkte dieser Kunst hinterlassen; er war naturhistorisch und philosophisch interessiert, und nicht zuletzt soll sein poetisches Genie, das sich in den Sonetten manifestiert, erwähnt werden.

Daß sich dieses Universalgenie daneben auch auf dem Gebiet der menschlichen Bekleidung schöpferisch betätigt hat, ist meines Wissens noch nicht gewürdigt worden, was ohne Zweifel eine sträfliche kunsthistorische Unterlassung ist.

Die Uniform der päpstlichen Schweizergarde geht der Überlieferung zufolge auf einen Entwurf Michelangelos zurück. Es gibt zwar keinen Quellenbeleg dafür, ich bin aber dennoch sicher, daß das stimmt. Die Farben der Uniformen sind: Blau, Rot und Gelb, die drei reinen, klaren Grundfarben, die ungemischten Elemente der ganzen Farbenwelt, und zwar genau zu gleichen Teilen. Das ist ohne Zweifel ein geheimes Programm, wie es Michelangelo in allen seinen Arbeiten geliebt hat. Blau-Rot-Gelb: die Universalität der Kirche auf einen Nenner gebracht, unsichtbar, aber real ist im Vatican die ganze Welt potentiell enthalten. Alles, was existiert, kann durch Varianten der Spiritualität der Kirche hervorgemischt werden. Das Blau-Rot-Gelb symbolisiert den Universalitätsanspruch der Kirche, symbolisiert aber auch die Dreifaltigkeit, aus deren Elementen gemischt Welt und All, Zeit und Ewigkeit hervorgehen. Sagt man.

Im großartigen, in seinen vielen Schichten kaum auszulotenden Schöpfungszyklus der Sixtinischen Decke und deren Nebenfiguren (Propheten, Sibyllen, Ahnen Christi usw.) zeigt sich ein noch interessanteres Bekleidungsprogramm, das bei einem Genie wie Michelangelo kein Zufall sein kann.

Die Menschen und menschlichen Gestalten des eigentlichen Deckenfreskos sind zwar nackt, bis auf Gott-Vater, der stets eine Art Toga mit Ärmeln trägt, in einer fast unnennbaren lichtblau-rosa Farbe (dabei offensichtlich keine Hose). Nackt sind auch die seltsamen Jünglinge auf den Podesten (die nach der einleuchtenden Deutung Francesco Rossis einen Chor nach Art der antiken Tragödie darstellen), bekleidet aber sind die Ahnen Christi und die Propheten und Sibyllen, und hier entfaltet Michelangelo eine reiche Erfindung, der nachzugehen lohnt. Die Kleidung der Propheten ist weder antikisierend im klassisch-griechischen und -römischen noch im biblischen Sinn, noch ist sie zeitgenössisch, sie ist freie Modeschöpfung.

Die wunderbare Greisinnen-Gestalt der Cumäischen Sibylle trägt ein helles, am weiten Halsausschnitt grün paspoiliertes Hemdkleid und darüber einen goldgelben Überwurf; dazu einen einfachen weißen Turban, der das ganze Haar bedeckt. Interessant ist, daß ihr Hemdkleid zwar einen rechten, aber keinen linken Ärmel aufweist. Soll das auf die Zeitenwende hindeuten, an der die Cumäa steht? Mit einem Arm im Dunkel, in der Bedecktheit, mit dem anderen Arm in freier Luft?

Höchst merkwürdig ist die Erythräische Sibylle gekleidet. Sie ist eine junge, zwar muskulöse, aber etwas anämische Person. Schon die Kopfbedeckung ist rätselhaft: eine hinten rote und vorne blaue Schildmütze mit Horn, um die außen (falsche?) Haarzöpfe gewunden sind. Ihr Gewand ist förmlich eine jahrhunderteweite Vorausnahme des erst in unserer Zeit aufgekommenen sog. Zwiebellooks. Die Erythräa trägt als unterste Schicht ein ganz weites, weißes, ärmelloses Unterkleid, darüber ein ganz enges, rotes Mieder, das an sich nur bis unter die Brüste reicht, vorn in der Mitte aber durch einen Steg aufwärts den Busen teilt und oben einen gelb-grünen äußerst komplizierten Kragen mit schmalen Revers erfaßt. Noch nicht genug damit, hält ein grüner Gürtel unter dem Busen die ganze Sache zusammen, und darüber ist zunächst ein blauer, dann ein grüner, dann ein gelber Mantel geworfen, wobei man allerdings nicht ganz ausmachen kann, ob der grüne Mantel nicht nur das Futter des gelben ist. Symbolisiert dieses verwirrende Kostüm die Wirrungen der Zeit der Unkenntnis, aus der erst die Geburt des Herrn, den die Erythräa prophezeite, die Menschen befreite?

Auch die Delphische Sibylle, ein breitlippiges, üppig-schönes Mädchen von verhaltener Wollust, trägt eine Art Turban, diesmal in Grün, darunter aber ein weißes Stirnband, dazu ein in der Farbe passendes offenbar schwer-seidenes grünes Kleid, ärmellos, unter dem Busen durch eine Schnur zusammengefaßt, welche Schnur unter der Achsel durch je eine elegante Agraffe (ein in Gold gefaßter roter Stein) gehalten wird. Darüber ist ein hinreißender blauer Mantel mit goldgelbem Futter geworfen, offenbar beidseitig tragbar. (Es ist übrigens nur eine der Agraffen, die linke, sichtbar, aber aus der ganzen Konstruktion ist klar, daß sich auf der anderen Seite ein Pendant befinden muß.) Ist das Kleid der Delphica das Symbol für die ewige, das Christentum durchwirkende Faszination der hellenischen Welt und ihrer heiteren, eleganten heidnischen Lebensart, die ja der Zeit Michelangelos alles andere als fremd war?

Reich ist auch der Prophet Joel gekleidet. Er ist ein älterer Mann mit edler Stirnglatze und fliegenden grauen Locken. Er trägt unter einem lässigen Purpurmantel ein violettes Kleid mit einem äußerst komplizierten Kragen, der fast wie ein Ornament wirkt: eine Art geschrumpftes Revers in Grün mit zwei runden Gold-Applikationen, die durch ein offensichtlich funktionsloses, also rein dekoratives Band ergänzt werden. Dazu hat er einen weißen Gürtel gewählt und trägt ein dezentes, weil von der Farbe des Kleides fast nicht abstechendes Ordensband von der linken Schulter zur rechten Hüfte. Ist Joels Kragen mit den zwei insektenaugenartigen Applikationen ein Symbol für die Heuschrecken, deren Verheerungen seine Prophezeiungen veranlaßt haben?

Fast nackt ist Jonas, und das, was er am Leib trägt, ist naß: freilich, er ist eben aus dem Wal entsprungen.

Was bedeutet die zwar reizvolle, aber sicher überaus schwierige Kopfbedeckung der Libyschen Sibylle, ein Band- und Zopfgeflecht aus Stoff und diesmal unzweifelhaft falschen Haaren? Die Libyca trägt übrigens ein schulterfreies Abendkleid aus Goldstoff mit Silber gesäumt, das nicht anders als mit dem modernen Ausdruck sexy bezeichnet werden kann. Was bedeutet es, daß alle Figuren barfuß gehen mit Ausnahme je einer Sibylle und eines Propheten, nämlich der Persica und des Jeremias, die beide schwere Lederstrümpfe tragen? Dabei ist auffallend, daß Michelangelo im ganzen Zyklus auf die sonst auf Renaissance-Bildern und -Bildwerken so beliebte, weil für antik gehaltene Sandale verzichtet hat. Was bedeutet es, daß es in dem ganzen Zyklus keinen *Knopf* gibt? Mit einer einzigen Ausnahme: die Kleidung des geschäftigen jungen Daniel hält asymmetrisch rechts am Hals ein solcher Knopf zusammen.

Es ist wohl nicht zuviel gesagt, und der aufmerksame Betrachter des gigantischen zyklischen Bildwerkes wird zustimmen müssen, daß zu den vielen mystischen Schichten, die das Programm dieser Gemäldefolge aufweist, auch die Schicht hinzuzuzählen ist, die sich in den (im wahrsten Sinn des Wortes) vielfältigen Kleidern und Kopfbedeckungen manifestiert.

Es ist mir klar, daß dieser Aspekt, den ich hier anzureißen versucht habe, nur ein Seitengesichtspunkt, vielleicht eine Kuriosität ist, die wenig Gewicht hat. Aber *nichts* ist im Werk eines wirklich großen Meisters, wie es Michelangelo war, für den das Epitheton *epochemachend* völlig zutrifft, als unwichtig zu betrachten. In einem bedeutenden Kunstwerk gibt es keine Nebensachen, von jeder Kleinigkeit kann der Strom denkender Betrachtung ausgehen, selbst vom Knopf an der rechten Schulter des Propheten Daniel.

Schönschreibübung XLII

Ein Weltuntergang

Er hieß eigentlich nicht anders als Gotthilf Griebele und stammte aus Backnang, nannte sich aber Theoderich Tiberius Hanus-Hanussen und hatte seinen Beruf als Postfacharbeiter aufgegeben, als sich der Verkauf seiner »Avanal-Sterne« so weit zu rentieren begann, daß er davon leben konnte. Unter »Avanal-Sternen« waren etwa handtellergroße siebenzackige Blechsterne zu verstehen, die Griebele (unter diesem Namen) in Reutlingen stanzen und in Pforzheim eloxieren ließ, was ihn pro Stern zwei/achtzig kostete, die er dann mit verschiedenen magischen Zeichen versah, was nochmals rund eine Mark Unkosten verursachte, denn die Zeichen mußten eingebrannt werden, und die er dann als Theoderich Tiberius Hanus-Hanussen segnete – was kalkulationsmäßig nicht ins Gewicht fiel – und für 400 Mark das Stück verkaufte. Etwa vier Stück konnte er pro Monat durchschnittlich absetzen. Er versteuerte den Betrag sogar in alemannisch-korrekter Gesinnung, allerdings mogelte er die Unkosten entschieden hinauf. Er war Junggeselle, aber, da er auch Séancen und – für weniger eingeweihte Adepten – Diskussionsabende veranstaltete (Teilnahmegebühr pro Person 40 Mark, dies blieb, muß leider gesagt werden, unversteuert), war er von einem harten Kern meist allerdings etwas verblühter Damen umgeben, die auch seine »geist-körpergeistigen« Bedürfnisse befriedigten.

Im Januar des betreffenden Jahres wurde Hanus-Hanussen zu einer Fernsehdiskussion über Esoterik eingeladen. Er machte, mußte er nachher zähneknirschend selber einräumen, nicht die brillanteste Figur. Der Moderator war offensichtlich nicht überzeugter Wassermann-Zeitalterist, ein Physikprofessor dozierte mit ruhiger Stimme, daß die Astrologie tauber Unsinn sei, ein Pfarrer redete Hanus-Hanussen konstant-böswillig mit »Herr Hefele, pardon, Griebele« an, was Griebele im Lauf der Sendung zur Tobsucht trieb; die einzige Adeptin, die bereit war, Hanus-Hanussen zu unterstützen, stotterte. Dennoch, dies buchte Hanus-Hanussen letzten Endes als einzig bedeutend an der Sendung, stieg der Umsatz an »Avanal-Sternen« in den folgenden Monaten um das Vierfache. Hanus-Hanussen hatte während der Sendung ständig einen solchen Stern herumgeschwenkt und erklärt, wofür und wogegen er helfe. Aber, wie gesagt, der Pfarrer brachte Hanus-Hanussen mit seinem »Hefele, pardon, Griebele« langsam zur Weißglut, und als er es zum sechzehnten Mal sagte, explodierte Griebele und schrie: »Ha no! Sie werde au' no' sehe'! Sie! Sie! Da wird Ihne s'Lache' vergehe'! Ha!! Wenn die Welt untergeht.« Der Pfarrer grinste: »Wann? Herr Hefele, pardon, Griebele?« *»Noch heuer!«* posaunte Hanus-Hanussen.

Viele Hähne krähen nicht nach solchen Äußerungen, und selbst wenn einige Hunderttausend die Diskussion gesehen haben, vergessen sie es bald und kehren zu ihren esoterischen Maximen zurück oder zu der in Hanus-Hanussens Augen verwerflichen »Lexikalität«, wie er die Anschauung des Physikprofessors in der Sendung mehrfach bespuckt hatte. Wie gesagt, versöhnte die nun steigende Nachfrage nach »Avanal-Sternen« das trotz aller Esoterik vor allem auch alemannische Herz Griebeles, und er hätte die Unbill bald verdrängt gehabt, wenn nicht im Juni ein Brief jenes Pfarrers gekommen wäre, in dem dieser in höhnischem Ton auf die nicht zu übersehende Tatsache hinwies, daß die Welt noch stand. Zornbebend wollte Hanus-Hanussen – eben damit beschäftigt, die Umsatzsteuer-Erklärung auszufüllen – den Brief zerreißen, aber der Zorn ließ ihn so zittern, daß er nicht einmal dazu imstande war. Als das Zittern abklang, glaubte Griebele den Pfarrer schärfer mit einer Antwort zu treffen, und er wiederholte mit flammenden Worten seine damals im Januar vielleicht vorschnell geäußerte Prophezeiung und verfestigte sie somit in seinem Eigensinn.

Der Pfarrer, dessen Steckenpferd es war, derlei Hellseher, Mystagogen und Dunkeldenker zu ärgern, und der dafür auch schon recht bekannt war, verlas den Brief in einer anderen esoterischen Fernsehsendung, worauf im Juli und August die einschlägigen Journalisten Hanus-Hanussen mit Interviews überschwemmten, so daß er gezwungen war, sich noch fester und entschiedener in seine Prophezeiung zu verbohren: »Jawohlja, die Welt wird noch in diesem Jahr untergehen.« Er verstieg sich sogar zur Schilderung von Details.

Auch dies hätte letzten Endes keine größeren Auswirkungen gehabt, hatte sie, zum Leidwesen Griebeles, auch nicht für eine noch weiter positive Entwicklung des »Avanal-Sterne«-Umsatzes; der Markt schien sich leider zu sättigen. Aber ein anderer Fernsehsender kam auf die für Griebele-Hanus-Hanussen unselige Idee, am Silvester-Abend eine Runde von Propheten einzuladen und deren Voraussagen für das – fast – abgelaufene Jahr anhand der tatsächlich stattgehabten Ereignisse zu überprüfen. Das Ergebnis war für die Mystagogen ziemlich zerschmetternd. Nur einer, ein gewisser Christian Schäfer aus Pullach bei München, triumphierte, er hatte eine sehr schlechte Johannisbeer-Ernte vorausgesagt, und das war eingetroffen.

Vorauszuschicken wäre anfangs vielleicht gewesen, daß sich bei Gotthilf Griebele schon in seiner Jugend in Backnang der Hang zur Esoterik abgezeichnet hatte. Er hatte sich noch im Alter von zwanzig Jahren vor Gewittern gefürchtet, hatte viele Jahre lang nur bordeaux-rote Kleidung getragen, Rauchtee getrunken, mit Räucherstäbchen die elterliche Wohnung verpestet und war noch während seines beruflichen Werdegangs zum Postfacharbeiter Vegetarier geworden. Wer, so heißt ein altes Sprichwort, Vegetarier wird, sinkt auch bald zum Antialkoholiker herab. So auch Hanus-Hanussen. Er trank nur Gemüsesäfte. Auch bei jener Fernsehsendung am Silvester-Abend lehnte er die »Veuve Cliquot« ab (da die Produktion sonst relativ billig war, zeigte sich der Sender großzügig) und verlangte Karotten-, Tomaten- und Kohlrabisaft, den die Assistentin des Moderators in einer seitlich aufgestellten Fruchtpresse frisch zubereiten mußte.

Im Übrigen wurde Griebele-Hanus-Hanussen zunehmend nervöser, als die Zeit gegen Mitternacht hin fortschritt. Nachdem der Moderator mehrere Geistmenschen behandelt hatte, wandte er sich endlich an Griebele. Wenigstens redete ihn der Moderator »Herr Hanus-Hanussen« an.

»Herr Hanus-Hanussen, Sie haben den Weltuntergang für dieses Jahr vorausgesagt.«

»Nein, habe ich nicht, ich habe ...«

»Doch«, sagte der Moderator und ließ auf dem Monitor die Szene von damals einspielen.

»Das ist ein Double«, schrie Griebele, »man will gegen mich intrigieren.«

Der Moderator ließ den Pfarrer einspielen, der Griebeles Brief verlas, und einen Journalisten auftreten, dem gegenüber Griebele im Sommer die Prophezeiung wiederholt hatte. Griebele wand sich, konnte nicht mehr leugnen und platzte endlich heraus: »Noch ist es nicht zwölf Uhr.«

Die Welt wollte und wollte nicht untergehen. Es ging schon auf halb zwölf. Griebele flüchtete sich in die Darstellung von ihm ins Entsetzlichste übertriebener Katastrophen, die im Lauf des Jahres vorgefallen waren, aber der Moderator ließ alles das nicht als Weltuntergang gelten. Griebele wurde blau und grün im Gesicht, als die Zeit immer mehr vorrückte, fuchtelte mit den Armen und wedelte mit seinem privaten, nicht eloxierten, sondern vergoldeten »Avanal-Stern«. Er biß die Zähne zusammen, als wolle er die Welt, die nicht und nicht untergehen wollte, zwischen seinen Kiefern zerknacken. Der Moderator befürchtete einen Herzanfall bei Hanus-Hanussen, versuchte ihn zu besänftigen und schrie seine Assistentin an, sie solle einen Tomatensaft herstellen, zur Beruhigung Griebeles …

… da explodierte zwei Minuten vor zwölf die Saftpresse. Die Assistentin, der Kameramann, die Kabelträger überzog eine rote Schicht, der Moderator tappte mit rot verklebter Brille herum, die anderen Propheten wischten die Tomatensoße von Gesicht und Kleidern; die Sendung mußte abgebrochen werden, weil alle drei Kameras mit frischem Tomatenmark verkrustet waren. Mit hocherhobenen Händen stand der Prophet Theoderich Tiberius Hanus-Hanussen triumphierend, wenngleich über und über tomatenfarbig im Studio, als draußen die Silvesterglocken läuteten, und rief: »Sehet! Habe ich es nicht gesagt.«

Schönschreibübung XLIII

Wenn einer auf dem Berg wohnt und er kommt in den Gemischtwarenladen - etwa - nach Oberndorf in Tirol, dann weitet sich sein Horizont. Wenn der Gemischtwarenhändler aus Oberndorf nach Kitzbühel in ein Restaurant kommt, dann weitet sich sein Horizont. Wenn der Gastwirt aus Kitzbühel nach Innsbruck kommt und ginge - was natürlich nur ein hypothetischer Fall ist - in eine Buchhandlung, dann weitete sich - unterstellt, das sei bei einem Gastwirt aus Kitzbühel möglich - sein Horizont. Wenn der Buchhändler aus Innsbruck nach München kommt und ins Theater geht, dann weitet sich sein Horizont. Wenn der Theaterintendant aus München nach New York fliegt und am Times Square steht, dann weitet sich sein Horizont, dann weiß er, was die große Welt ist. (Nebenbemerkung: wohin die Anwohner des Times Square aus New York gehen müssen, damit sich ihr Horizont weitet, ist natürlich ein Problem, das im Rahmen dieses Aufsatzes nicht gelöst werden kann. Man ist vielleicht versucht zu antworten: nach Oberndorf in Tirol. Das stimmt sicher nicht, wenn es auch bestechend klingt und eine Art Pointe wäre. Aber, wie gesagt, dieses Problem sollen die Anwohner des Times Square selber lösen.)

Nun will ich auch nicht darüber reflektieren, was passiert, wenn der Mann, der auf dem Berg wohnt, statt in die Gemischtwarenhandlung in Oberndorf in Tirol direkt nach New York fliegt und sich tölpelhaft bewegend, von hastigen Börsenmaklern angerempelt am Rand des Times Square herumirrt: ob sich da sein Horizont so weit weitet, daß der Horizont reißt? Ich will mit der Kette von

Horizonterweiterungen nur zeigen, daß es »die Provinz« nicht gibt, daß es nur eine Abstufung von Provinzsituationen gibt, die fließend ist und schillert.

Es gibt eine Großstadt, in der sich verschiedene Leute einbilden, daß sie das Zentrum des kulturellen Lebens des deutschsprachigen Raumes sei. Ganz abwegig ist diese arrogante Meinung nicht. Reduziert auf den Kern: München ist eines der sechs oder acht deutschsprachigen Kulturzentren, weil in München eins der wichtigsten Theater spielt, eine der einflußreichsten Zeitungen erscheint, eine relativ große Anzahl von Verlagen und Fernsehproduktionen ihren Sitz hat, sich eine der bedeutendsten europäischen Kunstsammlungen befindet; reduziert auf diesen Kern also stimmt die genannte Meinung sogar.

Was passiert nun, wenn einer aus Innsbruck einen in München besucht? Er beneidet ihn. Er sagt: wenn man von allen Kunstausstellungen die uninteressanten abzieht, bleiben immer noch mehr übrig, als man besuchen kann, selbst wenn man jeden Tag – wozu kein Mensch in der Lage ist – acht Stunden in Museen und Galerien verbringt. Er sagt: selbst wenn man jeden Abend in ein Konzert geht, könnte man nicht alle interessanten Konzerte besuchen, vor allem deswegen, weil man auch jeden Abend in die beiden Opernhäuser und in die Theater gehen müßte, um einigermaßen alle wichtigen Inszenierungen anzuschauen. Er sagt: und dazu kommen noch die wissenschaftlichen Vorträge, die literarischen Veranstaltungen, politisches Cabaret und jahreszeitlich bedingte Attraktionen wie Fasching, Starkbierzeit, Theaterfestival und Oktoberfest. Er sagt: und dann war man noch gar nicht im Kino, wo man neuerdings wieder hingeht. Er sagt: der in München hat es gut.

Oder ist der aus Innsbruck zu beneiden? In Innsbruck, könnte man sagen, ist das kulturelle Angebot übersichtlicher, sicher kleiner als in München, aber – im Vertrauen gesagt – gar nicht so viel schlechter. In Innsbruck kennt man sich. In Innsbruck ist das kulturell interessierte Publikum fast wie ein privater Club. Das ist doch angenehm, gemütlich, hat menschliche Dimensionen.

Ist Innsbruck »Provinz«? Was ist »Provinz«? Das Phänomen und den Begriff im abwertenden Sinn dürfte es erst seit dem Ende des XIX. Jahrhunderts geben, in Frankreich etwas länger. Die Kulturzentren der Renaissance in Italien waren oft lächerliche Kleinstädte: Ferrara, Modena, Urbino – selbst Mailand war damals ein Nest für heutige Begriffe. Die deutsche Literatur in ihrer großen Zeit, auch die Philosophie, entstand in Provinzstädten: Goethe lebte in Weimar, Schiller in Jena, beide kleiner als heute Kitzbühel, Kant lebte in Königsberg, die Brüder Grimm in Göttingen, Lessing in Wolfenbüttel, Stifter in Linz. Erst mit dem explosionsartigen Anwachsen der Hauptstädte im Industriezeitalter bildete sich der Kulturzentralismus aus. Wer im Jahr 1880 nicht in Wien, Berlin oder München lebte, schrieb, malte, komponierte oder zumindest seinen Lebensmittelpunkt hatte, konnte nicht mithalten. Die Kultur fand in den Metropolen statt, die Provinz sank zur Sommerfrische herab. Das hatte einen einzigen Grund: das Informationsdefizit der Provinz. Die Nachrichten, die Trends, die Moden, der ganze Strom der künstlerischen Entwicklung erreichte die Provinz mit zeitlicher Verzögerung, was ein kulturelles Gefälle hervorrief und natürlich die schöpferischen Kräfte in der Provinz zu einer kulturellen Landflucht veranlaßte. Wer sich wirklich auf künstlerischem Gebiet durchsetzen wollte, mußte in die Großstadt. Bei selbstverständlichen Ausnahmen im Einzelfall verblieb – im Ganzen gesehen – in der Provinz die negative Auslese, was sich wieder, ein circulus vitiosus, auf das kulturelle Gefälle verstärkend auswirkte.

Nun haben sich aber, möchte man meinen, die Zeiten seit 1880 geändert. Das Informationsdefizit, das entscheidende Handicap der Provinz, gibt es nicht mehr. In Innsbruck kann man die gleichen Fernsehsendungen sehen wie in München, die Zeitungen sind am gleichen Tag erhältlich, die neuesten Bücher werden am gleichen Tag ausgeliefert, jede Information über jeden Trend und jede Mode über jeden Schwachsinn ist in Innsbruck in der gleichen Sekunde erhältlich wie in München. Dennoch ist der Gegensatz Zentrum-Provinz nicht abgestorben. Vernünftige Gründe dafür gibt es nicht. Es ist zu vermuten, daß die Gründe ins Emotionale abgesunken sind, in das, was man heute mit dem so undeutlichen wie in sich falschen Wort: Selbstverständnis bezeichnet. Die »Provinz« ist dort, wo man sich als in der »Provinz« seiend empfindet.

Eine eigenartige Rolle beginnt in dem Verhältnis Zentrum-Provinz die Dialekt-Literatur zu spielen. Jahrzehnte oder sogar Jahrhunderte lang hat sich die deutsche Literatur einer künstlichen Sprache bedient: des Hochdeutschen, das es eigentlich nie gegeben hat. Die Dialekt-Literatur war daneben, sofern überhaupt vorhanden, zweitrangig und provinziell. Lessing war der erste, bei dem in ganz schüchternen Ansätzen ein Hauch von Dialekt zu spüren ist, und zwar in seinen frühen Komödien. Anderseits ist es gerade Lessing, dessen »Minna von Barnhelm« ein Beispiel für die Vernachlässigung des Dialekts in der deutschen Literatur abgibt. Der preußische Major von Tellheim spricht hochdeutsch, Minna – die Sächsin – spricht nicht sächsisch, sondern hochdeutsch, sogar Minnas Zofe Franziska und der Feldwebel sprechen hochdeutsch, obwohl die beiden nicht den gebildeten Schichten angehören. Hat da Lessing nicht einiges an theatralischer Wirkung verschenkt? Goldoni, ungefähr ein Zeitgenosse Lessings, hat dagegen in seinem »Arlechino, servitore di due padroni« drei Dialektschichten übereinandergelagert. Die »Herren«-Schicht spricht Venezianisch, und zwar das vornehme Venezianisch, die »Diener«-Schicht spricht ordinäres Venezianisch, die Gäste der Locanda sprechen Bergamaskisch oder Florentinisch. Goldonis interessantestes Stück »Le Barufe Chiozzotte« spielt mit dem Sprachwitz der verschiedenen Dialekte derart, daß das Stück unübersetzbar ist.

Im Deutschen ist eine Dialekt-Literatur erst im Lauf des XIX. Jahrhunderts aufgetreten, hat sich allerdings aus der idyllischen Unverbindlichkeit nicht herausgewagt. Erst Gerhart Hauptmann war so kühn, die »Weber« im schlesischen Dialekt zu schreiben, mußte das Stück aber dann ins Hochdeutsche übersetzen. Daß Hofmannsthal, der als einer der ätherischesten Dichter deutscher Sprache angesehen wird, mindestens drei echte Dialekt-Stücke geschrieben hat (den »Schwierigen«, den »Unbestechlichen« und den »Rosenkavalier«), übergeht man meist. Die Tatsache, daß der neben Gerhart Hauptmann bedeutendste realistische Schriftsteller der deutschen Bühne: Ludwig Thoma seine Stücke in Dialekt geschrieben hat, hat dazu geführt, daß die Literaturwissenschaft diesen bösen Positivisten in der Kategorie »Idylliker« abgelegt hat, wo er überhaupt nicht hingehört.

Seit einigen Jahren aber gibt es eine Dialektliteratur, die gegen die Idylle aufbegehrt. H. C. Artmann war der Pionier. Es hat mit der Lyrik angefangen und bald das Theater ergriffen. Die Prosa ist merkwürdigerweise bis heute so gut wie unberührt davon. Dieser Zug in der deutschsprachigen Literatur ist verstanden worden und versteht sich, zum Teil mit Recht, als Revolution gegen die Vormacht der Kulturzentren. Diese sanfte Revolution beschränkt sich nicht auf die Literatur. Sie geht Hand in Hand mit einem allgemeinen Trend zum Regionalismus, der im politischen Sinn die Schotten wie die Basken ergriffen hat. »Small is beautiful« ist dieser Trend überschrieben. Vielleicht führt so der Weg aus dem heute unheilvollen und obsoleten Kulturantagonismus Zentrum-Provinz heraus; aber man muß vorsichtig sein, daß nicht die Zentren sich dieses Trends bemächtigen, daß der positive Provinzialismus nicht zentralisiert wird; daß es nicht – im übertragenen Sinn – so geht wie mit dem Dorfwirt, der seine Gastwirtschaft renoviert hat und zum Schluß noch: »für achthundert Mark bäuerlichen Blumenschmuck aus der Stadt« kommen läßt.

Schönschreibübung XLIV

Ich hätte nichts gesagt, wenn ich die Folgen auch nur geahnt hätte.

»Ich gebe zu«, hatte Albert Zwirnsteiner geäußert, »daß medizinische Gründe allein den Vegetarismus nicht rechtfertigen. Aber ethische Gründe - auf die kommt es hier an. Ich will nicht, daß edle Tiere meinetwegen hingerichtet werden.«

»Ich habe noch nie eine Katze gegessen«, sagte ich.

»Aber Hühner und Kühe«, sagte Zwirnsteiner.

»Ich habe keine ethischen Beziehungen zu Hühnern und Kühen«, sagte ich. »Hühner, zum Beispiel, halte ich für ausgesprochen dumm.«

»Alle Tiere sind edel«, sagte Zwirnsteiner mit allergrößtem Ernst.

»Im gewissen Sinn«, sagte ich, »bin auch ich Vegetarier, indirekter Vegetarier, sozusagen.«

»Was ist das?«

»Sehen Sie: ich lebe fast ausschließlich vom Fleisch pflanzenfressender Tiere. Außer den schon genannten Hühnern und Kühen: Schweine, Wachteln, Karpfen, Rehe. Füchse, zum Beispiel, lehne ich ab. Katzen, Hunde, auch Löwen, Tiger, Adler kommen nicht über meine Lippen. Ich will nicht, daß eine Maus - auf dem Umweg über die Katze - meinetwegen gemordet wird.«

»Forellen?« sagte Zwirnsteiner tückisch.

»Ich sagte: *fast* ausschließlich. Kleine Zugeständnisse mache ich. Die Forelle ist ein solches.«

»Nein«, sagte Zwirnsteiner, »also, das überzeugt mich nicht. Das kommt mir irgendwie … irgendwie vor. Ich weiß nicht, was ich sagen soll. Jedenfalls nicht ethisch.«

»Also«, sagte ich, »dulden Sie, daß pflanzliches Leben für Sie hingemordet wird!«

»Was soll das heißen?«

»Haben Pflanzen kein Leben? Hat die Petersilie keine Blüte? Und was tun Sie? Mitleidlos schneiden Sie sie ab und tun sie in Ihre vegetarische Suppe. Die weithin duftende Linde? Sie dörren sie herzlos, übergießen sie mit kochendem Wasser, schlürfen sie sozusagen lebend. Schämen Sie sich nicht?«

Zwirnsteiner schluckte. Er legte das Leinsamenbrot, in das er eben beißen wollte, beiseite.

»Leinsamen«, sagte ich. »*Samen.* Ungeborenes Leben sozusagen. Sie fressen Embryos. Pfui Teufel.«

»Ja, aber ...«, sagte er, mehr nicht.

Von diesem Tag an wurde Zwirnsteiner konsequenter Vegetarier, extremer Vegetarier, sozusagen ein Karthäuser des Vegetarianismus. Ich traf ihn zwei Monate später wieder, da hatte er diese Wandlung schon vollzogen. Wir saßen gemütlich bei Tisch. Ich aß ein Rebhuhn in Madeira, er hatte eine Schale Kunsthonig vor sich stehen, einen Teller Kalktabletten und wartete, bis der (garantiert holzfreie) Pappendeckel weich wurde.

»Dagegen, daß ich den Pappendeckel salze«, sagte er, »werden Sie wohl nichts haben?«

»Ich weiß nicht«, sagte ich. »Vielleicht ist das Leben der Salze nur noch nicht genügend erforscht.«

»Ich fühle mich wohl dabei«, sagte er. Ich merkte, daß er von den heiklen Mineralien ablenken wollte. »Man braucht, habe ich gemerkt, sehr viel davon. Aber der Elektrohändler ist ganz froh, daß ich ihm die leeren Kartons wegesse. Um einigermaßen satt zu werden, brauche ich täglich so an die zehn Pfund, habe ich herausbekommen. Das sind vier

Waschmaschinen und drei Fernseher. Miele schmeckt weitaus am besten.«

»Verträgt das Ihr Organismus?«

»Nach anfänglichen Schwierigkeiten blendend. Ich treibe viel Sport.«

»Wollen Sie vor der Zeit ins Grab?«

»Ich boxe ja nicht«, sagte Zwirnsteiner, »ich treibe nur gesunden Sport.«

»Gesunden Sport gibt es nicht«, sagte ich.

»Was Sie nicht sagen«, sagte Zwirnsteiner. Es war nicht zu verkennen, daß ich seit jenem Tag, als ich den Anstoß zu seinem Radikal-Vegetarianismus gegeben hatte, für ihn eine Art Orakel war.

»Ja«, sagte ich. »Es gibt zunächst einmal völlig indiskutable Sportarten: Skifahren, zum Beispiel. Das belastet die Knochen auf unnatürliche Weise. Radfahren – wundern Sie sich nicht, wenn Sie Hämorrhoiden bekommen. Reiten macht O-Beine und verformt die Rückenwirbel. Tennis und Golf beanspruchen den Organismus derartig einseitig, daß man sich nur wundern muß, wenn Tennisspieler und Golfer älter als 35 Jahre werden.«

»Das mache ich alles nicht«, sagte Zwirnsteiner, »ich treibe Gymnastik.«

»O Himmel«, sagte ich. »Wissen Sie, was Professor B. von der Gymnastik hält? Bloßfüßig und mit den Händen auf dem Boden, auf Matten, an Stangen, alles in der Turnhalle – da können Sie sich gleich in eine Bakterienkultur legen und tief durchatmen.«

»Aber Schwimmen ...«, sagte Zwirnsteiner kleinlaut.

»Professor K., eine Koryphäe auf diesem Gebiet, hat Schwimmen als das nahezu Ungesündeste bezeichnet, was es überhaupt gibt. Wer länger als zwei, höchstens drei

Minuten im Wasser ist, zerstört den natürlichen Säuremantel der Haut. Magenkrämpfe, Ohrensausen, Sonnengeflechtsschwellungen, Haarausfall, Impotenz, Frühinvalidität sind die zwangsläufige Folge. Das sind die neuesten Erkenntnisse der Wissenschaft.«

»Also auch nicht Schwimmen«, sagte Zwirnsteiner. Die Lust auf den gesalzenen Pappendeckel war ihm vergangen.

»Allenfalls«, sagte ich, »in Alkohol. Nie in Wasser.«

»Das dürfte recht teuer kommen«, meinte Zwirnsteiner.

»Eben«, sagte ich.

»Die Sauna«, sagte Zwirnsteiner, »was meint Professor K. zur Sauna?«

»Zur Sauna meint Professor K. gar nichts, denn davon versteht er nichts. Professor M. hält die Sauna für die fast ideale Verbreitungsbedingung aller Hefepilzarten, weil die Leute mit nacktem Hintern auf feuchten, heißen Brettern sitzen.«

»Aber das wird doch immer gereinigt ...«

»Seife fördert nach jüngsten Großversuchen das Wachstum der Saunapilze um 80 bis 85 Prozent.«

»Und was sind das für Pilze?«

»Sie verursachen Brechreiz, Impotenz, Schleimrückbildung, Haarausfall, Sonnengeflechtsschwellungen, Rheuma, Ohrensausen und wahrscheinlich Krebs.«

»Gibt es«, flehte Zwirnsteiner, »gibt es irgend etwas, was nicht ungesund ist?«

»Schach«, sagte ich, »wenn Sie nicht zu heftige Bewegungen machen; besser noch Halma. Allerdings ist man auch da nicht sicher, ob es nicht zu Stoffwechselverengung führt.«

»Aber ich muß mir etwas Bewegung verschaffen bei dem vielen Karton, den ich esse.«

»Der Dreibeinlauf«, sagte ich.

»Der Dreibeinlauf? Was ist das?«

»Der Dreibeinlauf ist eine leider vergessene Sportart, die sogar einmal – 1904 – olympische Disziplin war. Paarweise laufen Läufer, wobei das linke Bein des einen an das rechte des anderen gebunden wird.«

»Interessant«, sagte Zwirnsteiner, »aber werden dabei nicht Adern abgedrosselt und so?«

»Das ist richtig. Aber Dreibeinlauf ist das kleinste Übel.«

»Die Schwierigkeit wird sein«, sagte Zwirnsteiner, »einen gleichgesinnten Partner zu finden. Wären Sie bereit ...«

»Danke, nein«, sagte ich. »Ich bin ja nicht Vegetarier.«

»Dann weiß ich mir nicht mehr zu helfen.«

»Ich habe die ganze Zeit gehofft, daß Sie selber draufkommen, so daß ich es nicht sagen muß. Es gäbe schon etwas, dazu brauchen Sie aber auch einen gleichgesinnten Partner, respektive eine Partnerin.«

»Geschlechtsverkehr?« sagte Zwirnsteiner erfreut, »ist nicht ungesund?«

»Ja und nein«, sagte ich. »Es kommt drauf an. Was man so normal nennt, ist natürlich alles unnatürlich. Die Frau ist nicht für diese Art Kopulation konstruiert. Haben Sie einmal gesehen, wie es die Pferde machen? Hunde? Rindvieh? Das ist auch für den Menschen natürlich. Die Organe der Frau sind nach innen gekrümmt. Deshalb.«

»Das habe ich noch nie überlegt.«

»Selbstverständlich nicht im Schlafzimmer. Sie atmen sonst bei dem erhöhten Sauerstoffbedarf Ihre eigenen Ausdünstungen und die Ihrer Partnerin ein.«

»Im Freien?«

»Das kommt drauf an. Sie müssen nur sehen, daß Sie einerseits genug Luft, anderseits nicht zu viel Ozon bekommen.«

»Ozon? Wieso nicht Ozon?«

»Das wissen Sie nicht? Nach neuesten Gesichtspunkten gilt Ozon über einer gewissen Konzentration als giftig. Ein Waldlauf von zwei Stunden in extrem grünen Wäldern entspricht etwa dem Trinken von einem halben Liter Salzsäure.«

Wenige Tage später wurde Zwirnsteiner wegen Erregung öffentlichen Ärgernisses unter der Flaucherbrücke festgenommen. Er und seine Partnerin waren nur mit Wäscheklammern bekleidet, die sie sich zum Schutz vor dem Ozon auf die Nase gesteckt hatten.

Zwirnsteiner mußte 800 Mark Strafe zahlen, und er übernahm dazu – auch ein Vegetarier kann Kavalier sein – die 400 Mark seiner Partnerin. Seitdem tut er gar nichts mehr.

Aber auch das ist ungesund.

Schönschreibübung XLV

Es gibt nur zwei Farben in Tyrol. Wer etwas anderes sagt, ist ein Schuft. Es gibt nur zwei Farben: *weiß* und *rot.*

Seit *jeher*, sagt der Landeshauptmannstellvertreter, sind die *einzigen* Farben in Tyrol *weiß* und *rot* (in *dieser* Reihenfolge; nicht: *rot* und *weiß*). Tyrol leuchtet in diesen beiden Farben, und nur in diesen Farben. Das Wappenschild des Landes Tyrol, der uralte, seit unvordenklichen Zeiten über Tyrol schwebende, um nicht zu sagen: wachende Wappenschild Tyrols ist in den Farben weiß und rot gehalten. Das Wappen ist ein roter Adler auf weißem Feld. Tyrol ist voll von roten Adlern. Überall fliegen rote Adler. Kaum betritt man bei Kufstein Tyroler Boden, den bekannten, berühmten, nicht genug zu lobenden, ebenfalls in den Farben weiß und rot gehaltenen Tyroler Boden und Heimaterde, früher hie und da Scholle genannt, kreisen über der Monumentalautobahn rote Adler. Ein alter Adler, ein ganz alter Adler, ein steinalter Adler, ein alter Steinadler (aus rotem Stein) führt eine Gruppe von jüngeren roten Adlern an. Auch Adlerweibchen befinden sich darunter, wie sollten sie sich sonst fortpflanzen, die roten Adler – es gibt eine Sage, die den Schulkindern in weiß-rot gebundenen Schulbüchern nahegebracht wird, nach der geht Tyrol unter, wenn der letzte rote Adler, und so weiter, man kennt das –, die roten Adler, sie pflanzen sich fort, indem sie weiß-rot-gestreifte Eier legen, aus denen nach etwa vier Jahren je ein rotes Junges schlüpft. Der steinalte Adler fliegt über das Tal. Der Aufwind trägt ihn, er spreizt sein Gefieder, nein: sein *stolzes* Gefieder. Er ist so alt, daß sein Gefieder schon leicht ins Burgunderrote hinüberschillert. Auch das geht noch an, da man weiß, daß Kaiser Maximilians erste Frau eine burgunderrote Prinzessin war. Der unvergessene Kaiser Maximilian.

Die roten Adler setzen sich in der Nähe der altehrwürdigen Stadt Rattenberg auf die weißen Bäume. Alle Bäume in Tyrol sind weiß. Wer etwas anderes sagt, ist ein Schuft, und es kann sein, daß ihm in der Nacht der Kaiser Maximilian in einem weiß-rot-gestreiften Bademantel erscheint und die Zunge herausstreckt: kalkig-*weißes* Gespenstergesicht, *rote* Zunge. Alle Bäume sind weiß. Überhaupt ist ganz Tyrol weiß, bis auf die Adler, die sind rot, und Kaiser Maximilian, sagt der Landeshauptmannstellvertreter, sowie seine Frau Maria von Burgund, die sind weiß-rot gestreift. Maria, wie nicht anders zu erwarten, obwohl nicht so alt wie der steinalte Adler, leicht ins Burgunderrote hinüberschillernd.

Alle Bäume sind weiß. Der Tyroler liebt die Bäume nicht. Die Bäume behindern die Skipisten. Daher behindern die Bäume den Tourismus. Die Tyroler haben die störenden grünen Bäume entfernt. Das Grün der Bäume würde das weiß-rote Tyrol zu einem unschönen Dreiklang ergänzen. In der Nähe von Hall in Tyrol steht ein Baum, der ist grün, der letzte grüne Baum, aber bei ihm handelt es sich um ein oxydiertes Baumdenkmal aus Kupfer. Das Denkmal für die ehemaligen Bäume. Auf weiß gestrichenen Bäumen sitzen die roten Adler. Nachdem sie einige Zeit ausgeruht haben, spreizen sie ihre Schwingen, schütteln sie, daß es bis zum ebenfalls weiß-rot gestrichenen Berg Isel hinüberknattert, und fliegen dann das Silltal aufwärts in Richtung Süden. Unter den Adlern fliegt auch Luis Trenker. Auch er schüttelt mächtig seine Schwingen. Er ist der älteste Tyroler, aber auch der jüngste, der ewig jung gebliebene. Der Ewige Tyroler sozusagen, ruhelos und bedrohlich über das Land fliegend. Er bleckt seine Zähne. Die roten Adler haben naturgemäß keine Zähne, aber Luis Trenker hat Zähne. Es handelt sich, wie anders, um *weiße* Zähne. Eigentlich würde man erwarten, daß Luis Trenker weiß-rote Zähne hat: immer abwechselnd einen weißen und einen roten Zahn. Hat er aber nicht. In den Fängen hält er ein Buch, das trägt den Titel: »Das Tagebuch der Eva Braun«. Die Farbe Braun ist die einzige Farbe, die der Tyroler allenfalls in Harmonie zum weiß-roten Zweiklang gelten läßt: das Braun der Scholle, das Braun der Misthaufen, das Braun des braungebrannten Trenkerantlitzes, aus dem die leider nicht weißrot wechselnden Zähne über den Gletscherfirn leuchten. Braun-Weiß-Rot. Das Braun der aperen Skipisten in der Zwischensaison. Wenn es ein sehr dunkles Braun ist, dann könnte es für Schwarz gelten. Etwa: das Schwarz der Kutten, das Schwarz des Rußes unter dem Muskessel, das Schwarz der tiefen, tiefen Urstollen, in denen unberührbar verborgen die vaterländische Gesinnung ruht, seit Menschengedenken.

Die Roten Adler fliegen über den Brenner. Böse Zungen haben behauptet, Luis Trenker habe das Buch mit dem Titel »Das Tagebuch der Eva Braun« selber geschrieben. Das ist eine Lüge. Luis Trenker hat nachgewiesen, daß er *nie* in seinem Leben ein Buch geschrieben hat, also auch nicht das Buch mit dem Titel »Das Tagebuch der Eva Braun«. Die Gletscher blinken weiß. Ein verunglückter Tourist liegt auf dem Gletscher. Rotes Blut. *Weiß-Rot*, das Herz des alten Adlers weitet sich. Außerdem trägt der Tourist ein weiß-rotkariertes Hemd. Alle Touristen und auch alle Touristinnen tragen weiß-rot-karierte Hemden. Wie Milch und Blut. Und Speck. Der beliebte Tyroler Speck, den auch der Adler nicht verschmäht. Auch der beliebte Tyroler Speck, obzwar hauptsächlich aus Polen importiert, ist in den Farben weiß-rot gehalten. Zwischen Polen und Tyrol besteht eine Adler-Verbindung. Vielleicht bringen die Adler den Speck von Polen nach Tyrol. Polen ist sozusagen die Umkehrung Tyrols. Polen ist das Gußnegativ Tyrols. Das polnische Wappen ist: ein *weißer* Adler auf *rotem* Grund. Die roten Adler fliegen über Brixen. Wenn nicht alles täuscht, ist Luis Trenker etwas zurückgeblieben. Dafür hat sich ein anderer beliebter Adler hinzugesellt, ein weißer Adler, ein Speckadler, ein polnischer Adler. Er heißt Wojtyla. Bald wird er auf Weidbruck herunterstoßen und die Erde küssen.

Der Zug der Adler hat Bozen erreicht, die weiß-rote Talferstadt. Die weißen und die roten Glocken läuten. Auch Luis Trenker hat wieder aufgeholt. Eine unübersehbare Menge von Marketenderinnen, alle selbstverständlich weiß-rot gekleidet, füllen den Waltherplatz. Das Denkmal Walthers von der Vogelweide wird abwechselnd weiß und rot angestrahlt. Dutzende und Aberdutzende Schützenkompanien sitzen auf den Dächern und geben mit weißroten Girlanden geschmückte Salutschüsse ab. Die Roten Adler, der Weiße Adler und Luis Trenker kreisen über dem Platz und machen sich zur Landung fertig. Hunderttausend Blasmusikanten schmettern den Marsch: »Sapperlot, mir sein weiß-rot!« Die Marketenderinnen entblößen ihre weißroten Brüste. Die Adler jauchzen wie die sprichwörtlichen Jochgeier, die sie ja letzten Endes sind, horstet doch so mancher auf dem Stilfser Joch. Millionenmal dreschen Schlägel auf Trommelfelle. Die Trommeln sind weiß-rot geflammt. Weiß geht die Sonne auf und leuchtet am roten Himmel. Die Marketenderinnen werfen ihre Kleidung restlos ab und zeigen, daß sie ganz aus Milch und Blut sind. Der Weiße Jochgeier schaut weg. Luis Trenker nicht. Die Adler landen. Der Landeshauptmannstellvertreter bringt zwei Pokale: jeder ist mit Wein gefüllt, der eine mit *weißem*, der andere mit *rotem* Wein.

»Es gibt nur zwei Farben in Tyrol«, krächzt der steinalte Steinadler. Er setzt sich an einen Tisch vor dem *Mac Donald*, nimmt den weißen Adler Johannes Paul auf sein linkes, den Luis Trenker auf sein rechtes Knie, »wer«, fährt er fort, »etwas anderes sagt, ist ein Schuft.«

Schönschreibübung XLVI

Reiserufe eines norddeutschen Privatsenders

Raum *Frankfurt/Innenstadt*: Herr Harald Dömmel aus Sessenheim, unterwegs mit einem beigen Mercedes F-CL 221: bitte zwei Pfund Schnittlauch besorgen. Ihre Frau möchte heute abend Schnittlauch-Nockerl kochen (Wiener Rezept).

Raum *Schwarzwald*: Frau Heide Bischoff aus Würzburg, unterwegs mit einem eher kleinen, dunkelhaarigen Herrn sowie einem Ford Escort WÜ-D 724: bitte bei Ihrem Mann zu Hause anrufen, er will wenigstens wissen – wenn Sie schon den Wagen mitnehmen –, wo Sie die Eierbriketts versteckt haben.

Raum *Köln*: Frau Annemarie Ernstmann, unterwegs entweder im »Anker« oder »Sporteck«, wahrscheinlich an der Theke: bitte heimkommen: Ihr Kind schreit.

Raum *Frankfurt/Innenstadt*: Herr Harald Dömmel aus Sessenheim, unterwegs mit einem beigen Mercedes F-CL 221: bitte die Redaktion anrufen: bei obigem Reiseruf handelt es sich um einen Übermittlungsfehler: Sie sollen nicht zwei *Pfund* Schnittlauch mitbringen, sondern zwei *Bund*. Danke.

Raum *Norwegen/Italien*: der blonde oder möglicherweise auch schwarzhaarige Herr, Vorname Fritz (eventuell Heinz), Familienname unbekannt, unterwegs mit einem blauen (vielleicht auch dunkelgrauen) Tandem: keine weiteren Vorkommnisse, Sie brauchen nicht anzurufen: weiterfahren.

Raum *Spanien*: Herr und Frau Stössel aus Feldafing, unterwegs mit blauem VW-Combi STA-A 473 in der Nähe von Barcelona: Ihre Schwiegermutter hat im Trubel der Abreise vergessen, Ihnen auszurichten, daß Tante Lisa aufgetragen hat, schöne Grüße auszurichten.

Raum *Sessenheim*: Herr Harald Dömmel, inzwischen wieder daheim mit seinem beigen Mercedes F-CL 221: Sie Dämlack, jetzt haben Sie doch zwei *Pfund* Schnittlauch gekauft statt zwei *Bund*. Da können Sie ja eine Kuh damit mästen.

Raum *Spanien*: Madrid. Der Herr mit der grauen Baskenmütze, der grad' am Kiosk, Ecke Café Calle San Carlo, eine FAZ gekauft hat: merken Sie nicht, daß Sie auf meinem Fuß stehen?

Schönschreibübung XLVII

Fragment eines Romans

»Ja, hier, also, *ich* bin es, ist Hermine da?« tönte eine hohe, fistelige Stimme aus der Gegensprechanlage.

Marion hielt die Hand über die Sprechmuschel und schaute zu mir. »Ein Weib will Hermine sprechen.«

»Na ja«, sagte ich, »soll sie heraufkommen. Vielleicht erfahren wir von ihr Näheres.«

Marion öffnete die Tür. Sie erschrak. Da stand der Hausmeister und drückte seinen Fuß herein. Hatte er alles gehört?

»Einen Moment«, sagte der Hausmeister, »so schnell geht das nicht. Ich bin hier für alles verantwortlich.«

»Ob Sie verantwortlich sind oder nicht, und auch, ob für alles oder für etwas weniger als alles, interessiert mich nicht. Das werde wohl noch *ich* bestimmen dürfen, ob ich jemanden in die Wohnung hereinlasse oder nicht. Schließlich wohnt hier *meine* Schwägerin und nicht Ihre.« Marion drückt nun auf den Türöffner.

»Ich bin hier für alles verantwortlich«, sagte der Hausmeister, »außerdem haben Sie mich vorhin bei Rudi Großohr gestört.«

»Gestört?«

»Ja. Wie Sie telephoniert haben, wegen dem zugeflogenen Wellensichtig.«

Er sagte wirklich »Wellensichtig«. Ich verbesserte ihn nicht. Soll ein Hausmeister meinetwegen den Rest seines schäbigen Lebens meinen, es heiße »Wellensichtig«.

»Wir haben nicht telephoniert, und es ist uns auch kein –«, ich schnaubte, dann sagte ich, ich gebe zu, etwas anbiedernd, vielleicht aber auch nur, um Aufklärung und Belehrung zu umgehen: »– kein Wellensichtig zugeflogen. Wahrscheinlich hat Sie eine andere Mietpartei angerufen.«

»Und bei Rudi Großohr gestört!«

»Bei was?« fragte ich.

»Ich schaue immer die Kinderstunde an. Steht mir schließlich frei. Oder?«

»Hallo – ! hallo –«, quiekte es aus der Gegensprechanlage. »Darf ich endlich herein? Ich habe eine wichtige Nachricht.«

»Und überhaupt«, sagte Marion, so giftig sie konnte, und sie konnte giftig sein, weiß der Himmel, »und überhaupt tut man den Hut herunter, wenn man eine fremde Wohnung betritt. Auch wenn Sie für alles verantwortlich sind.«

»Sie haben mich bei Rudi Großohr gestört. Jetzt weiß ich nicht, ob Rudi Großohr den galaktischen Hund erwischt oder nicht. Das reicht wohl, oder?«

»Tun Sie sofort den Hut herunter«, schrie ich. Ich gestehe, daß ich nicht zu Wutausbrüchen neige, aber man muß die Situation bedenken: der entsetzliche Streß in der Schule, die Korrekturen, die schlechten Noten, die man geben muß, der Druck, den dieser Aufsatz über den *Homo ludens* wochenlang auf mich ausgeübt hat, dann – na ja, die Sache, hinter die Marion unlängst gekommen war, obwohl ... ich will nicht weiter darüber nachdenken, es steht ohnedies wie ein schwarzes Gespenst zwischen uns, und jetzt noch die Sorge um Hermine: es ging mir zwar nicht der Gaul, aber, sagen wir, ein kleines Pony durch, und ich schrie: »Tun Sie sofort den Hut herunter!«

»He! he! bitte öffnen!« krächzte die Fistelstimme aus der Gegensprechanlage.

Marion drückte mehrmals den Knopf.

»Da können Sie drücken, solang Sie wollen«, sagte der Hausmeister, »der Türöffner funktioniert nicht. Im ganzen Haus nicht.«

»Aha!« sagte Marion, »wahrscheinlich, weil Sie dafür verantwortlich sind.«

»Sie! – Sie!! – Sie!!« fauchte der Hausmeister. »Sie haben mich ohnedies bei Rudi Großohr gestört, meinem Lieblingstrickfilm –«

»Wenn Sie nicht unverzüglich den Hut heruntertun, vergesse ich mich!« schrie ich.

»Bei Rudi Großohr gestört!« fauchte der Hausmeister.

Ich holte aus – »Nein! Nicht!« rief Marion, »was soll denn das«, und mit einem Wisch fegte ich den Hut vom Kopf des Hausmeisters. Es war ein bräunlicher, sehr schmalkrempiger Hut aus einem Material, das so wirkte, als sei es aus Mausfellen gemacht. Der Hut rollte zur Stiege, kreiste einmal am Stiegenabsatz und sauste dann die Stufen hinunter. Der gelbliche Wuschel, der dabei herausfiel und liegenblieb, war die Perücke.

Der Hausmeister brüllte auf und stürzte seinem Hut nach. »Sie hören von meinem Anwalt!« schrie er. Der Hut kreiselte nochmals und kurvte dann in den Aufzugschacht. Der Hausmeister brüllte noch lauter auf und rannte die Stiege hinunter. Im Vorbeirennen riß er den Wuschel an sich und stülpte ihn sich auf den Kopf.

»Grüßen Sie Rudi Großohr!« schrie ich nach.

»Bist du wahnsinnig«, fauchte Marion. »Mußt du solche überflüssigen Schwierigkeiten machen?«

»Nur das ist die Sprache«, sagte ich, »die ein Hausmeister versteht.«

»Einen Moment«, rief Marion in die Gegensprechanlage, »mein Mann kommt gleich hinunter. Der Türöffner geht nämlich nicht.« Sie hängte ein. »So«, sagte sie, »jetzt geh' hinunter. Bin neugierig, ob du beim Hausmeister vorbeikommst.«

»Pff«, sagte ich, »wenn er frech wird, haue ich ihm auch noch seine falschen Zähne aus dem Mund.« Aber mulmig war mir doch.

Der Hausmeister stand unten vor seiner Wohnung und war damit beschäftigt, den Taubendreck von seinem Hut zu klauben. Er tat, als sähe er mich nicht. Ich öffnete die Haustür. Vor der Haustür stand ein etwa zwei Meter großes Wesen in einem nahezu bodenlangen Kleppermantel und froschgrünen Schuhen.

»Ja, bitte?« fragte ich und wendete den Kopf nach oben.

Die Antwort kam aber nicht von dem Kopf oben, es öffnete sich vielmehr etwa auf halber Höhe eine Art Klappe (eine Klepper-Klappe sozusagen) im Mantel, und dort erschien ein weiterer Kopf, und der sagte: »Ich glaube, Ihre Schwester hat einen entscheidenden Fehler gemacht.«

»*Wir* glauben«, kläffte der obere Kopf.

»Ach«, sagte ich, »und mit wem habe ich die Ehre?«

»Das tut an sich nichts zur Sache«, sagte der untere Kopf.

»Was heißt das«, bellte der obere Kopf, »wir brauchen uns schließlich unser nicht zu schämen. Unser Name ist Paitikles –«

»*Sein* Name ist Paitikles«, sagte der untere Kopf, »mein Name ist Skizeon. Wir sind die bekannten Mechanischen Zwerge.«

»Miteinander sind wir ein Riese«, sagte Paitikles.

»Na ja«, sagte Skizeon, »Riese würde ich nicht gerade sagen. Aber ziemlich groß sind wir schon.«

»Vorsicht!« flüsterte Paitikles von oben.

Ich drehte mich um. Knapp hinter mir stand der Hausmeister und holte mit einer Imitation eines Samurai-Schwertes aus. Es ist merkwürdig: trotz der Gefahr, die von der blitzenden und wenngleich imitierten, doch sichtlich messerscharfen Klinge ausging, war der erste Gedanke, der mir durch den Kopf flog, daß der Hausmeister seine Perücke verkehrt herum aufgesetzt hatte.

Schönschreibübung XLVIII

Das Bankett

»Damals habe ich einen Anpfiff bekommen«, sagte Bakosch, »aber Adenauer ist am Leben geblieben.«

»Wie das, Herr Bakosch?« Ich sagte nicht »Ober« oder »Herr Ober« zu ihm, sondern »Herr Bakosch«, seit wir uns besser kannten.

»Das ist eine sehr komplizierte Geschichte«, sagte Bakosch, »aber verzeihen Sie, ich muß erst dem Polizeirat am Ecktisch seinen Kaffee und einen Nußplunder bringen.«

Bakosch ging zum Speisenaufzug. Elf Uhr ist die ruhigste Zeit. Da sitzt im ersten Stock fast nie jemand. Erst um zwölf Uhr geht der Betrieb wieder los, gegen eins wird es ganz schlimm, da sitzt das ganze Café voller Staatsanwälte und Richter. Aber um elf Uhr kann es sein, daß sich der alte Bakosch sogar für zehn Minuten zu einem hersetzen kann.

»No ja«, sagte Bakosch mit seinem Pußta-Akzent, »das war, warten Sie, so 57 oder 58. Denn 56 bin ich durch den Neusiedler See, nein, nicht geschwommen, sondern gegangen. Man hat hinten am ungarischen Ufer schon die russischen Panzer gehört, der Teufel soll sie holen. Durch den Neusiedler See kann man gehen, wie Sie vielleicht wissen. Vier Stunden habe ich gebraucht, abwechselnd die rechte oder die linke Hand in die Höh' – mit dem Koffer, den ich wie ein Servierbrett getragen hab'. In manchen Situationen hat es Vorteile, wenn man Kellner gelernt hat. No ja.

Anfang vom 57-er Jahr habe ich dann im Hotel ›Drei Könige‹ angefangen. Zum Glück habe ich meine Zeugnisse – nur erste Häuser – in dem Koffer mitgenommen, den ich wie ein Servierbrett über den Neusiedler See getragen habe. Aber es war doch nicht leicht. Ich war schon nicht mehr der Jüngste.«

»Konnten Sie denn damals schon so gut Deutsch, Herr Bakosch?«

»Ich bitte schön«, sagte Bakosch, »jeder Ungar kann Deutsch und jeder ungarische Oberkellner sowieso. Natürlich habe ich Deutsch können, aber was hilft das, wenn man in sozusagen vorgerücktem Alter wieder Hilfskellner wird, Speisenträger, und der Oberkellner, die Kanaille, Julius hat er geheißen, ist zehn Jahr jünger als man selber und weiß alles besser, obwohl er nicht die Hälfte an Zeugnissen von nicht halb so guten Häusern gehabt hat wie ich.

Trotzdem war ich zehn Jahre dort. Und das Bankett muß so im zweiten Jahr gewesen sein, ungefähr. Damals hat es noch nicht so viele wichtige Neger gegeben wie heutzutage. Damals war es förmlich eine Sensation, wenn ein Neger, der irgendwo in Afrika Ministerpräsident war, gekommen ist. Heute schaut man sich nicht einmal mehr um.

Fragen Sie mich nicht, was das für ein Neger-Minister war, für den Adenauer das geheimnisvolle Bankett gegeben hat – es war doch eher 59, nicht 58 –, und aus welchem Land er war. Jedenfalls war alles ganz geheim. Herr Julius, der natürlich vor Wichtigkeit fast geplatzt ist, hat uns alle vergattert: wir dürfen quasi nichts sehen und nichts hören, denn niemand darf erfahren, daß Adenauer den Neger trifft.

Darum wäre das Bankett auch nicht in Bonn, sondern hier.

Es darf niemand erfahren, daß Adenauer kommt, und so fort. Man sieht, dieser Julius kann gar nicht in ersten Häusern gelernt haben, sonst wüßte er, daß ein Kellner sowieso nichts sieht und nichts hört. Ich habe im ›Gellert‹ in Budapest in Separées bedient. Was meinen Sie, bitte schön, was ich da gesehen habe? respective nicht gesehen?!

No ja, gut. Der prominente Neger ist durch die Garage mit dem Lift hinauf direkt in den kleinen Salon mit vier deutschen Herren, können auch fünf gewesen sein, und Adenauer natürlich. Der Neger war nur von noch einem weiteren Neger begleitet.

War ein sehr kleines Bankett, waren sich also ihrer sieben oder acht Herren, davon zwei Neger. Die Polizei hat vorher alles geprüft, selbstredend, den Salon, uns Kellner, die Teller und alles, besonders die Fächerpalmen an der Tür, die haben sie zweimal aus dem Topf genommen und in die Erde gestochert. Hat nichts geholfen, wie sich später gezeigt hat. Julius, der Wichtigmacher, hat wirklich nichts gesehen und gehört vor lauter Wichtigkeit.

Aber ich halt mich nicht für so wichtig und hab' gesehen und gehört. Es war nichts Besonderes beim Bankett, nur nach dem Hauptgericht – Hecht, es war ein Freitag und der Adenauer ja so katholisch – und vor dem Dessert – Dolce Borghese war das, flambiert – hat der eine Neger, der Minister, den anderen Neger hinausgeschickt, die Aktentasche holen mit wichtigen Dokumenten. Was braucht, habe ich mir gedacht, der Minister ein Dokument zwischen dem Hecht und dem Dessert?

Habe ich gesagt, ein Kellner hört und sieht nichts? Er hört und sieht schon, nur tut er so, wie wenn er nichts hört und sieht. Ich gehe also, bevor der Neger durch das Vorzimmer geht, wo zum Servieren hergerichtet wird, hinter den Vorhang. Der Neger kommt, schaut sich um und wirft ...

Da habe ich was vergessen. Einen Pokal hat der Neger-Minister dem Adenauer geschenkt, aus Kristall mit Gold.

Der Julius, der Trottel, hat mir den Pokal gegeben und hat gesagt: Nach dem Hecht gibt es einen Sekt, weil die Herren einen Toast ausbringen wollen. Der Adenauer kriegt den goldenen Pokal, die anderen die normalen Sektgläser. Lassen Sie ja nichts fallen. Der Idiot. Als ob einer, der vier Stunden einen Koffer wie ein Servierbrett und so weiter! No ja bitte schön, da habe ich also die Gläser aufgestellt und den Sekt eingefüllt, und das hat so dagestanden, wie ich hinter den Vorhang getreten bin und der andere Neger kommt, hat sich umgeschaut und hat etwas in den goldenen Pokal geworfen, was sofort gesprudelt hat.«

»Und was haben Sie getan, Herr Bakosch?«

»Gar nichts, natürlich. Der andere Neger ist wieder hereingerannt mit dem Aktentaschel, ich habe den Sekt serviert. Wissen Sie, wenn man in ersten Häusern gelernt hat, kann man ein Tablett mit acht Sektgläsern so ein bissel kippen, daß genau das eine Glas umfällt, was man will. Das goldene Glas ist umgefallen.«

»Und?«

»Nichts und. Die zwei Neger waren am nächsten Tag verschwunden. Gut, daß das so geheim war, es wäre eine saubere Blamage gewesen. Es waren gar keine Minister und Diplomaten. Das hat man kurz darauf erfahren.

Fragen Sie mich nicht, wer dahintergesteckt ist. Dem richtigen Minister sein Flugzeug haben sie irgendwie umgeleitet, in die Irre geführt, der ist, glaube ich, in Athen gelandet und hat getobt. Hier ist ein falsches Flugzeug mit einem falschen Minister gelandet. Wer kennt schon einen Neger von einem anderen weg, mit Respekt gesagt.

Ein Kellner hat selbstverständlich immer einen Löffel bei der Hand. Mit dem habe ich sofort die Tablette herausgetan, die der Neger ins Glas geworfen hat. In einer leeren

Zuckerdose habe ich sie versteckt, und wie die Polizei sie analysiert hat, hat sie gesagt, es wäre gut gewesen, daß ich doch den Sekt umgeworfen habe, weil sogar das, was sich schon aufgelöst hat, dem Herrn Adenauer geholfen hätte, das Gras von unten anzuschauen.

Und auf wen wäre der Verdacht gefallen? Auf die acht hohen Herrn, die man alle kennt? Nein! Auf die Kellner natürlich. Und die Polizei hätte die Kellner eingesperrt, bis sie schwarz geworden wären wie die Neger, die inzwischen selbstverständlich über alle Berge sind.«

»Das ist ja ungeheuer«, sagte ich, »was Sie da erzählen.«

»Glauben Sie es nicht? Hier ist die goldene Uhr, die mir der Adenauer geschenkt hat. Hier, sehen Sie, wenn man den Deckel aufspringen läßt, ist sein Namenszug eingraviert.«

Bakosch ließ den Deckel aufspringen. »Um Gottes willen«, sagte er und sprang auf, »halb zwölf! Gleich wird der Mittagsrummel losgehen.«

Schönschreibübung XLIX

Ein revolutionäres Sittenbild aus dem Jahre X minus – sagen wir – drei

Zum Fest der Unbefleckten Empfängnis Ché Guevaras trafen sich die Genossen zu einer Synode in München. Nicht etwa um die verschiedenen Richtungen, in die sich die revolutionäre Bewegung aufgespalten hatte, zu vereinigen – das hätte niemand zu hoffen gewagt –, sondern um sie wenigstens wieder einmal unter ein Dach zu bringen und zu sehen, ob man überhaupt noch über die gegensätzlichen Auffassungen reden konnte.

Unter den Synodalen war auch Bernd E. aus der Oberpfalz. Genosse Bernd gehörte Ende der sechziger Jahre dem SDS an, hatte sich zu Anfang der siebziger Jahre jener gemäßigt trotzkistischen Richtung angeschlossen, die politische Toleranz zwar als ansteckend, aber heilbar betrachtet, spaltete sich später von den gemäßigten Trotzkisten ab und trat zu den Unbeschuhten Marxisten/Leninisten strenger Observanz über. 1975 wurde er zum Abt gewählt. Die Unbeschuhten Marxisten/Leninisten vertraten die Ansicht, daß Mao *marxgleich*, die Beschuhten Marxisten/Leninisten die Ansicht, daß Mao nur *marxähnlich* sei. Über solche und ähnliche Probleme, wie etwa die Frage der leiblichen Himmelfahrt Ché Guevaras und ob Revisionisten verbrannt oder gerädert werden sollten, wurde auf der Synode zu München diskutiert. Eröffnet wurde die Synode mit einer großen, gemeinsamen Demonstration, an der sich mehr als achtzig Synodalen mit ihren Frauen und Kindern beteiligten. Die Demonstration verlief ruhig und eindrucksvoll, obwohl es zunächst Schwierigkeiten mit der Polizei gab.

»Das wäre ja nun wirklich enttäuschend«, sagte Holger F., ein Weihbischof der Ultrarevisionistischen Radikal-Stalinisten, der Alters-Präsident der Synode, »das wäre ja nun wirklich enttäuschend, wenn wir auf unsere alten Tage nicht wenigstens Schwierigkeiten mit der Polizei hätten.«

Die Synode wollte ihren Gedenk-Protest-Marsch ursprünglich in der Innenstadt – vom Amiraplatz zum Buchgewerbehaus – durchführen. Der Polizeipräsident äußerte Bedenken. Man könne nicht dafür garantieren, daß alle Genossen am Amiraplatz, dem Ausgangspunkt des Zuges, ihr Auto abstellen könnten. Nur ein Teil der Genossen verfügte über einen Chauffeur. Der Rest war darauf angewiesen, den Wagen zu parken. Dazu sei der Amiraplatz zu klein.

Auf dem Empfang, den der Oberbürgermeister den Spitzen der Synode gab, wurden dann die Schwierigkeiten mit der Polizei ausgeräumt. Der Polizeipräsident schlug vor, die Demonstration in der Siedlung am Hasenbergl abzuhalten. Dort seien genug Parkplätze vorhanden, und außerdem lebten dort hauptsächlich Werktätige. Nein, sagte Weihbischof Holger F., man habe da schlechte Erfahrung gemacht. Die Demonstration solle im vornehmen und ruhigen Villenviertel Bogenhausen stattfinden. Dort liege auch das Rosa Luxemburg-Hilf-Kloster, dessen Priorin die Synodalen nach der Demonstration zum Abendessen eingeladen hatte.

Der Polizeipräsident war einverstanden. Er sicherte Polizeischutz zu, falls Werktätige und Rocker die Revolutionäre verprügeln wollten.

Weihbischof Holger F. dankte dem Polizeipräsidenten dafür, daß er Schwierigkeiten gemacht habe.

Die Demonstration war ursprünglich für 14 Uhr angesetzt. Um 14 Uhr regnete es. Mit Rücksicht auf die zum Teil wertvollen Transparente wurde der Protestmarsch dann auf 16 Uhr verlegt.

»Genossen«, sagte Weihbischof Holger F. um 17 Uhr – es hatte zu regnen aufgehört – zu den bis dahin erschienenen 28 Demonstranten, »wenn ihr nicht mehr revolutionäre Disziplin übt, kommt ihr zur Weltrevolution auch zu spät.«

»Du liberaler Schwachkopf«, sagte Andreas D., der Präsident der Georgy Lukács-Bank, »das mußt du denen sagen, die nicht da sind, nicht uns. Wir sind ja da.«

»Ich verbitte mir die Beleidigung. Wie soll ich denen etwas sagen, die nicht da sind?«

»Aber uns brauchst du es *nicht* zu sagen.«

»Irgendwie muß ich das ja wohl sagen, oder nicht?«

Es wurde beschlossen, später diese Frage auf der Synode auszudiskutieren.

Bernd E. wählte für die Demonstration einen gedeckten revolutionären Nachmittagsanzug aus vietcong-farbenem Jeansstoff, dazu ein seitlich geknöpftes aggressivgrünes Arbeiterhemd aus spanischer Seide (Bernd war besonders stolz auf diese Hemden; er bezog sie von garantiert ausgebeuteten Näherinnen aus Barcelona), dazu eine Revoluzzer-Mütze im Stil der frühen II. Internationalen, der zur Zeit bei Leuten, die die Augen offenhielten, gerade aktuell war.

»Genosse«, sagte Bernd E. zu einem Mann in einer Jacke aus lehmfarbenem Persianer, »ich sehe, du hast nichts in der Hand. Würde es dir was ausmachen, die andere Stange von meinem Transparent zu tragen?«

Die meisten Transparente waren rot, aus Seide, handgestickt mit Teakholzgriffen, wenn nicht Mahagoni. Bernd E. hatte etwas Besonderes. »Eine Antiquität. Sei vorsichtig. Ein sehr altes Stück, schon etwas brüchig!«

Der fremde Genosse und Bernd E. entrollten das Tuch.

»Rührt einen schon an, oder nicht?« sagte Bernd E., »wenn man so ein altes Ding in der Hand hat. Sonst siehst du so etwas höchstens im Museum. Da sind noch Löcher von Polizistenkugeln drin.«

»Alle Wetter –«

»Hat einiges mitgemacht, der Lappen«, sagte Bernd.

Der fremde Genosse las die Aufschrift auf dem Spruchband:

LIBUDA RÄCHT SICH, VORWÄRTS 60

»Was heißt das?« fragte er dann.

»Ich nehme an«, sagte Bernd E., »*rächen* und *vorwärts*, das werden wohl revolutionäre Parolen sein. Ehrlich gesagt, ich habe es erst seit knapp einem Jahr. Von Lempertz in Köln. Aber es ist doch ein schönes Stück oder nicht?«

Während des Protestmarsches konnten Bernd E. und der fremde Genosse nichts miteinander reden, weil das Transparent zu breit war, die beiden infolgedessen zu weit auseinander gehen mußten. Am nächsten Tag aber, nachmittags, beim kalten Büfett im Bayerischen Hof, trafen sie sich wieder.

Die Synode war nicht sehr erfolgreich. Wie wenig Einigkeit selbst in Basisfragen erzielt werden konnte, zeigten schon die verschiedenen Äußerungen über den Wert der Synode. Die orthodoxen Alt-Hegelianer (ihr Exponent war Ihre Exzellenz, die Metropolitin Ulrike M.) bezeichneten die Synode als »Scheiße«, die Unierten Hoch-Trotzkisten – die neben den Schriften auch die Überlieferungen und bis zu einem gewissen Grad auch die Offenbarung als revolutionäre Erkenntnisquelle anerkennen – sprachen von »mäßig« und »flau«. Nur die *Zeugen Uljanows* – deren Vorsitzender ihnen als Reinkarnation Lenins gilt und alljährlich am 25. Oktober in BASF-Aktien aufgewogen wird – sagten »na ja«. Beteiligten sich an der Demonstration noch nahezu alle gehfähigen Synodalen (Demonstration: das sozusagen kleinste gemeinsame Vielfache der Revolution), so schieden sich bei der symbolischen Hausbesetzung am nächsten Vormittag schon die Geister. Die Schlesische Landsmannschaft, die sich nach den Ostverträgen 1972 den orthodoxen Alt-Hegelianern angeschlossen hatte, blieb der Hausbesetzung demonstrativ fern. Die Zeugen Uljanows besetzten nur die untere Etage. Bernd E. brannte keck mit seiner Zigarette ein Loch in einen Perserteppich, nachdem ihm Weihbischof Holger M. versichert hatte, daß die Versicherung alles zahle.

Die Villa, die besetzt wurde, war zu dem Zweck gemietet worden. Das Fernsehen konnte vorher alles gut ausleuchten. Die Regensburger Domspatzen sangen die »Internationale«. Die Münchner »Abendzeitung« brachte die Anwesenheitsliste in der Gesellschaftsrubrik. Konsul Dimitrij Papas und Ex-Kaiserin Soraya tobten, als sie bemerkten, daß ihre Anwesenheit nicht notiert worden war.

Mag sein, auch der fremde Genosse im lehmfarbenen Persianer hatte sich von der Hausbesetzung distanziert. Bernd E. sah ihn nirgends. Erst am Nachmittag, beim kalten Büfett im Bayerischen Hof, waren die beiden wieder beisammen.

»Das wird ganz schön zünden«, sagte der Revolutionär im lehmbraunen Persianermantel. Er legte das aggressive Kleidungsstück auch im Saal nicht ab. Übrigens war Smoking-Zwang. Einige Genossen hielten das anfänglich für schwachsinnig. Genosse Heinz G., der Erste Stellvertretende Vorsitzende des Festkomitees, verteidigte den Smoking-Zwang: »Seid doch froh, ihr Deppen; wenn jeder kommen kann, wie er mag, da werdet ihr doch frustriert wie eine grüne Witwe. Wenn Smoking-Zwang ist, und ihr kommt, wie ihr mögt, da aktiviert ihr doch eine Reihe von ganz schönen Protestgefühlen.«

Einige Genossen wandten ein, daß es ziemlich sinnlos sei, die Zwänge, die man brechen wolle, selber künstlich herzustellen. Dem wurde entgegengehalten, daß jeder, der so argumentiere, absolut nichts vom Mechanismus revolutionärer Taktik verstehe. Es blieb beim Smoking-Zwang. Dabei stellte man erstaunt fest, daß nachher fast ein Drittel der Genossen tatsächlich im Smoking erschien. »Ganz schön entlarvend«, sagte der Persianer-Revolutionär zu Bernd E., der auch im Smoking erschienen war.

»Ach«, sagte Bernd E., »ist das im Grunde genommen nicht gleichgültig? Sind das nicht nur Äußerlichkeiten? Kommt es bei der Weltrevolution auf den Anzug an oder auf die Gesinnung?«

»Im Anzug drückt sich die Gesinnung aus«, sagte der Persianer-Mann.

»Ach weißt du, ich habe den Smoking bei einer Wohltätigkeits-Tombola der A.I.-Herzen-Stiftung gewonnen. Irgendwo muß ich ihn ja auftragen.«

Andere Argumente der Smoking-Träger lauteten: Wo man heute doch schon in Blue Jeans in die Oper gehe, sei der Smoking echter Protest; oder: Sie hätten sich geopfert, damit die revolutionäre Kleidung der anderen besser herauskomme. – Graf Beuthien, Vorsitzender des »Verbandes der Erben ehemaliger Ostelbischer Grundbesitzer«, trug einen Smoking in Rot.

»Widerlicher Kompromißler«, sagte der Persianer-Mann und wandte seinen Blick erfreulicheren Dingen zu, dem Büfett nämlich. »Das wird ganz schön zünden«, sagte er und deutete auf die Trüffelpasteten in Form von Handgranaten. Ein Lenin-Portrait aus Lachsschinken bildete den Mittelpunkt des Büfetts. Aus kleinen schwarzen Kügelchen in einer breiten Wanne aus gestoßenem Eis hatten geschickte Köche eine Schrift gebildet:

PROLETARIER ALLER
LÄNDER VEREINIGT EUCH.

»Kaviar«, sagte Bernd E., »direkt aus der Heimat der Werktätigen.«

»Das wird ganz schön zünden«, sagte der Mann im lehmfarbenen Persianer und nahm einen Molotow-Cocktail (das Getränk hieß nur so).

»Wie meinst du das?« sagte Bernd E., denn er glaubte, in den Augen des Lehmfarbenen ein ironisches Funkeln wahrgenommen zu haben.

»Wie ich das meine? So, wie ich's sage.«

»Na ja«, sagte Bernd E., »der Weg durch die Institutionen ist schwer. Es ist sogar eine ganz verdammte Scheiße damit, um es ehrlich zu sagen.«

»Hast du einen Kater?«

»Schau her. Ich war ja auch nicht immer so. Wir waren doch auf der Straße. Echt, mit Polizei und Prügel und so. Aber die Revolution rollt nicht von allein. Das haben wir früher gemeint, daß sie von allein rollt, wenn man einmal anschubst. Sie rollt aber nicht. Man muß etwas tun.«

»Tun wir doch«, sagte der Lehmfarbene und zeigte auf das Büfett: PRO TARER LL LÄNDER VE UCH. (Den Rest hatten die Genossen schon gefuttert.)

»Ich weiß nicht«, sagte Bernd E., »ich weiß nicht. Früher, da haben wir agitiert. In Fabriken ...«

»In Fabriken?«

»– in Fabriken war es sehr schwer. Die diskutieren nur,

wenn sie nach Stunden bezahlt werden. Bei Akkord redest du gegen eine Mauer. Und nach Feierabend sind sie, hast du nicht gesehen, in ihren BMW und heim zum Fernsehen. Wir wollten einmal, weil wir gedacht haben, da bekommen wir sie am ehesten, da sind sie ohnedies geladen und aggressiv, ein Fußballspiel politisch umfunktionieren.«

»Und?«

»Ich denke nicht sehr gern daran zurück. Als dann unser zweites Experiment schiefging –«

»Zweites Experiment?«

»Altersheim. Weißt du, wie alte Leute im Altersheim behandelt werden? Ein Gefängnis ist ein Grand-Hotel dagegen. Die müssen vielleicht parieren. Wir wollten aufklären, Zwänge brechen, Autorität abbauen, Selbstverwaltung einführen ...«

»Und?«

»Den Hieb, den mir ein 96jähriger Postamtmann a.D. mit seiner Krücke über den Kopf gezogen hat, spüre ich heute noch; bei Wetterumschlägen.«

»Alte Leute sind schwierig«, sagte der Lehmfarbene.

»Sie wollen keine Revolution. Ich fürchte überhaupt«, Bernd E. sprach etwas leiser und nahm eine echte Havanna (»Roter Gruß«), die ein Kellner rundherum anbot, »ich fürchte überhaupt: keiner will eine Revolution.«

»Das kann schon sein«, sagte der Lehmfarbene.

»Es ist aber auch eine blöde Situation, sage ich dir. Konsumverweigerung hin, Konsumverweigerung her. Warum soll es ausgerechnet einem Revolutionär schlecht gehen. Weil es doch wahr ist!«

Inzwischen hatte der Festredner, Ritterkreuzträger Professor Smaragd, seine Rede begonnen. Er schilderte mit historischen Überblicken die gemeinsamen Ziele der revolutionären Bewegungen: Umschichtung der gegenwärtigen gesellschaftlichen Verhältnisse, Bannung des zionistischen Imperialismus, gemeinsamer Kampf mit Rot-China, um den verdorbenen sowjetischen Links-Kapitalismus in die Zange zu nehmen.

»Ach was«, sagte der Lehmfarbene, »Mao ist auch nicht mehr das, was er einmal war.«

»Wie kannst du so was sagen.«

»*Ich* habe mir schon ein Schwarzhemd bestellt. Ich bin für Mussolini.«

»Mussolini? Das war doch ein italienischer Faschist!«

»Was weiß denn ich, was in Italien war. Ich habe neulich ein Bild von ihm gesehen. Eine irre Type.«

Der Lehmbraune nahm seine Fellmütze ab. Sein Kopf war schon kahlgeschoren.

Schönschreibübung L

Neu-Sokratischer Dialog über ein Verkehrsproblem

Herr Sockenrath sitzt auf einer Parkbank, Herr Federoß kommt hinzu.

Federoß: Vorsicht.

Sockenrath: Wieso?

Federoß: Ich bin explosiv.

(Sockenrath rückt etwas beiseite.)

Federoß: Ich bin eben einem Unfall um ein Haar entgangen. In mir zittert jetzt noch der Adrenalinspiegel.

Sockenrath: Aus dem Bett gerollt? Kuchengabel verschluckt? Vom Kanarienvogel gebissen?

Federoß: Was reden Sie? Autounfall natürlich.

Sockenrath: Wenn Sie so breitspurig fahren, wie Sie da sitzen, wundert es mich nicht.

Federoß: Was heißt *ich*?! Der andere ist schuld. *Wäre* schuld gewesen.

Sockenrath: Es ist fast immer der andere schuld.

Federoß: Ich bitte Sie schönstens: ich fahre völlig normal. Ich bin sogar langsam, ausgesprochen langsam in dieser eher ruhigen Straße da vorn gefahren. Ich sehe, daß ein kunstdüngerfarbenes Auto – die Marke können Sie sich denken, sobald Sie alles gehört haben – halb auf dem Trottoir steht, halb auf der Straße, was von vornherein schon eine Frechheit ist, und – ich fahre vorbei – fährt *er* an, ohne zu schauen, ohne zu blinken, ohne nichts – vom Trottoir herunter – grade, daß ich noch ausweichen kann. Der Trottel hat, glaube ich, überhaupt nichts gemerkt.

Sockenrath (schlau): Autofahrer mit Hut.

Federoß: Ja – ja! Woher wissen Sie das?

Sockenrath: So fährt nur ein Autofahrer mit Hut.

Federoß: Haben Sie das auch schon beobachtet?

Sockenrath: Wenn man einigermaßen heil durch den Straßenverkehr kommen will, muß man vor allem! darauf achtgeben, ob der Fahrer vor einem einen Hut aufhat oder nicht. Zum Glück haben ja Autos Fenster. Wenn Sie einen Autofahrer mit Hut vor sich sehen: –

Federoß: – höchste Vorsicht!

Sockenrath: Autofahrer mit Hut fahren ganz, ganz langsam an ungefährlichen, geraden Stellen, zügig in kritischen Kurven, sie ordnen sich links ein, wenn sie rechts abbiegen wollen, sie halten nicht ungern bei *Grün*, und sie glauben, daß immer die breitere Straße Vorfahrt hat. Vor allem aber: selbst auf das kann man sich nicht verlassen, denn der Autofahrer mit Hut macht gelegentlich alles auch anders. Besonders gefährlich sind übrigens Autofahrer mit Hut *ohne* Sakko, nur im Hemd. Im Sommer: in Unterhemd mit Hosenträger. Die sind nahezu schon eine Gemeingefahr.

Federoß: Woher kommt das? Was bringt einen Menschen dazu, im Auto den Hut aufzusetzen? Befürchten sie, daß es durch das Dach regnet? Oder tragen sie immer einen Hut? auch im Bett?

Sockenrath: Das alles ist unerforscht.

Federoß: Dabei wäre grad das so wichtig.

Sockenrath: Ich vermute: die Unbehaustheit.

Federoß: Was?

Sockenrath: Die Unbehaustheit. Sie fühlen sich im Auto fremd. Sie sind im Auto nicht daheim. Sie müssen sich schützen. *Bedecken*.

Federoß: Mit dem Hut.

Sockenrath: Und wer sich im Auto fremd fühlt, fährt natürlich schlecht, das ist logisch.

Federoß: Biegt lieber dreimal rechts ab als einmal links.

Sockenrath: Schrammt die Garagenwand.

Federoß: Fährt ohne zu blinken vom Trottoir. Aber sagen Sie ... das weiß man doch alles längst?

Sockenrath: Sicher.

Federoß: Das wissen doch sogar die Autofahrer mit Hut?

Sockenrath: Logisch.

Federoß: Und fahren trotzdem weiter mit Hut?

Sockenrath: Ein Segen! Stellen Sie sich vor: alle Autofahrer mit Hut würden plötzlich *ohne* Hut fahren. Autofahrer mit Hut ohne Hut! Die würden auch ohne Hut bei Rot durchfahren und bei Grün stoppen, und die anderen hätten das Warnzeichen des Hutes nicht. Die Folgen wären unausdenkbar. Da stellen sich mir die Haare auf.

Federoß: Es ist also gut, daß es nicht den Autofahrer mit sozusagen innerem Hut gibt.

Sockenrath: Absolut.

Federoß: Man dürfte diese ganze Erkenntnis nicht weiter vertiefen.

Sockenrath: Nie im Leben.
Aber jetzt – Adieu – ich muß schauen gehen, ob an meinem geparkten Wagen vielleicht ein Autofahrer mit Hut vorbeigefahren ist.

LORUS

Fritz Kunkels Pudel ward, noch ungetauft,
von einem Stiefmilchbruder Korfs gekauft.
Es trieb ihn, als er, hilfreich von Natur,
der sogenannten »Lore« Leid erfuhr,
sogleich zu ihr: worauf er, der nicht hieß,
sich ihr zum Troste *Lorus* taufen ließ:
den Namen also gleichsam auf sich nehmend -
und alle Welt durch diese Tat beschämend!
Korf selbst vollzog den Taufakt unverweilt.
Der Vogel aber war fortan geheilt.

Christian Morgenstern

Aus dem Gedicht »Der ernste Herr« wissen wir, daß Palmström mit Vornamen *Palmus* hieß. Um v. Korfs Vornamen webt geheimnisvolles Dunkel. (Ich könnte mir vorstellen, ohne dafür irgendeinen Beweis antreten zu können, daß er *Chlodwig Maria* lautete.) Offenbar hat Palmström Herrn v. Korf schon vor der berühmten Reise in ein böhmisches Dorf gekannt, hat ihn dorthin nur um des Reimes willen mitgenommen, dennoch hat sich aus dieser gemeinsamen Reise eine überaus dauerhafte und tiefe Freundschaft entwickelt. Nicht zuletzt erhellt dies aus der Tatsache, daß v. Korf es ist, dem Palmström das Modell seines drehbaren Theaters schenkte.

Von v. Korfs Familie weiß man nur, daß er eine entfernte Cousine hatte, Frau Fei von Odeladelise zu Odeladeluse, die sich mit Magie beschäftigte. Etwas mehr erfahren wir von Palmus Palmströms Verwandtschaft: seine *»Muhme«* (und vielleicht Taufpatin? Palm*a* – Palm*us*?) war Frau Palma Kunkel. Christian Morgenstern, der mit Wörtern sehr sorgfältig umging, hat die Bezeichnung »Muhme« nicht nur so obenhin gewählt! Es steht für mich fest, daß er dieses Wort im ursprünglichen Kernsinn verwandt hat, und da bedeutet »Muhme« eindeutig und nur: Schwester der Mutter (vgl. Grimmsches Wörterbuch Bd. 12, Spalte 2645; dtto. Goethe »Faust«: »... wie meine Muhme, die berühmte Schlange«. Goethe hat gewußt, daß die Schlange die jüngste Tochter von Mephistos Großmutter war.) Wer aber war nun Fritz Kunkel? Möglicherweise Palma Kunkels Mann, vielleicht ihr Sohn. Sicher ist, daß Fritz Kunkel Eigentümer eines vorerst namenlosen (»noch ungetauft«) Pudels war, den ein Stiefmilchbruder v. Korfs kaufte. Hier setzt eine Unstimmigkeit ein: nicht v. Korf soll den Pudel gekauft haben, sondern ein Stiefmilchbruder? Anderseits heißt es in der letzten Strophe: »Korf *selbst* (Hervorhebung durch den Verf. dieses) vollzog ... usw«. Dieses »selbst« ergibt nur einen Sinn, wenn damit darauf hingewiesen sein soll, daß Eigentümer und Täufer identisch sind. Die Unstimmigkeit löst sich, wenn man das »von einem Stiefmilchbruder« als druckfehlerbehaftet betrachtet. Es muß richtig heißen: »von *seinem* Stiefmilchbruder«. Ein Korrektor hat dann – das »einem« für richtig haltend – aus angemaßter Machtvollkommenheit an das folgende »Korf« das Genitiv-S gehängt. Richtig gelesen aber, wird alles klar: v. Korf kaufte den (ungetauften) Pudel von seinem Stiefmilchbruder Fritz Kunkel. Und so wird weiterhin klar, wie v. Korf und Palmström einander kennengelernt haben: Palmström wird im Hause seiner Tante Kunkel den Stiefmilchbruder von deren

Sohn, eben Herrn v. Korf getroffen haben, denn der Stiefmilchbruder wird auch später, längst abgestillt, wohl noch gern im Hause Kunkel verkehrt haben, um der alten Zeiten zu gedenken, wo man gemeinsam die Stiefmilch von den Stiefbrüsten der Stiefamme gesogen hat.

Schönschreibübung LII

Jedem seinen Coriolan

Shakespeare hat den Stoff für seine – relativ spät, 1607, entstandene – Tragödie den Biographien des Plutarch entnommen. Diese sog. Parallel-Biographien sind wohl zwischen 80 und 120 n. Chr. entstanden. Plutarch stellt jeweils der exemplarischen Lebensbeschreibung eines griechischen Heros die eines römischen gegenüber. Erhalten sind 22 Biographienpaare, darunter das Paar Alkibiades-Coriolanus. Plutarch hat also unzweifelhaft Coriolanus für eine historische Gestalt gehalten. In Wahrheit ist die Figur legendär, und die Geschichte um sie entbehrt sogar jedes historischen Kerns, ist eine moralisierende Erzählung, die in der zweiten Hälfte des 4. Jahrhunderts v. Christus entstanden sein dürfte. Aber auch Shakespeare hat die Geschichte von Coriolan wohl für historisch gehalten, was aber für die hier aufgeworfenen Fragen keine Rolle spielt.

Die Frage nach der Charakter-Qualität des Titelhelden ist oft gestellt worden, selbst schon bezüglich der Darstellung bei Plutarch. Ist er als strahlender Held gemeint, dem zwar einige gebrochene Charakterzüge eignen, vor allem eine penetrante Arroganz, die aber bei so einem Helden verzeihlich sind? Oder ist in Coriolan der hirnlose Bramarbasierer zu sehen, der mit unerträglicher, letztlich zu Recht bestrafter Arroganz auf nichts anderes als auf seine Körperkraft und sein unverschämtes Glück stolz ist? Für beides kann er nichts, auch scheint er kaum über echte strategische oder taktische Fähigkeiten verfügt zu haben. Es spricht für Shakespeares Genie, daß sowohl die eine als auch die andere Spielart durch die Besetzung und die schauspielerische Gestaltung herausgearbeitet werden kann, ohne daß der Text angetastet wird. (Es mutet seltsam an, daß Brecht, der ja ausgerechnet diese Tragödie Shakespeares bearbeitet hat, die negative Variante des Coriolan-Charakters nicht deutlicher betont hat.) Shakespeare, der alles andere als ein Gesinnungsautor war, hat auch bei der Figur Coriolans seine Meinung – sofern er sich überhaupt die Mühe gemacht hat, eine zu haben – sorgfältig hinter den meisterhaft geschilderten Brechungen der Figur versteckt.

Eine interessante Gestalt in der Mitte zwischen Haupt- und Nebenfiguren ist Menenius. Shakespeare zeichnet ihn in erster Linie als einen offenbar in Ehren ergrauten Senator, gewissen Freuden des Lebens nicht abgeneigt, aber von eher resignierter Haltung, den einzigen Vertreter nüchterner Gesinnung. Im ersten Akt tritt er zufällig der aufgeregten Menge der Plebs entgegen und beruhigt sie durch seine Fabel vom Bauch und den Gliedern. (Diese Fabel hat Shakespeare nicht dem Plutarch, sondern dem Livius entnommen, der in seinem Geschichtswerk ebenfalls auf Coriolanus zu reden kommt, ihn natürlich auch für historisch hält.) Menenius schlüsselt in einer Ansprache die an sich klare Fabel auch noch auf. Das Bemühen Shakespeares um Deutlichkeit an dieser Stelle ist auffallend bei seiner sonstigen Vorliebe für enigmatische Parabolik, und sie hat wohl etwas zu bedeuten. Die Rede des Menenius lautet im verkürzten Sinn: der Senat ist das Zentrum des Staates und sorgt für die Plebs (für's Volk also); ohne die Vorsorge, ohne die andauernden Bemühungen des Senats müßte die Plebs verhungern; zwar sieht es nach außen hin so aus, als läge der Senat – wie der Bauch im Körper – nur träge da und lasse es sich wohlergehen, in Wirklichkeit aber ist der Senat unablässig, wenngleich unsichtbar tätig, und zwar zum

Wohl der Plebs; sein Sinnen und Trachten ist auf nichts anderes gerichtet als auf väterliche Sorge für das Volk.

Wäre Coriolanus eine historische Figur, wäre diese Fabel des Menenius unwahr. Der Senat im alten Rom (oder besser gesagt: das Patriziat) hat sich um das Wohl der Plebs nur soweit gekümmert, daß es nicht in unangenehme Bewegungen geriet, und im Übrigen war er damit beschäftigt, sich zu bereichern, sofern nicht Machtkämpfe unter den Senatsparteien es erforderten, daß man sich gegenseitig den Schädel einschlug. Es ist also die Frage, ob Menenius seine eigene Fabel geglaubt oder ob er der Plebs die offizielle Sprachregelung wider besseres Wissen vorgegaukelt hat. Des weiteren stellt sich die Frage, welche Qualität Shakespeare der Rede (und der dahinterstehenden Meinung) des Menenius zumessen wollte, das heißt: ob Shakespeare seiner eigenen Figur geglaubt hat. Die übrigen Charakterzüge des im Grunde genommen sympathischen Menenius lassen darauf schließen, daß er seine eigene Fabel nicht geglaubt, daß er also den Plebejern eine glatte Lüge aufgetischt hat. Diese Charakterzüge, nämlich Nüchternheit, Realismus und vernünftige Beurteilung der Situation (was alles den anderen handelnden Bramarbasierern und Idealisten in diesem Drama abgeht), tritt besonders deutlich und wohl von Shakespeare nicht anders gewollt in jener Szene hervor, in der die jämmerlichen Volkstribunen den Senator bitten – das letzte Mittel, das sie wissen –, zu Coriolan zu gehen, um ihn umzustimmen. Menenius läßt sich zwar bewegen, die Mission anzutreten, nennt sie aber mit klaren Worten als aussichtslos, womit er recht behält. Menenius also, der einzige klare Kopf des Dramas, ist sicher nicht so dumm, seine eigene Fabel zu glauben. Man kann zwar davon ausgehen, daß er zu den – wenigen? – Senatoren gehört, die sich nicht bereichern, die die Plebs nicht schamlos ausbeuten (das wird sogar in der ersten Szene angedeutet), aber er weiß ohne Zweifel um die Situation im Senat. Daß er nicht dagegen opponiert, im Senat eine volksfreundliche Partei anführt etwa, dazu ist der genießerische und resignierte Menenius nicht der Mann. Außerdem wäre das ein anderes Drama.

Menenius hat also, meinen wir nach all dem hypothetisch, mit seiner Fabel gelogen, wenngleich zweckgerichtet, und Shakespeare hat gewußt, daß seine Figur gelogen oder vielleicht feiner ausgedrückt: agitiert hat. Eine solche Agitation ist nicht a priori unmoralisch, sie ist moralisch determiniert durch den Zweck. (Auch Shakespeare hat die Menenius-Fabel, also die so schamlose wie offensichtlich wirkungsvolle Sprachregelung des Senats, für moralisch vertretbar gehalten, denn, wie gesagt, Menenius ist unzweifelhaft als positiver Charakter geschildert.) Der Zweck der Menenius-Fabel war, die Plebs zu beruhigen, die Revolte zu beenden, die Ruhe im Staat und damit die Macht des Senats zu bewahren. Da ist Menenius nichts vorzuwerfen, denn schließlich ist er, bei aller Sympathie fürs Volk, doch Senator und wird den Ast nicht absägen, auf dem er sitzt. Es ist aber weiter zu überlegen: hatte der klarsichtige Menenius – aus dem Blickfeld des Dramas und damit Shakespeares – nicht auch in einem höheren Sinn recht? Die allererste Forderung der Plebs war der Tod des Coriolanus (der da noch Marcius hieß). Wäre die Revolte geglückt, wäre Marcius vom Pöbel an die Laterne geknüpft worden oder etwas dergleichen. Die Volsker, deren Bedrohlichkeit für Rom dem Menenius bekannt war wie jedem außer der kurzsichtigen Plebs, hätten nur auf diesen Moment gewartet und mit den restlichen eher einfältigen Generälen leichtes Spiel gehabt.

Rom wäre in volskische Hände gefallen, und was dann – auch – mit der Plebs passiert wäre, konnte sich Menenius leicht ausmalen. (Volskische Proletarier waren noch weit davon entfernt, sich mit römischen solchen zu solidarisieren. Warum hat Brecht diesen Aspekt überhaupt nicht beachtet?) War also Menenius' Fabel doch *wahr*?

Man liest, daß Shakespeare durch sprachliche Feinheiten gerade diesem seinem Drama einen unzweideutigen Bezug auf die politische Realität seiner eigenen Zeit gegeben hat. Elisabeth I. war, als das Drama entstand, fünf Jahre tot. Seitdem (1603) regierte Jakob I. Stuart, der Sohn der Maria Stuart, ein zwar gelehrter, aber arroganter Mensch, der durch seine wankelmütige Politik die Parteienkämpfe im Parlament und auch außerhalb desselben provozierte, die letzten Endes mit dem Sieg der Puritaner 1640 Jakobs Sohn Karl den Thron und den Kopf kosten sollten. Die Pulververschwörung von 1605, ein katholischer Anschlag, war, als *Coriolan* aufgeführt wurde, noch frisch im Gedächtnis.

Alle Interpretationen sind fragwürdig. Vielleicht hat Shakespeare keinen einzigen Gedanken in der Richtung seiner politischen Gegenwart verschwendet, als er den »*Coriolanus*« schrieb, aber vielleicht ist es doch erlaubt, sich vorzustellen, und es ist nicht schwer, das zu tun, daß er die Parteistellungen seiner Gegenwart und Umwelt: Hof – Puritaner – Katholiken sich in der Konfrontation Senat – Plebs – Volsker spiegeln ließ. Und dann hätte er mit der Parteinahme für die zwar tragische, aber edle Oberschicht und gegen die wankelmütigen und verächtlichen Plebejer doch einmal, wenngleich versteckt, seine Meinung verraten.

PS: Ich weiß, daß nicht Shakespeare die Werke Shakespeares geschrieben hat, jedenfalls nicht jener Shakespeare, den die professionellen Shakespeare-Kenner für Shakespeare halten. *Ich* bin Oxfordianer, d. h. ich glaube an die Autorschaft des Edward de Vere, 17th Earl of Oxford, aber soweit, daß ich hier statt »Shakespeare« »Edward de Vere, 17th Earl of Oxford« eingesetzt hätte, bin ich noch nicht. »Shakespeare« ist auch kürzer.

Schönschreibübung LIII

Klagegesang

Eine Dame fragt auf einer Party einen Herrn: »Und was sind Sie von Beruf, wenn man fragen darf?« – »Schriftsteller«, antwortet der Herr. »Ach«, sagt die Dame, »es muß doch herrlich sein, zu schreiben anstatt zu arbeiten.« Ich gestehe, daß auf mich dieser Witz voll zutrifft. Ich habe den Beruf des Schriftstellers gewählt, weil mir das Schreiben leichter fällt als alles andere, was ich erwogen oder ausprobiert habe. Rasenmähen, Kopfrechnen, Haare schneiden, Lokomotiven steuern, Predigen, ein Schiff kommandieren ist alles viel anstrengender, zeitraubender und mühsamer als Schreiben. Schreiben erfordert keine Vorbereitungen, kaum Aufwand, ist an keinen Ort und keine Jahreszeit gebunden, und man kann es ganz allein machen.

Dennoch geht es nicht ohne Ärgernisse ab, wenn man Schriftsteller ist. Ich rede nicht vom Ärger mit Verlegern, von dem alle Schriftsteller reden, vom Ärger mit Redakteuren und Regisseuren. Dagegen gibt es bewährte Rezepte. Sicher, Verleger können eigensinnig und störrisch sein, aber man kann sie – mit Geduld – erziehen. Ich habe in meinem Leben schon sehr schöne Resultate erzielt. Änderungswünschen von Redakteuren begegnet man mit der Haltung jenes Schneiders, dem der Kunde einen Anzug zurückbringt und sagt: »Er paßt nicht recht, er zwickt dort und da.« Der Schneider nimmt geduldig alle Beschwerden entgegen, behält den Anzug da, hängt ihn zwei Wochen in den Schrank und tut nichts. Wenn der Kunde wiederkommt, sagt er: »Alles gerichtet.« Der Kunde zieht den unveränderten Anzug an, strahlt und sagt: »Ja, jetzt – das ist doch gleich ganz was anderes.« Genau so macht es der Schriftsteller. Er muß nur darauf achten, daß er keine Kopie des Manuskripts zurückläßt, damit der Redakteur nicht vergleichen kann. Regisseure kann man meistens dadurch paralysieren, daß man das Drehbuch knapp vor Drehbeginn abliefert. Dann bleibt keine Zeit für Änderungswünsche, und meistens sind auch alle schon viel zu nervös.

Von dem allen spreche ich nicht. Ich spreche von dem Ärger, dem kein Schriftsteller entgeht, dem offenbar mit dem Schreiben untrennbar verbundenen Ärger, den jeder kennt, der auch nur ein einziges Buch veröffentlicht hat. »Ich habe schon so viel von Ihnen gehört. Ich würde mich freuen, wenn ich ein Buch mit einer kleinen Widmung von Ihnen hätte.« Der verbrecherische Briefschreiber will natürlich nicht eigentlich die Widmung, er will das Buch geschenkt haben.

Offenbar gibt es einen weitverbreiteten, tief eingewurzelten Glauben, daß Schriftsteller nichts anderes zu tun haben, als ihre Bücher zu verschenken. »Ich hatte die Ehre, mit Ihrem Herrn Vater in die Schule gegangen zu sein, und würde mich daher freuen, wenn Sie mir eines Ihrer geschätzten Werke zukommen lassen könnten.« Diese kriminellen Elemente tun so, als wüßten sie nicht genau, daß es Buchhandlungen gibt, die sich erwiesenermaßen freuen, Bücher an Leute zu verkaufen, ob diese nun mit dem Vater des Autors in die Schule gegangen sind oder nicht. Mehr noch: manchmal hat man das Gefühl, die Leute erwarten Dankbarkeit dafür, daß sie bei einem schnorren. Viel Schnorrer, viel Ehr?

Nicht viel weniger lästig, nein: eher noch lästiger sind die charakterlich Besseren unter diesen Leuten. Die wollen das Buch nicht geschenkt, sondern zum Autorenrabatt. Liebe, liebe Leute! Was glaubt ihr, was ein Schriftsteller tun will? Er will schreiben, jawohl: er will Bücher schreiben. Wenn er ein Buch geschrieben hat, will er – außer auf der Verlagsabrechnung – von dem Buch in der Regel nichts mehr hören und sehen. Vor allem will er das Buch nicht für die Tante der Freundin der verstorbenen Cousine zum Autorenrabatt besorgen. Er will nicht zum Verlag gehen, das Buch holen – und vorher, das ist das Schlimmste, daran denken: ich muß das Buch für die Witwe des Oberlehrers des Nachbarkindes besorgen –, das Buch zahlen, einpacken, zur Post bringen, fragen, was es Porto kostet … das alles will der Autor nicht.

Manchmal kommt es einem vor, als sei das ein Teufelskreis. Hat man einmal ein Buch geschrieben, rollt eine Lawine von Taufpaten des Stiefonkels, von Freundinnen der Milchfrau, die alle, alle das Buch zum Autorenrabatt haben wollen, auf einen zu. Vor lauter zum Verlag laufen, Packpapier kaufen, Pakete auf der Post wiegen lassen, Mehrwertsteuer umwälzen, Widmungen aus den Fingern saugen kommt man dann kaum noch zum Atmen. Die Zeit für das Schreiben weiterer Bücher muß man sich förmlich stehlen, muß heimlich schreiben, wie der Knabe auf dem Abort raucht.

Liebe Leute – ich werde noch ganz verrückt, und ich muß euch sehr ernsthaft vor die Wahl stellen: entweder kauft ihr euch die Bücher selber in einer Buchhandlung oder stehlt sie dort oder aus den Bücherregalen anderer Leute, das ist mir ganz gleich, oder aber ich schreibe nichts mehr. Dann muß ich zwar noch eine Zeitlang die Rabattexemplare besorgen und expedieren, aber eines Tages werden alle meine Bücher vergriffen sein, und ich werde euch ins Gesicht lachen können …

Oder natürlich: schreibt doch selber. Dann werdet ihr schon sehen, wie das ist, Bande.

Schönschreibübung LIV

Wie man weiß, besuchte György Ligeti mehrmals Johannes Brahms in Preßbaum bei Wien. Brahms, wenngleich stets mürrisch wie fast jeder humorvolle Mensch, schätzte die Besuche des Kollegen und suchte häufig dessen Rat in Fragen der Harmonielehre, denn György Ligeti ist ein ausgefuchster Kenner von Harmonielehre und Kontrapunkt, und er hat sogar, als er in seiner Jugend einmal Palestrina in Rom besuchte, diesem Alt- und Urmeister eine verdeckte Quintenparallele in der fünften Motette des zweiten Motettenbuches nachgewiesen. Berühmt ist auch die Bemerkung Ligetis Beethoven gegenüber – von Schindler überliefert – über einen schon nahezu schaudererregenden Querstand in der »Eroica«. Beethoven, ohnedies stets durch seine Taubheit und seine vielen Prozesse gereizt, außerdem ungeduldig, weil er schon seit einer Stunde aufs Essen wartete (er wartete vergeblich, er hatte nämlich vergessen, daß er die Köchin am Vortag gefeuert hatte), reagierte – anders als der sanftmütige Palestrina, der auf Ligetis Bemerkung hin nur leise geweint hatte – wütend und warf Ligeti einen hölzernen Eimer nach, mit dem er – Beethoven – sich sonst mit kaltem Wasser zu übergießen pflegte, um melodische Einfälle herbeizuzwingen. Ligeti, ein äußerst reaktionsschneller Mensch, fing den Eimer auf, und so ist die Reliquie heute in Ligetis Studio zu bewundern.

Brahms, wie gesagt, schätzte Ligetis Ratschläge in puncto Harmonielehre und Kontrapunkt. Leider hörte Brahms sehr gut, so daß keine Konversationshefte überliefert sind, und er hatte auch keinen Schindler, der ihm zu Füßen saß und die fallengelassenen Perlen auflas. Lediglich Eusebius von Mandyczewski tradierte ein paar der Gespräche, so eine – durchaus freundschaftliche – Diskussion darüber, wie die sogenannte Mozartquinte einzuordnen sei. Brahms hielt den Akkord für die Doppeldominante mit kleiner None und tiefalterierter Quinte. Ligeti plädierte für die klarere Lösung: die Mozartquinte ist der Dominantseptakkord mit verminderter Terz und alteriertem Grundton. Brahms brummte – so Mandyczewski –, setzte sich ans Klavier, probierte und gab dann Ligeti – wieder brummend – recht. Brahms, so Mandyczewski, brummte fast immer. Ligeti gehört dank seines hervorragenden Gehörs zu den wenigen, die nur durch Hinhören feststellen konnten, ob Brahmsens Brummen Gefahr verhieß oder Wohlwollen.

Man wird mir jetzt wieder vorwerfen, ich hätte das alles erfunden, und namentlich einen Menschen mit dem Namen Eusebius von Mandyczewski könne es nie gegeben haben. Es hat ihn aber gegeben, wie aus jedem Musiklexikon zu entnehmen ist. Für seinen Namen kann weder er noch ich etwas. Alles andere: über Ligeti und Brahms und Palestrina und Beethoven ist selbstverständlich auch wahr, wenngleich erfunden.

Was soll ich über Ligeti schreiben, wenn ich es nicht erfinden darf? Seine zum Glück noch nicht beendete Biographie kann derjenige, der ein Lexikon aufzuschlagen vermag, nachlesen; meist sogar im selben Band, in dem der Artikel »Mandyczewski« zu finden ist. Soll ich vielleicht schreiben, daß ich Ligeti für den größten, bedeutendsten Komponisten der Gegenwart halte? Daß es ihm und fast nur ihm gelungen ist, unter betonter Mißachtung der dummen Sprüche Adornos, die sonst für Komponisten als verbindliche Richtlinien gelten, Musik zu schreiben, die auf der

Höhe des erreichten Materials und trotzdem nicht langweilig ist? Das alles haben viel klügere Leute herausgefunden und aufbereitet. Es dräuen bereits drei wissenschaftliche Monographien über Ligeti: je eine von Ulrich Dibelius, Wolfgang Burde und Constantin Floros. Die Flut der Sonderdrucke mit Würdigungen Ligetis übersteigt, aufeinandergestapelt, bereits meine nicht ganz unbedeutende Körperhöhe nebst der Ligetis, wenn er aufrecht auf meinen Schultern stünde. Das tut Ligeti aber nicht, denn sportiver Ehrgeiz liegt ihm fern, wie auch aus einem seiner Gespräche mit Richard Wagner hervorgeht. Richard Wagner übrigens hat Ligeti sehr freundlich - *zu* freundlich für den Begriff der antisemitischen Kuh Cosima - behandelt, und eine abschätzige Bemerkung Ligetis über den Sport hat bei Wagner sofort die Konträr-Reaktion ausgelöst: Sport fehle noch zu seinem Ruhm. Er versuchte daher sofort Liegestützen, aber das Ergebnis war kläglich. Cosima wurmte es zutiefst, daß ihr Richard nicht auch im Sport der Erste sei, dachte lang über eine angemessenere Sportart für den Meister als ordinäre Liegestützen nach und schenkte ihm zum nächsten Geburtstag ein Rhönrad. Leider liegt die einzige Photographie, die Wagner zeigt, wie er im Rhönrad den Festspielhügel herunterrollt, immer noch unter den absoluten Verschlußsachen des Wahnfried-Archivs.

In den »Aventures« und den »Nouvelles Aventures« hat Ligeti eine Nonsens-Sprache erfunden, in der - damit die Sache sehr deutlich wird, so Ligeti - die Sänger den Nonsens *singen.* Damit die Sache noch deutlicher wird, halten die Sänger Tafeln mit Nonsens-Buchstaben hoch, und zur weiteren Verdeutlichung halten sie Schalltrichter vor den Mund, allerdings nur, wenn sie nicht singen. Oder im Trio für Violine, Horn und Klavier. Da zeigt Ligeti, wie stark er der Tradition verbunden ist: da kommt eine typische, ganz klare, klassische Hornpassage vor – gespielt von der Violine. In dem Sinn möchte ich diesen wirren Aufsatz verstanden wissen, als wirre Verwirrung, als Hommage an den Leitsatz Ligetis, den er einmal in einem sonst eher lockeren Gespräch mit Claude Monet geäußert hat: »Der Ernst ist zu ernst, als daß er auch ernst genommen werden dürfte.« Oder jenes schöne Wort aus einem Brief Ovids an Ligeti: »Teile nie dein Essen mit anderen. Es schmeckt nur eine *ganze* Wurst«, das sich Ligeti in kalligraphischer Schrift über seinen Rasierspiegel gehängt hat.

Bemerkenswert an Ligeti ist, daß er es geschafft hat, seine Musik dem offiziell anerkannten, also quasi donaueschisierten Musikbetrieb aufzuzwingen, ohne jemals eine Ode auf Fidel Castro geschrieben zu haben. Er hat keinen Text, nicht die mindeste Zeile von Mao vertont. Er hat keine elektronischen Variationen über die »Internationale« geschrieben. Er hält den Kommunismus – in Abwandlung eines Wortes seines mit Recht verstorbenen Landsmanns Lukács – für die größte Dummheit des Jahrhunderts. Von *so einem* nimmt eigentlich nach den Gesetzen des als gültig sanktionierten Ganges der Musikgeschichte – wie Dostojewski in einem Telephongespräch zu Ligeti gesagt hat – »kein Hund einen Knochen«. Daß sich Ligetis Musik trotzdem bis zu dem bereits etwas peinlichen Punkt »moderner Klassiker« durchgesetzt hat, ist nur aus der wirklich alles niederwalzenden, rein musikalischen, musikalisch-sinnlichen Qualität dieser Musik zu erklären. Adornos Kettenhunde bellten vergeblich. »Was eigentlich nicht sein durfte, ging in den Tempel ein«, wie Ligeti einstmals an Turgenjew schrieb, der auch mit solchen Problemen zu kämpfen hatte.

Was kaum jemand weiß: Ligeti hat damals mit Dostojewski telephoniert, weil er ihn überreden wollte, das Libretto für eine Oper zu schreiben. Dostojewski war begeistert und brachte eine Skizze: »Das Krokodil« zu Papier. Die Oper hätte – ja, leider, *hätte*, sie ist nie geschrieben worden – davon gehandelt, daß ein Kollegienassessor mit seiner Frau ein in Petersburg ausgestelltes, lebendes Krokodil besichtigen geht. Leichtsinnig nähert sich der Kollegienassessor dem Ungeheuer und wird von ihm verschluckt, bleibt aber, wie durch ein Wunder, im Inneren des Krokodils einigermaßen unversehrt am Leben. Er richtet sich dort ein, nutzt die Zeit, um ein neues philosophisches Weltsystem auszuarbeiten. Inzwischen aber treten draußen Schwierigkeiten auf: die Frau stellt Erwägungen an, ob sie nun Witwe ist oder nicht; die Behörde, bei der der Kollegienassessor angestellt ist, besteht darauf, daß der Beamte zumindest körperlich im Amt anwesend ist, und sei es in einem Krokodil. Also wird das Tier nebst Käfig in das Amt transportiert. In der Zeit aber beginnt das Krokodil, den Kollegienassessor zu verdauen. Der bittet daher, daß es aufgeschlitzt wird, um ihn zu befreien. Der Eigentümer des Krokodils aber verlangt dafür 40.000 Rubel, was nicht weiter problematisch wäre. Die Sache scheitert aber daran, daß der Eigentümer außerdem Ehrenoberst des kaiserlichen Leibregiments werden will, was aufgrund der Laufbahnvorschriften unmöglich ist.

Ligeti hatte bereits hochinteressante Skizzen für die Stimme des Krokodils in einer kaum noch zu fassenden, eigens erfundenen überaus komplizierten Tonleiter gefertigt, außerdem solche für die Instrumentation der Begleitung der Stimme des Kollegienassessors aus dem Krokodilsinneren: ein Duett zwischen dem Krokodil und dem in dessen Inneren befindlichen Kollegienassessor, ein Notturno, lag schon vor, da verlor Dostojewski die Lust, weil sich Ligeti nicht auf einen fixen Fertigstellungstermin der Oper festlegen wollte. Ein weiterer Opernplan Ligetis, die Vertonung des »Sturmes« von Shakespeare, scheiterte, als Bernini bei einer gemeinsamen Audienz bei Papst Julius II. nebenbei die Bemerkung fallen ließ, daß schon 36 Komponisten vor Ligeti den »Sturm« vertont hätten.

Im tiefinneren Kern aber ist Ligeti ganz etwas anderes: er ist die leibhaftig gewordene Mathematik. Eines der, wie man inzwischen weiß, insgesamt 23 Mondkälber verriet es mir im Stillen: das nahezu unheimliche Bläserquintett aus dem Jahr 1968 ist nichts anderes als der Beweis für die Richtigkeit der Goldbachschen Vermutung, nämlich daß jede positive gerade Zahl die Summe zweier Primzahlen ist (2 = 1 + 1; 4 = 3 + 1; 6 = 5 + 1 ... 32 = 29 + 3 usw.), die »San Francisco Polyphony von 1973/74« ist die musikalische Ausarbeitung der rätselhaften Fibonacci-Reihe.

Aber leider muß ich hier, weil ich sozusagen mit eigenen Worten dem Leser nicht unter die Augen zu treten wage, zitieren, und zwar Nestroy, den Refrain eines Couplets aus der »Verhängnisvollen Faschingsnacht«: »und 's ist alles nit wahr! Und 's ist alles nit wahr!«, wobei ich allerdings zur Entschuldigung den Refrain eines Couplets aus einem anderen Nestroy-Stück anfüge (»Die Papiere des Teufels«): »Das ist wohl nur Chimäre, aber mich unterhalt's.« Und ich schmeichle mir vielleicht nicht ganz zu Unrecht, wenn ich vermute, daß das auch György Ligeti mehr unterhalten hat, als wenn ich den krampfhaften Versuch unternommen hätte, über seine Arbeiten tiefenanalytisches (fast hätte ich tyfen-analytisches geschrieben) Gegrübel von mir zu geben, also das, was er eh besser weiß; und den Hörern empfehle ich Einfachheit halber das zu tun, wofür sie angetreten sind: zu hören.

Ligeti ist kein politischer Musiker, er ist kein Progressist, er ist kein Adornianer, er ist ein musikalischer Moralist. Die Moral seiner Musik ist die unbedingte Autonomie der Kunst. (Ein Satz, auf den ich jetzt doch sehr stolz bin, und bei näherem Hinsehen muß ich feststellen, daß er tatsächlich stimmt.) Und seine Kunst ist keine Chimäre, und mich - jedenfalls - unterhalt's.

Letzte Schönschreibübung

Vorwort

In den sechziger Jahren hat es in München einen Mann gegeben - er hieß Schniller, ich weiß nicht, was aus ihm geworden ist -, der hatte die seltsame Angewohnheit, in Büchern nur die Vor- und Nachwörter zu lesen. Er las das Vorwort von Prof. Dr. Karl Völker zum »Gottesstaat« des Augustinus, er las das Vorwort von Kassebihr zum Briefwechsel Goethes mit Schiller, er las das Vorwort von G. Burgemeister zu der berühmten Ausgabe der gesammelten Radierungen Rembrandts, er las unzählige Vorwörter von Adler, Redlich, Pfauenbuch, Ofenstrand, Knöpfli und Tütlingen zu den Eulenburg-Partituren der Symphonien von Haydn, Mozart und Beethoven, er las das Vorwort von Arnold Metzger zu den »Logischen Mustersendungen« von Husserl*, er las das Vorwort Husserls zur »Phänomenologie des Geistes« von Hegel, er las Hegels Vorwort zu der deutschen Ausgabe der Briefe Leibnitz', er las Leibnitz' Vorwort zur französischen Übersetzung der Werke Bacons, ein Fest für ihn war es, als er in einem Antiquariat eine längst vergriffene Ausgabe der gesammelten Vorwörter Hofmannsthals fand, der ja bekanntlich ein gefürchteter Vorwort-Verfasser war, kaufte das Buch sofort, las aber darin nur das Nachwort von Prof. Müller-Seidel.

»Unser Leben«, pflegte Schniller zu dozieren, »unser Leben ist eigentlich nur ein Vorwort - der Haupttext ist der Tod. Unser Leben ist ein *Präludium* unseres künftigen

* Dies ist ein nicht genug zu lobender Schreibfehler meiner Sekretärin. Ich halte den so gewonnenen Titel für viel schöner als den ursprünglichen: »Logische Untersuchungen«.

Daseins nach dem Tod – wie das so schön Ferruccio Busoni in seinem Vorwort zur Partiturausgabe der symphonischen Dichtung *Les Préludes* von Liszt dargestellt hat. Und trotzdem liest kein Mensch die Vor- und Nachwörter. *Ich* habe Tausende in meinem Leben gelesen. Für die Texte hatte ich dann keine Zeit mehr. Trotzdem bin ich nicht draufgekommen, warum Vor- und Nachwörter überhaupt gedruckt werden, wenn man weiß, daß sie – außer mir, aber das fällt ja nicht ins Gewicht – niemand liest.«

Wer meint, Vor- und Nachwörter würden verfaßt und gedruckt, damit dem Leser Information über das Buch und den Autor vermittelt würde, um das Verständnis des Textes zu erleichtern, der macht sich die Sache zu einfach. Seit vielen Jahrzehnten ist es schon so, daß die Vorwörter in aller Regel weit schwieriger sind als das daranhängende Buch, wobei ich als herausragendes Beispiel an T. S. Eliots Vorwort zu Joyce's »Finnegan's Wake« denke; hier wird das Vorwort erst durch genaue Kenntnis des Textes verständlich. Oder das Vorwort zum Kursbuch der Bundesbahn.

Vor- und Nachwörter sind etwas ganz anderes: sie sind eine Art Rahmen, eine Höflichkeit gegenüber dem Leser. Man will nicht mit der Tür ins Haus fallen, man will aber auch nicht dem Autor das letzte Wort lassen. Wenn schon kein Nachwort folgt, dann kommen wenigstens noch Verlagsanzeigen über andere Bücher des Autors im selben Verlag, oder Bücher anderer Autoren – da sich Leser ja immer nur zögernd der Lektüre eines Buches nähern und jede Gelegenheit ergreifen, zunächst auf andere Unterhaltungen auszuweichen, lesen Leser zuallererst diese meist ansprechender als der Text gehaltenen Verlagshinweise, in denen in süffiger Art auf die Vorzüge eines weiteren Buches hingewiesen wird, und nicht selten schlägt sich der Leser (der ja noch gar nicht Leser war, jedenfalls nicht *dieses* Buches) an den Kopf und den Buchdeckel zu und kauft das andere Buch und liest dort die Verlagsanzeigen – dem Verlag ist es ohnehin wichtiger, daß Bücher gekauft, als daß sie gelesen werden.

Daß Vor- und Nachwörter nicht gelesen werden, ist außerdem auch experimentell erwiesen. Ein bedeutender deutscher Verlag hat einmal ein Buch herausgebracht (ein Sachbuch) und ihm ein Vorwort vorausgestellt, das absolut nichts mit dem Text zu tun hatte. Jahrelang hat es kein Mensch gemerkt. Meinem Freund Schniller, dem heimtükkischen Vorwortleser, ist es aufgefallen, womit der editorische Jux aufgeflogen war. Es hat sich um das Vorwort zu Siegmund Freuds »Abriß der Psychoanalyse« gehandelt; das Vorwort stammt von Thomas Mann.

Gewiefte Autoren – George Bernard Shaw gehört dazu, auch Jean Giraudoux – haben, um fremden Einmischungen zuvorzukommen, zu manchen Werken eigene Vorwörter geschrieben. Der Text von »Man and Superman« ist nur exakt ein Drittel so lang wie Shaws Vorwort dazu. Aber wenn Shaw gemeint hat, daß da die Leute das Vorwort lesen, weil es von ihm ist, hat er sich geschnitten. Das Vorwort kann sein, von wem es will, Leser findet es nicht (außer Schniller), und außerdem hindert ein eigenes Vorwort des Autors den Verlag nicht daran, von einem Professor oder irgendwem ein Vor-Vorwort schreiben zu lassen. Die entsprechende Ausgabe von »Man and Superman« sieht dann so aus:

1. Titelei
2. Editorische Vorbemerkung des Herausgebers John F. Hebberding C.F., N.L.L. (Seite V - XVI)
3. Vorwort von Prof. Sidney L. Lewis, Oxford, (Seite XVIII - XLII)
4. Vorwort von Shaw (Seite 3 - 153)
5. Text des Buches (Seite 154 - 256)
6. Biographische Notizen zu Shaw (Seite 257)
7. Biographische Notizen zu John F. Hebberding von Nikleby T. Troserorth (Seite 258 - 264)
8. Biographische Notizen zu Sidney L. Lewis von Michael N. D. Snark (Seite 265 - 277)
9. Biographische Notizen zu Nikleby T. Troserorth (Seite 278 - 281)
10. Verlagsanzeigen (Seite 282 - 304)

Schniller hatte einen Fehldruck dieses Werkes in seinem Besitz, in dem ein Bogen fehlt, nämlich die Seiten 154 - 256. Er hat dazu gesagt: man sieht daran, daß bei einem wirklich guten Buch die Lektüre des Vorworts die der Texte überflüssig macht - dennoch werden Vorwörter nicht gelesen, was (außer in dem eben erwähnten Extremfall, wo der eigentliche Text der kürzere Teil des Buches ist) erstaunt: quälen sich doch die Leute durch den Text, wo alles im Vorwort schon geistigseelisch vorgekaut ist.

Das - ich weiß nicht, was aus Ihnen geworden ist, lieber Schniller - vielleicht rufe ich Ihnen dies ins Grab hinunter - ist ein *Vorwort.* Es ist Ihnen gewidmet, und deshalb sehe ich davon ab, dem Vorwort ein Buch folgen zu lassen.

Inhalt